인연 1

인연 1

초판1쇄 인쇄 | 2024년 4월 18일
초판1쇄 발행 | 2024년 4월 25일

지은이 | 이원호
펴낸이 | 박연
펴낸곳 | 한결미디어

등록 | 2006년 7월 24일(제313-2006-000152호)
주소 | 서울시 마포구 모래내로 83 한올빌딩 6층
전화 | 02-704-3331
팩스 | 02-704-3360
이메일 | okpk@hanmail.net

ISBN 979-11-5916-218-3(04810) 979-11-5916-217-6 (세트)

인연 1
비 오는 날

이원호 지음

한결미디어
HANGYEOL
MEDIA

저자의 말

만남과 헤어짐이 반복되는 일상에서 나는 따뜻한 '인연'을 그려보고 싶었습니다.

결론을 정해 놓지 않고, 남과 여의 자연스러운 인연을 만들고 싶었던 것입니다.

행복한 결말이나 가슴 아픈 사연을 억지로 꾸미고 싶지 않았습니다.

재벌의 숨겨진 아들과 가난한 알바 여대생의 설정 위에 정상적인 사고, 필연적인 갈등, 그리고 환경의 보편적인 영향을 표현함으로써 현실적인 상황이 되도록 노력했지요.

그랬더니 물이 흘러 내리는 것처럼 소설이 써지면서 김시아가 이렇게 말하는 것입니다.

"내 삶이 두 번 이어져도."

김시아는 행복한 삶을 산 것일까요?

2024년 4월 이원호 드림

차례

1장. 비 오는 날

소나기. 오전에는 멀쩡하더니 빗발이 총탄 같다. 타타타타, 툭툭툭툭. 오후 4시, 강남 런던제과 옆. 건물 안으로 들어가긴 귀찮고 밖에 서 있었더니 빗발이 이쪽저쪽을 두드린다. 탁탁, 탁탁탁.

강우진이 젖은 어깨를 보다가 놔뒀다. 여기까지 어떻게, 왜 왔는지 기억이 안 난다. 집에 돌아왔을 때는 오후 3시쯤, 바로 옷을 갈아입고 나왔다. 고 실장이 집에 도착하면 전화하랬지만 놔뒀다. 급할 것 없다, 이제 모두.

엄청 쏟아진다. 건물 안쪽으로 조금 뒷걸음쳤다가 유리 벽에 부딪혔다. 고개를 돌렸더니 안에서 경비가 인상을 쓴다. 이곳이 성형외과 병원이구나. 꽤 유명한 곳으로 내부 장식이 고급스럽다. 나와서 쫓아내지는 못하겠지, 옆에도 비를 피하는 남녀가 셋이나 있는데.

갑작스러운 빗발을 피해서 우선 건물 밑으로 피했지만 황당하다. 비에 다 맞네. 김시아가 젖은 운동화를 내려다보면서 한숨을 쉰다. 그래, 2학기는 휴학하자. 급할 것 없다. 그리고 여유 있게 알바 뛰자. 김시아가 운동화에서 시선을 떼면서 결심했다. 허겁지겁 살지 말자. 만 원 주고 산 운동화 빨 때도 되었는데 잘 되었지. 복불복.

그때 옆에 선 남자가 옆으로 움직였다가 김시아 어깨를 건드렸다.

"미안."

남자가 앞만 보고 낮게 말했다. 그것이 부담이 적었기 때문에 김시아도 앞만 보고 고개를 끄덕였다. 커피숍 알바가 괜찮기는 한데 손님이 적어서 적자다. 한 달쯤 견디다가 알아서 나가줘야 할 것 같다. 유니는 출판사 교정 알바를 잡아서 좀 편하게 일하던데 하청을 받아볼까? 그 여우가 안 줄 거야.

옆에 선 여자한테서 시큼한 향내가 났다. 그렇지, 시큼한 향내. 땀, 비누, 체취가 섞인 향내. 바로 이런 것이 오리지널 향내지. 좀 구체적으로 표현하면 겨드랑이 냄새에다 샤넬을 살짝, 거기에다 바다 비린내를… 아, 바다에 가고 싶다. 한숨을 쉰 강우진이 고개를 돌려 여자를 보았다.

엄마가 다니는 '월드마트'가 외국 회사에 매각되었다던데 괜찮을지 모르겠네. 10년 넘게 매장 계산원으로 다니면서 두 딸 공부 다 시켰는데. 이 운동화도, 옷도, 식품까지도 우리 식구는 월드마트에서 사는데, 물론 특가 할인행사 때 사지만. 그때 김시아가 고개를 돌려 옆쪽을 보았다.

시선이 마주친 순간 강우진이 여자의 얼굴을 보았다. 전혀 화장을 안 했다. 눈이 맑다. 쌍꺼풀이 없네. 눈꼬리가 조금 솟았고 곧은 콧날, 조금 벌어진 입. 그래, 평범하지는 않아, 하지만 처음 보는 얼굴치고는 낯익어, 어디서 봤나?

김시아는 조금 올려다봐야 한다. 짙은 눈썹 밑의 눈이 깊게 느껴지네. 눈동자의 초점은 잡혔구나. 입은 꾹 다물고 마치 나를 커피 메뉴판처럼 쳐다보고 있네. 그때 소낙비가 바람결에 비스듬히 총탄을 날렸다. 타타타탁! 김시아는 빗발을 얼굴에 맞고 입을 딱 벌렸다.

그 순간 강우진이 한 걸음 내딛으며 몸을 비틀어서 총탄을 대신 맞았다. 왕창 뒤집어썼다.

"죄송해요."
김시아가 그렇게 말했다가 바꿨다.
"고맙습니다."
"아니."
강우진이 제자리로 돌아와서 그렇게만 대답했고 비스듬히 뿌린 것을 마지막으로 빗발이 가늘어지기 시작했다. 그때 강우진이 불쑥 말했다.
"삼겹살에 소주."
"네?"
"옷 말리면서."

김시아가 다시 강우진을 보았다. 그렇게 말한 강우진은 앞만 보고 있다. 김시아가 다시 만 원짜리 운동화를 보았다. 셔츠도 다 젖어서 몸에 착 달라붙었다. 이 꼴로 삼겹살집에 가? 고개를 돌린 김시아가 남자를 보았다. 그 순간 김시아는 숨을 들이켰다.

강우진이 물끄러미 김시아를 보았다. 삼겹살, 소주는 그냥 한 말이다. 어디 가서 앉고 싶다는 말이 그렇게 나왔다. 이 시큼한 여자는 아늑한 느낌이 든다. 화장기 없는 맑은 얼굴, 비에 젖어 눅눅한 차림, 그리고 이 더러운 운동화, 어머니 느낌.

강우진의 시선을 받으면서 김시아가 생각한다. 어처구니없다. 그러나 자연스럽게 빗발을 가로막아 주는 모습이 포근하다. 하긴 이 신발로 질척이면서 버스를 탈 생각을 하니까 찝찝하다. 삼겹살집 숯불 옆에 앉으면 마르려나. 김시아가 이윽고 고개를 끄덕였다.

삼겹살집이 아니고 이곳은 돼지 껍데기 집이다. 비가 그쳤으나 옷이 젖어서 멀리 못 가고 근처의 식당으로 들어섰기 때문이다. 둘이 다 꼭 삼겹살을 먹겠다는 생각은 없다. 강우진은 구석 쪽 자리를 잡더니 껍데기 2인분에 소주 2병을 시켰다. 주인 여자가 둘을 힐끔거리더니 곱창도 있다고 했다. 그때 강우진이 말을 하려고 숨부터 들이켰을 때 김시아가 먼저 나섰다.

"껍데기 먹고 나서요."

주인 여자가 돌아가자 강우진과 김시아는 서로 딴 곳을 보았다.

좀 이상하다는 생각이 들기 시작한다. 김시아가 식당 안을 둘러보는 시늉을 하면서 조금 후회가 일어났다. 김시아 인생에서 이런 일은 처음이다. 비 오는 날 정신병자가 많이 생긴다는 말도 떠올랐다. '내가 왜 이러지.' 대학 1학년 때 친구 오빠 소개받아서 3번 만난 것밖에 없다. 고등학교 때 친했던 친구였는데 오빠가 지금은 대기업에 취직했다고 했다. 3번 만나고 끝난 건 서로 시들했기 때문이겠지, 김시아는 알바 때문에 바빴고 그 오빠는 취직시험에 매여서. 하지만 근본 이유는 서로 감동하지 못했기 때문이었다. 마음이 움직인다는 건 드문 일이긴 하지. 술부터 놓였다. 고개를 든 김시아가 남자를 보았다. 아직 남자 이름도 모른다. 이쪽도 알려주지 않았고. 참 희한하네.

술이 놓이자 강우진의 가슴에 후회가 밀려왔다. 내가 왜 이러지. 이런 일도 처음이다. '길에서 줍는' 작업이라고 했던가? 조영철이 그랬다. 비 오는 오후, 억수로 퍼붓는 빗발, 총탄처럼 떨어지는 빗방울을 맞으면서 내가 정신을 잃었구나. 그럴 법하다고? 얘가 무슨 죄야? 술병을 쥔 강우진의 시선이 식당에 들어와서 처음으로 김시아와 부딪쳤다.

"나 강우진이라고 해요."

강우진이 김시아의 잔에 술을 따르면서 말했다.

"명성대 4학년, 학점 다 땄고 작년에 군에서 제대, 나이는 스물여섯."

거기까지 소개를 한 강우진이 제 잔에 술을 채우고는 입을 딱 다물었다. 따라와 준 여자가 고마워서 성실하게 신고했다.

명성대는 2류다. 사립, 군필, 아직 취업은 못 했구나. 김시아가 인사를 했다.

"김시아구요. 우신대 3학년."

8월이다. 다다음 주는 9월 신학기, 휴학계를 내야지. 김시아가 다시 마음을 굳혔다. 그때 돼지 껍데기하고 밑반찬, 그리고 가장 중요한 불이 놓였다. 젖은 옷이 돼지 껍데기 냄새에 섞이면서 마르겠지, 그리고 축축한 신발도.

한 모금 술을 삼킨 강우진이 익어가는 돼지 껍데기를 보았다. 김시아가 젓가락으로 껍데기를 뒤적여 익은 것은 귀퉁이로 옮겨 놓는다. 손가락이 매끈했고 손톱은 타원형이다. 그렇군. '손톱은 얼굴을 닮는단다.' 어렸을 때 어머니가 하신 말이다. 손톱을 깎아주면서 어머니가 사근사근한 목소리로 말했다. '손톱 발톱을 잘 가꾸는 사람이 단정한 사람이야. 잘 보이지 않는 부분을 잘 가꿔야 돼.' 어머니의 목소리가 귀에 울렸다.

김시아는 잘 구워진 돼지 껍데기를 입에 넣었다. 맛있네. 1학년 때 먹어보고 2년 만이다. 소주도 넉 잔 마셨다. 소주 한 병이 정량이니까 아직 여유는 있어. 한 병 반을 마신 적도 있지만 한 병 정도가 알코올 기운이 가장 적당하게 밴 상태라는 말이다. 잔이 비워지면 강우진이 알아서 채워줬기 때문에 마시면 됐다. 강우진은 제 잔에 제가 따르고, 술은 2 대 1의 비율로 마시는 것 같다. 물론 김시아가 1. 서로 소개를 하고 나서 강우진은 그냥 술 따르고, 마시고, 껍데기를 씹었다. 김시아도 마찬가지. 가끔 서로 주위를 구경하거나 껍데기를 뒤적거렸다. 김시아의 젓가락 한 짝이 떨어졌을 때 강우진이 주워줬다. 그러나 김시아는 새 젓가락을 썼다.

"어? 또 비가 오네."

옆에서 떠들던 사내가 불쑥 말하는 바람에 둘은 고개를 돌려 밖을 보았다. 소낙비가 다시 내린다. 아직 밖은 어두워지지 않았다. 식당에 들어온 지 30분 정도 되었나?

"오늘 날씨가 왜 이래?"

사내 하나가 투덜거렸다.

"오전에는 멀쩡하더니."

밖을 내다보던 강우진이 혼잣말처럼 말했다.

"어머니는 비를 좋아했는데…."

"네?"

김시아가 되물었더니 강우진이 고개를 돌려 쳐다보았다. 눈동자의 초점이 잡혔다. 김시아의 시선을 받은 강우진이 어깨를 조금 추켰다가 내렸다.

"아니, 그냥."

"우리 엄마는 비 싫어해요. 일하는 사람은 대부분 그래요."

김시아는 편하게 말하면서 스스로 조금 놀랐다. 아마 오늘 보고 안 볼 사람으로 마음속에서 결정한 것 같다. 사람은 무의식중에 그런 행동을 한다. 부담이 없기 때문이겠지. 한 모금에 소주를 삼킨 김시아가 말을 이었다.

"밖에서 일하는 사람이나 건물 안에서 일하는 사람이나 비 맞고 출근하고 비 맞고 왔다 갔다 해야 하니까요."

이렇게 길게 말한 것 처음이다. 강우진이 잠자코 김시아의 잔에 술을 채웠다. 돼지 껍데기는 다 익고 대부분이 탔다. 소주 여섯 잔을 마신 김시아의 얼굴이 조금 붉어져 있다. 밖의 비는 줄기차게 쏟아지고 있다.

"언젠가 엄마가 출근했는데 비가 쏟아져서 우산을 갖고 뛰어나간 적이 있죠. 엄마는 걸어서 슈퍼에 갔으니까요. 그 슈퍼 계산원이었거든요."

"…."

"근데 길가 건물에 비를 피하고 서 있는 엄마를 만났는데 우산은 한 개밖에 갖고 가지 않아서 엄마하고 슈퍼까지 같이 갔죠."

김시아가 일곱 번째 소주를 한 모금에 삼켰다. 그사이에 주인 여자가 귀신처럼 다가와 빈 소주병 2개를 가져가고 1병을 놓고 갔다.

"비가 그치지 않아서 난 슈퍼에서 2시간 동안이나 기다려야 했어요."

강우진이 고개만 끄덕이며 제 잔과 김시아의 잔에 술을 따랐다.

"비가 싫어."

김시아가 창밖을 바라보며 말했을 때 우르릉거리면서 천둥소리가 났다. 그때 김시아가 생각이 난 얼굴로 강우진을 보았다. 강우진은 젓가락으로 탄 껍데기를 뒤적거리고 있다.

"참, 어머니가 비 좋아 하신다구요?"

"예."

"오늘 좋아하시겠네요."

고개를 끄덕인 강우진이 술잔을 들고 밖을 보았다.

"그러겠네요."

한 모금 술을 삼킨 강우진이 김시아를 보았다.

"아버지가 비 오는 날에만 어머니한테 왔거든요."

김시아가 눈만 깜박였고 강우진의 눈동자에 초점이 다시 멀어졌다.

"비 오는 날 저녁이면 어머니는 화장을 했죠, 아주 예쁘게."

"……"

"그럼 대부분 아버지가 왔어요."

"……"

"비 오는 날에 안 오는 때도 있었지, 몇 번, 아버지가요. 그때는 나도 안타깝더라니까."

김시아는 숨을 죽였고 강우진이 다시 밖을 보았다. 소낙비는 줄기차게 내리고 있다. 안심한 듯 어깨를 편 강우진이 술잔을 들고 남은 술을 삼켰다.

"오늘 낮에는 멀쩡하더니 다 끝나고 나서야 이렇게 퍼붓네."

강우진이 김시아를 향해 이를 드러내고 웃었다. 소리 없는 웃음이다. 조금 붉어진 두 눈이 번들거리고 있다.

"낮에 비가 왔다면 아버지가 왔으려나?"

"……"

"다 끝나고 나서야 오네."

"그럼 어머님한테 가보세요."

마침내 김시아가 말했다.

"어머니 좋아하실 거 아녜요?"

강우진이 천천히 고개를 끄덕이더니 의자에 등을 붙였다. 잠깐 테이블에 정적이 덮였다.

김시아는 다 탄 껍데기를 보면서 이 정도에서 일어나야겠다는 생각을 한다. 그런데 밖의 비는 도무지 그치지 않는다. 아무래도 우산을 사야 할 것 같다. 망할 놈의 비. 고개를 든 김시아가 비 좋아한다는 강우진을 보았다. 강우진은 밖을 내다본 채 숨도 쉬는 것 같지 않다. 또 으르렁대는 천둥소리가 났다. 서울 시내, 게다가 강남에서 천둥소리 듣는 것도 처음인 것 같다. 그때 강우진이 불쑥 말했다.

"나 오늘 오전에 어머니 화장시켜 드리고 납골당에 놓고 오는 길이었어요."

강우진이 초점이 흐려진 눈으로 김시아를 바라보며 웃었다.

"아무래도 나가서 비를 맞아야겠어."

그러고는 강우진이 자리에서 일어섰다.

나왔다. 같이 나와서 식당 앞에 나란히 섰다. 김시아는 조금 전 강우진한테서 들은 말의 충격이 가시지 않았다. 아직도 심장이 거칠게 뛰었고 입안이 바짝 마른 느낌이 든다. 그래서 어떻게 밖으로 나왔는지도 모르겠다.

비가 계속해서 내린다. 일단 밖으로는 나왔지만 어디 갈 데가 있나. 어머니 이야기를 꺼낸 것에 대해서는 아직 느낌이 없다. 그런데 여자가 잠자코 따라 나온 것을 보니까 충격을 주었나 보다. 강우진이 고개를 돌려 김시아를 보았다. 그때 이쪽을 보는 김시아와 시선이 마주쳤다. 강우진이 먼저 입을 열기도 전에 김시아가 물었다.

"정말이에요?"

강우진의 시선이 밑으로 내려갔다.

"운동화가 또 젖는데."

"세일해서 만 원 주고 산 거죠."

"겨우 말라가더만."

"식당에서 내 운동화만 봤나 봐."

"발이 젖으면 젤 불편해."

"그건 그래요."

"비가 안 그치네."

다시 고개를 든 강우진의 옆모습에 대고 김시아가 다시 묻는다.

"정말이에요?"

"응."

"오늘?"

"저기."

갑자기 턱으로 길 건너편을 가리킨 강우진이 말했다.

"저기 가게 있다."

강우진의 두 눈이 반짝였고 얼굴에서 생기가 일어났다. 강우진이 김시아의 팔을 잡았다.

"가자."

신발가게, '신발 종합가게'라고 해야 맞으려나? 요즘 이런 가게가 대박을 쳤는지 이곳저곳에 많다. 둘은 가게 안으로 들어와 있다. 길을 건너는 동안 비를 쫄딱 맞아서 '비 맞은 쥐' 꼴이다. 김시아는 엉겁결에 끌려와서 주춤거렸고, 강우진이 종업원에게 말했다.

"우리, 장화 줘요, 양말까지."

우산까지 얻었다. 우산을 받고 거리로 나오면서 김시아가 '폭' 하고 한숨을 쉬었다. 이제 발도 편안하고 안전하며 멋지다. 유행인 무늬가 깔린 검정 고무장화를 신고 마른 양말을 신었더니 날아갈 것 같다. 돈은 물론 강우진이 냈다. 처음에 사양하다가 받았는데 왠지 거북하지가 않다. 별일이네…. 거리로 나온 김시아가 열 발자국쯤 걷다가 강우진을 보았다. 이제 주위는 어둡다.

"우리 어디 가요?"

"집."

"집?"

"거기는 집, 난 술집."

"또 술?"

"아깐 식당."

"그럼 같이 가요."

우산을 옆쪽으로 기울인 김시아가 정색하고 강우진을 보며 말한다.

"나 술 잘 마셔요."

핑계는 이것뿐.

이번에는 카페, 역삼역 뒤쪽의 작고 아담한 카페였는데 주문은 강우진이 했고 메뉴판을 본 김시아는 기절을 할 뻔했다, 가격이 비쌌기 때문에. 양주가 최하 15만 원이 뭐냐, 15만 원. 마른안주, 과일이 5만 원. 미쳤네, 미쳤어. 그사이에 위스키와 스테이크 안주, 과일이 주문되었고 아이스박스부터 들어왔다. 이곳은 칸막이가 있는 룸이다, 약간 어둑한 조명, 은은한 배경 음악, 낮은 소음, 산뜻한 향기. 밖에서 구질구질한 비가 내리고 있다는 것을 지운 분위기, 김시아가 어깨를 늘어뜨리며 긴 숨을 뱉었다. 만족한 한숨, 얼마 만인가.

스물여섯이 될 동안 뭘 이룬 게 없다. 그냥 끌려다닌 느낌. 마치 닭장에 갇혀 있었던 것 같다. 모이를 주면 달려와서 먹는 닭, 시골 길가에서 토종닭을 사 먹다가 닭장을 보았었다. 그런데 이렇게 혼자가 되고 보니까 어리둥절하다. 갑자기 닭장 밖으로 내동댕이쳐진 것 같군. 강우진은 한 모금에 위스키를 삼켰다. 눈동자의 초점을 잡았더니 앞에 앉은 김시아가 선명하게 보였다. 평범하다. 이보다 예쁜 애는 얼마든지 있다. 그래, 하지만 오늘 같은 날에 고맙네. 어머니가 떠나면서 보냈나? 갑자기 눈앞이 흐려진 느낌이 들어서 강우진이 서둘러 잔에 술을 채웠다.

급성 백혈병, 뭐가 급성인지. 백혈병이 뭔지 의사가 장황하게 설명해줬지만, 머릿속에 남은 말은 몇 개뿐이다.

"이건 어쩔 수가 없습니다."

"길어야 사흘이니까 준비를."

"곧 의식을 잃으실 겁니다."

갑자기 쓰러진 어머니를 병원에 싣고 간 후부터 난 닭장에서 끌어내진 건가.

그래 의식을 잃기 전에 어머니는 꽤 많은 이야기를 했다.

밤, 마리아 병원의 특실.

"미안해, 우진아. 엄마가 먼저 가."

그냥 쳐다보고 대답하지 않았다.

"나 곧 간다지?"

여전히 대답 안 했다.

"의사가 그랬어, 너 없을 때. 준비하라고, 곧 간다고."

역시 침묵.

"아버지한테 나 간다는 말 하지 마."

그때 강우진이 눈을 치켜떴다. 왜? 하는 표정이었겠지.

"나 죽고 나서 연락해, 고 실장한테."

"…."

"이런 꼴 보이기 싫어서 그래."

"…."

"유언이니 편지니, 네 아버지한테 안 남길 거야."

"…."

"네가 남아 있으니까."

어머니가 손을 뻗어 강우진의 손을 쥐었다. 가늘고 따뜻한 손. 강우진은 손을 빼

20

지 않았지만 마주 쥐지도 않았다.

"네가 한 이야기가 다 내 이야기가 될 테니까."

"…"

"그렇게 비 오는 날, 그렇지, 눈 오는 날도 자주 오셨지. 난 그래도 행복했단다."

"…"

"우진아, 난 네 아버지와 함께 낳은 너를 남기고 가는 것이 기뻐."

"…"

"우진아, 난 네 손을 잡고 떠나는 것이 행복해."

그때 처음으로 어머니의 눈에 눈물이 고였다.

"우진아, 내 경대 왼쪽 서랍에 다 들어있어. 잘 간수해."

"그만 자."

강우진이 처음 그렇게 말했을 때 어머니는 자려는 듯이 눈을 감았다, 그대로 손을 잡은 채. 그리고 만 하루 동안 의식을 잃더니 사망했다. 그만 자라는 말이 내 끝말이었네.

"무슨 생각해요?"

앞에서 때마침 김시아가 물어서 강우진이 고개를 들었다.

"아, 어머니 생각."

기다렸다는 듯이 김시아가 물었다.

"진짜 오늘 장례식 했어요?"

"응, 화장했어."

고개까지 끄덕인 강우진이 김시아의 잔에 술을 따랐다.

"화장터에서 그리고 납골당."

"소설 같네."

"판타지?"

"너무 극적이라."

"우리가 몰라서 그렇지 그런 일 많아."

"하필."

"하필 왜 그런 상대가 걸렸냐고?"

"아니요."

"이젠 됐으니까 그냥 가도 돼."

"나 쫓아내는 건가요?"

"부담되면 가라는 말."

"부담 안 돼요."

"술 먹어."

"엄마한테 전화하고 올게요."

김시아가 자리에서 일어섰다.

김시아가 나갔을 때 전화가 왔다. 친구 조영철, 역시 명성대 4학년이지만 지난 달 아진무역 영업부에 취업, 지금 신입사원 연수원에서 교육 중이다.

"어, 나다."

조영철의 목소리는 밝다.

"나 지금 연수원 밖인데, 내일 퇴소한다. 이제 끝났다."

"그려."

"지금 뭐 하나?"

"논다."

"거기 비 졸라 온다며?"

"그려."

"여긴 안 와. 더워 죽갔어."

"응."

"네 엄마 좋아하시겠다, 비 와서."

비 오는 날 아버지가 자주 온다는 소리를 고등학교 때 한 것 같다. 집 사정을 아는 놈은 이놈뿐이다. 그때 조영철이 묻는다.

"내일 서울 가서 한잔할까? 예지하고 그 친구 하나 불러서."

"아니."

"아니라고?"

"그려."

"왜? 없는 것보담 있는 게 낫잖여?"

"너나 그렇지 개새꺄."

"알았어. 어쨌든 연락…"

강우진이 전화를 끝냈을 때 김시아가 쪽문을 열고 들어선다.

밤 11시, 김시아가 시계를 보는 시늉을 했다. 핸드폰 시계라 동작이 크다. 그것을 본 강우진이 말했다.

"가봐."

"안 가요?"

"어디?"

"집에."

"알아서 갈게."

김시아가 주춤주춤 일어섰다.

"잘 들어가요."

"밖에 비 그쳤어?"

"예."

"가봐."

"장화 고마워요, 양말도."

"비 올 때 신고 내 생각해."

"내 전번 찍어줄게, 전화 내놔요."

"왜?"

"그냥."

"놔둬."

"나 아까 서 있던 건물 2층 커피숍에서 알바해요. 금토일은 오전 8시에서 오후 3시까지, 월화수목은 오후 5시에서 오전 1시까지."

"응."

"올 거죠?"

"아니."

"화났어요?"

"왜?"

그때 김시아의 눈이 번들거렸다. 그러고는 우두커니 서 있었기 때문에 강우진이 고개를 끄덕였다.

"갈게."

"약속해요."

"잘 가."

강우진이 손을 젓더니 그 손으로 술잔을 쥐었다.

"하룻밤만 지나면 다 잊어. 가봐."

한 움큼 땅콩을 집어 씹다가 하도 맛이 없어서 접시에다 뱉었다. 그러고 나서 고개를 들었더니 눈앞이 비었다.

밤 12시 반, 집 안의 불을 다 켜고 나서 재킷은 소파에다, 바지는 방문 앞, 셔츠는 안방 바닥에다 벗어던진 강우진이 경대의 왼쪽 서랍을 열었다. 다 들어있다. 집문서, 땅문서, 통장, 도장, 비밀번호, 보험증서, 그리고 쪽지까지.

'고재성 실장이 매달 1천만 원씩 생활비를 보내줬어. 앞으로는 네 앞으로 보내 줄 거야.'

언제 썼나? 날짜는 안 적혀있지만, 어머니가 쓰러졌을 때인 것 같다. 119를 불러 놓고 기다릴 때 어머니가 옷 갈아입게 나가라고 하더니 그땐가? 기가 막혀서. 그 때 돌아오지 못할 줄로 예감했단 말인가? 강우진이 나흘 전에 쓴 어머니의 쪽지를 한참 동안 들여다보고 앉아있다.

다음 날 오전 8시 정각, 핸드폰 벨 소리에 깨어서 시계를 보았더니 8시 정각이 다. 술기운이 가시지 않은 상태여서 탁자 밑에 떨어진 핸드폰을 집어 들었을 때까 지 벨 소리는 15번쯤 났다. 발신자를 보았더니 고재성, 이 번호는 오래전부터 저장 되어 있었다. 4, 5년 되었나, 군대 가기 전부터였으니까. 1년에 한두 번 정도 통화 했다, 그것도 어머니가 전화를 못 받았을 때나 군에 가고, 제대했을 때 안부, 축하 전화로. 벨이 20번 울릴 때까지 들고 있던 강우진이 마침내 핸드폰을 탁자 위로 던 졌다. 핸드폰이 탁자 모서리를 치고 바닥으로 떨어졌다. 그러고 나서 중상을 입은 벌레처럼 세 번 비명처럼 울리더니 숨이 끊어졌다.

8시 45분 침대에서 일어난 강우진이 먼저 핸드폰을 집어 들었다. 핸드폰의 수신

함이 번쩍이고 있다. 수신함을 열었더니 고재성의 메시지가 들어와 있다.

'우진 군, 몸은 괜찮나? 이 메시지를 보면 바로 연락 바라네, 아버님이 만나고 싶어 하시네.'

강우진은 고개를 들었다.
"좆까네."
핸드폰을 침대 위로 던지면서 강우진이 한 말.

10시 반, 이곳은 서촌부동산 사무실, 사안이 중대했기 때문에 부동산 사장이 직접 강우진과 상담하고 있다. 사장이 앞에 놓인 서류를 확인하고 고개를 들었다, 상기된 얼굴.

"예, 확인되었습니다. 아파트가 강 사장님 앞으로 양도되었고 양도세도 완벽하게 처리되었군요."

"나, 사장 아닙니다."

먼저 강우진이 그것부터 바로잡았다.

"그냥 강우진 씨라고 부르세요."

"예, 강, 강 선생님."

"이거 매물로 내놓으면 되죠?"

"그럼요. 신성아파트는 금방 나갑니다. 더구나 63평형은 최고가를 받을 수 있고요."

신이 난 사장의 목소리까지 떨렸다.

"시세가 요즘 주춤하지만 50억까지는 받을 수 있습니다. 전세는 35억이 될 겁니다."

강우진이 지그시 사장을 보았다. 어머니하고 7년을 살았던 아파트, 군대에 갔던 2년을 빼고 5년 동안 어머니를 보았던 아파트, 어머니를 그곳에서 떠나보낸 아파트, 그것을 정리하려고 한다. 아버지? 아버지는 개뿔.

"야, 너 말랐다?"

다가온 조영철이 눈을 둥그렇게 떴다. 이곳은 압구정동의 '비엔나 바'. 오후 5시 반, 오늘은 조영철이 휴가였기 때문에 일찍 만났다. 이른 시간이라 바에는 손님이 그들 둘뿐이다.

"말라? 난 모르겠는데?"

손바닥으로 얼굴을 쓸어 보인 강우진이 시치미를 떼었다. 어머니가 갑자기 쓰러져서 어제 장례식을 치를 때까지 꼭 일주일 걸렸다. 그동안 제대로 먹은 적이 없었기 때문이지. 종업원에게 맥주를 시키고 나서 조영철이 물었다.

"너 뭐 할 거야?"

"뭐 하다니?"

"인마, 이제 뭘 해야 될 것 아냐?"

취업 문제다. 조영철은 대기업 계열사인 아진무역에 입사했기 때문에 이제 남 걱정이다. 강우진이 가져온 맥주병 마개를 뜯었더니 조영철은 제가 대답했다.

"하긴 넌 놀고먹어도 되지."

"얀마, 니 걱정이나 해."

"어머니는 건강하시지?"

조영철이 건성으로 물었고 강우진도 건성으로 대답했다.

"그래."

조영철은 강우진 집안 내막을 아는 유일한 친구다. 넓은 얼굴, 180센티 신장에 90킬로 정도의 체중. 아버지는 정형외과를 개업한 의사였으니 중상류층이다.

"아유, 혼났다."

고개를 저으면서 조영철이 말을 이었다.

"군대에서 유격 훈련 받는 건 애들 장난이야."

"고생했다. 오늘은 내가 한잔 사지."

"고맙기도 해라."

기다렸다는 듯이 조영철이 한 모금 술을 삼키더니 손목시계를 보았다.

"여기서는 목구멍만 축이고 클럽으로 가자."

"이 자식이."

강우진이 눈썹을 모았다.

"얀마, 무슨 클럽? 돼지 껍데기 집으로 가자고, 소주 먹게."

"그건 안 되지."

"뭐가 안 돼. 내 맘이다."

그때 바 안으로 여자 둘이 들어섰다.

"어, 여기."

여자들을 본 조영철이 반색을 했다. 조영철의 애인 오예지와 또 하나. 여자들이 곧장 둘에게 다가왔다. 조영철이 여자들을 부른 것이다.

"아유, 안녕하세요?"

오예지가 활짝 웃는 얼굴로 인사를 했다. 옆에 선 여자는 웃음만 띠고 있었는데 화사한 분위기다.

"어서 와."

조영철이 오예지의 손을 쥐면서 분주하게 자리를 권했다.

"반갑습니다."

여자는 조영철도 초면인 모양이다.

여자 친구가 제 친구를 소개해준다고 데려올 때 저보다 나은 인물을 데려오는 경우는 없다. 거의 백 퍼센트라고 봐도 될 것이다. 지금 오예지는? 맞다. 저보다 키도 작고 인물도 떨어지는 친구를 데려왔다. 오예지는 삼화여대 4학년 조영철과 1년 동안 사귄 사이.

"내 친구."

오예지가 강우진에게 친구를 소개했다.

"박윤정입니다."

여자 목소리가 맑다. 그러고 보니 눈도 맑고, 코가 좀 낮지만 귀염성은 있다.

"강우진입니다."

강우진은 조영철이 오예지에게, 오예지가 박윤정에게 자신의 신상을 전달했을 것 같다는 예감이 든다. 지금 그걸 물으면 조영철은 펄펄 뛰겠지. 그러나 일단은 믿어야지 어쩌나. 여자들에게 술을 시키면서 강우진이 문득 김시아를 떠올렸다. 오늘은 토요일, 오후 6시니까 김시아는 퇴근했겠구나.

조영철 소원대로 장소를 클럽으로 옮겼다. 이곳은 양주 한 병에 최소 30만 원이다. 안주까지 합하면 50이 기본. 규모는 작지만 분위기, 서비스가 죽이는 곳이다. 돈값은 한다. 강우진은 조영철과 이곳에 서너 번 온 터라 종업원들의 대우가 극진했다. 오예지와 박윤정은 조금 얼었다가 금방 풀렸고, 적응력이 빠르다.

"오빠, 여기 자주 왔어?"

오예지가 조영철에게 눈을 흘긴 것은 옆쪽 테이블에 그림 같은 미녀들이 자리 잡고 있었기 때문이다. 동반자가 없었다면 금방이라도 합석이 가능한 분위기.

"아니, 몇 번."

어깨를 으쓱한 조영철이 폼을 재었고, 술을 시킨 강우진에게 박윤정이 사근사근한 목소리로 물었다.

"개인사업 하신다면서요?"

"누가?"

"거기, 오빠가요."

"지금 오빠라고 불렀어?"

"그래도 돼요?"

"편한 대로."

"예지한테 들었어요."

오예지는 조영철한테 들었을 것이고, 조영철한테 개인사업 한다고 한 적이 없으니 지가 맘대로 지어낸 것이다. 그렇다면 내가 한국 제2의 재벌그룹 강석규 회장의 숨겨진 자식이라는 말은 안 한 것 같네. 아직도 박윤정이 시선을 주고 있어서 대답을 했다.

"그럴 예정."

"어떤 사업인데요?"

"그것도 미정."

"아유, 남들은 조바심을 내는데 오빠는."

"넌 뭐 하려고?"

"난 국문과. 교사 자격증 땄는데 기다려야 돼."

"기다리다가 늙는다더라."

이야기가 슬슬 집안 이야기로 옮겨갈 것 같아서 강우진이 종업원을 불러 안주를 더 시켰다.

"세상에."

김시아의 이야기를 다 들은 어머니가 손끝으로 눈물을 닦았다.

"그런 일도 있네. 안쓰럽다."

"언니, 잘생겼어?"

동생 김미아도 같이 들었다. 김미아가 묻자 김시아는 고개를 끄덕였다.

"응, 키도 크고 잘생겼어."

"탤런트 누구하고 비슷해?"

"비슷한 놈 없어."

김미아는 한영대 1학년, 공부를 잘해서 장학생으로 들어갔다. 귀여운 용모에 부지런해서 알바로 제 용돈도 벌고 엄마도 나눠준다. 오후 6시 반, 오늘은 어머니 이선옥도 쉬는 날이고 김미아도 오전 알바가 끝나서 세 식구가 집에서 삼겹살로 저녁을 먹은 후다. 이선옥이 조심스러운 표정으로 김시아를 보았다.

"그럼 그 어머니는 숨겨진 여자인가?"

"그런가 봐."

김시아가 외면하고 말했다.

"그 남자는 숨겨진 여자의 아들."

"아버지가 부잔가 봐."

김미아가 거들었다.

"비 오는 날만 오는 남자, 멋있어."

"너."

눈을 치켜뜬 김시아가 김미아를 보았다.

"내가 괜히 말했지."

"안됐다."

이선옥이 길게 숨을 뱉었다.

"참 고운 사람 같다."

"뭐가 고와?"

김미아가 끼어들었다.

"얼굴이?"

"아니, 마음이."

"왜?"

"그냥."

이선옥의 눈이 흐려지더니 금방 눈물이 가득 고여 곧 떨어질 것 같다.

"어머, 어머, 엄마 운다!"

김미아가 소리친 순간 이선옥이 주르르 눈물을 쏟았고 김시아가 주먹을 치켜들었다.

"너."

울고 성내고 웃었지만, 집안 분위기는 화목하다. 인간은 남의 불행을 보고 자신의 행복을 느끼게 된다.

'디에고 클럽' 안, 위스키가 2병째. 빠른 속도로 술병이 비워지고 있다. 조영철은 오예지와 딱 붙어 앉아서 그동안 못 만난 회포를 푸는 중. 둘은 밴드가 연주하는 안쪽 플로어에 두 번이나 다녀왔다. 안에 4인조 밴드가 있다.

"오빠, 기분 꿀꿀해?"

술잔을 든 박윤정이 물었다. 박윤정은 처음 만난 순간부터 강우진에게 숨기지 않고 호감을 보낸다. 밝고 순수한 성품 같다.

"아니."

고개를 저은 강우진이 눈썹을 모았다.

"그렇게 보여?"

"응."

"왜?"

"분위기가 비 오기 전처럼 눅눅해."

"아, 그놈의 비."

"왜? 비가 싫어? 난 좋은데."

"너 비 오는 날 섹스 좋아해?"

"나쁠 것 없지."

"밖에 비 오나 봐."

"왜?"

"섹스하게."

"정말?"

"정말."

"나가서 보고 와?"

"놔둬."

"이따 나갔을 때 비 오면 할 거야?"

"뭘?"

"아유, 놔둬."

"너 엄마 계셔?"

"그럼 엄마 없는 사람도 있나?"

"아버지는?"

"오빠, 술 그만 마셔."

강우진이 박윤정의 조금 낮은 코웃음을 지그시 보다가 재빨리 입을 맞췄다.

"어!"

둘이 이야기하는 줄만 알았더니 귀신같이 본 조영철의 탄성.

"너 키스했어?"

"응? 누가?"

룸 안 분위기가 떠들썩해졌다.

김시아의 성남시 변두리의 연립주택 안, 4층짜리 연립주택의 4층, 15평형. 엘리베이터가 없는 구조라 건강을 위해서 4층에 전세로 입주해 있다. 밤 8시 반, 김미아가 화장실에 갔을 때 김시아가 이선옥에게 말했다.

"엄마, 나 2학기 휴학할 거야."

이선옥이 숨을 쉬다가 말고 김시아를 쳐다봤다. 리모컨으로 TV 채널도 돌리다가 말아서 화면에는 신발 선전이 계속된다. 이유를 아는 터라 이선옥이 이윽고 어깨를 늘어뜨렸다.

"내가 3백 정도는 만들 수 있는데."

"모자라."

김미아가 장학생이지만 돈이 안 드는 게 아니다. 학기 초에 250은 든다.

"얼마 모자라는데?"

이선옥이 기를 쓰듯 물었지만 김시아는 고개를 저었다.

"휴학할 거야."

"괜찮겠어?"

"좀 여유 있게 살 거야."

"미안해."

"내가 미안해, 엄마. 미아처럼 장학생이 되는 건데."

"아이구, 야."

그때 화장실에서 미아가 나오는 바람에 대화가 끊겼다. 엄마 3백, 김시아가 220을 모았으니 2백 정도가 모자란다.

"2백10만 원."

계산서를 본 조영철이 가볍게 입맛을 다시더니 강우진에게 넘겨주었다. 강우진이 지갑에서 백만 원짜리 수표 3장을 꺼내 종업원에게 줬다. 종업원이 허리를 90도로 꺾어 절을 하고 나가더니 곧 은쟁반에 거스름돈을 담아서 가져왔다. 강우진이 5만 원권 4장을 세어 쟁반 위에 놓자 종업원이 다시 허리를 굽혔다.

"우린 먼저 갈게."

조영철이 오예지의 허리를 감아 안고 먼저 일어섰다.

"넌 5분 후에 나와."

"오빠, 아직 9시도 안 됐어."

둘이 남았을 때 박윤정이 붉어진 얼굴로 강우진을 보았다.

"너무 빨리 마셨어."

강우진의 어깨에 몸을 붙인 박윤정이 말을 이었다.

"생맥주 마시러 갈까?"

"또?"

"나 안 취했어, 오빠."

"가자."

박윤정의 허리를 감아 일으키면서 강우진이 볼에 입을 맞췄다.

"오늘 밤 외박해도 돼?"

"예지 집에서 잔다고 하면 돼."

박윤정이 금세 대답했다.

밤 12시 반, 깜빡 잠이 들었다가 깬 강우진이 고개를 돌려 옆을 보니 박윤정이 머리를 헝클어뜨린 채 깊게 잠이 들었다. 둥근 어깨와 미끈한 등이 드러났고 하반신은 시트로 가리어졌다. 이곳은 신촌의 '오딘 호텔', 강우진의 단골이어서 언제 가도 방을 내준다. 강우진도 선수지만 박윤정도 선수다. 전혀 부담을 주지 않고 분위기를 즐기는 것이 선수다. 좋고 싫고가 분명해서 헷갈리게 만들지 않는 것이다. 고개를 돌려 천장을 응시한 강우진이 길게 숨을 뱉었다. 술기운이 아직 남아 있지만 정신은 맑다. 그렇지, 오늘이 D+4일이다. 어머니를 납골당에 둔 지 이틀째, 어머니가 죽은 지는 나흘째, 이틀 만에 화장했으니까.

마리아 병원의 3호 장례식장. 망인(亡人) 서미연, 52세. 상주 강우진. 밤 12시 반, 장례식장은 반의반쯤 조문객이 찼다. 상주의 친인척은 한 사람도 없었고 40대쯤의 남자 10여 명이 둘러앉아 있을 뿐, 여자는 없다. 구석 자리에 앉은 고재성이 가끔 한두 사람을 불러 뭔가 말하고 돌려보냈다. 남자 10여 명은 떠들썩했지만 꾸민 것이 역력하게 드러났다. 마치 연주 무대에 아마추어 배우들을 올려놓은 것 같다. 모두 고재성이 동원한 일당 배우들. 허전한 장례식장을 채우기 위해서다. 고재성은 동성그룹 본부 사장급 기조실장으로 50세, 회장 강석규의 최측근. 고재성이 서미연의 입원 직후부터 모든 일정을 빈틈없이 관리하고 있다. 오늘이 영안실에서 이틀째 밤, 내일 아침이면 화장터로 간다. 보통 영안실 사흘인데 하루 당겼다. 그때 고재성이 자리에서 일어나 서미연의 영정 사진 왼쪽에 우두커니 앉아있는 강우진에게 다가왔다. 강우진 옆자리에 앉은 고재성이 물끄러미 시선을 주었다. 두 눈이 번들거렸다.

고재성이 불쑥 말했지만 강우진은 시선만 주었다, 내용이 짐작되었기 때문에. 고재성이 손을 뻗어 강우진의 손을 쥐었다.

"미안해, 우진아."

강우진이 대답 대신 손을 빼냈다. 앞에 놓인 술잔에 소주를 따른 고재성이 물었다.

"밥은 제대로 먹냐?"

"예."

"너, 밥 먹는 거 못 봤는데."

"먹었어요."

"너, 야위었어."

"됐어요, 아저씨."

"아버지가 아니, 회장님이 못 오셔."

"알아요."

"그래서 미안해."

"아저씨가 미안할 것 없죠."

"하지만 아버지는 네 생각을 많이 하신다."

"고맙습니다."

강우진이 똑바로 고재성을 보았다.

"아저씨가 고맙다구요."

"회장님이 장례식 끝나고 널 만난다고 하셨다."

"안 만나도 돼요."

강우진의 얼굴에 희미한 웃음이 떠올랐다.

"말 안 한 지 몇 년 되었어요."

안 만난 지도 2년쯤 되었나? 제대하고 며칠 후, 비도 안 오는 날이었는데 회장이 찾아왔지. 강석규 회장, 어머니는 강우진한테도 회장님이라고 불렀으니까.

"회장님이 너 찾으셨다."

"회장님이 왔다 가셨어?"

결국 강석규는 장례식에도, 화장을 끝내고 어머니를 납골당에 안치했을 때도 오지 않았다.

아침 7시 반, 강우진이 씻고 옷을 싹 입었을 때까지 박윤정은 일어나지 않았다. 그래서 조심스럽게 호텔을 나옴. 일요일, 아직 이른 시간. 거리는 한산, 터덜터덜 인도를 걸으면서 강우진이 핸드폰을 꺼내 전원을 켰다. 지금까지 전원을 꺼 놓았었다. 그 순간 핸드폰이 번쩍이며 '지랄발광'을 했다, 그동안의 전화, 메시지, 카톡이 쏟아졌기 때문에. 걸음을 늦춘 강우진이 핸드폰을 확인했다.

고재성 실장의 메시지가 2번, 전화가 3번. 부동산 최 사장의 메시지가 1번.

강우진이 부동산 메시지부터 확인했다.

"강 사장님, 의뢰하신 부동산 매입 희망자가 있습니다. 다음 주에 언제라도 계약하실 수가 있습니다. 연락 바랍니다."

어머니하고 살던 아파트를 팔 수 있게 되었다. 잠시 망설이던 강우진이 고재성의 메시지를 보았다.

"우진이, 아버님께서 찾으신다. 널 만난다고 하셨으니까 연락 바란다."

"월요일 오후에 시간 내셨다. 월요일 오전까지 꼭 연락 바란다."

핸드폰을 주머니에 넣은 강우진이 아파트를 팔기로 마음을 굳혔다.

오전 10시 반, 논현동 시장 골목에서 순댓국으로 아침을 먹은 강우진이 수저를 내려놓고 생각했다. 일요일 오전이어서 식당은 손님이 많다. 어젯밤 술을 마신 남녀들이 해장하려고 온 것이다. 어머니 서미연은 친척이 없다. 중학생 때까지 그것에 관심이 없었던 강우진이 문득 물었더니 어머니가 대답했다.

"네 외할아버지, 외할머니는 내가 어렸을 때 돌아가셨어."

"그럼 어머니는 누가 키웠는데?"

"내 고모가, 그러니까 아버지 여동생."

"그 고모는 어디 있는데?"

"돌아가셨어."

"언제?"

"내가 대학 2학년 때."

"대학 2학년 때 고모 없는 집에서 살았어?"

"대학 3학년 때 고모부 집에서 나와 혼자 살았어."

"돈은?"

"아르바이트도 하고, 장학생도 했으니까."

서미연은 한국대 사학과를 졸업했다. 강우진이 대학 교무과에다 확인해봐서 안다. '대가리'가 점점 여물어져 가면서 어머니 앞에서는 아버지 이야기를 꺼내지 않았다.

그래, 초딩 3학년 여름이었어. 아버지란 존재가 거추장스럽고, 비밀스러우며 기분 나쁜 존재가 된 시발점.

초딩 3학년의 강우진이 현관 앞에서 장난감을 갖고 놀다가 현관문 열리는 소리에 고개를 돌렸다. 아버지가 들어서고 있었다.

"아버지!"

커다랗게 소리친 강우진이 강석규에게 달려가 바짓자락을 잡았을 때. 강석규가 우뚝 서더니 물끄러미 강우진을 내려다보았다. 그 시선이 무서웠던 강우진은 손을 떼고 주춤 물러섰다. 그때 어머니가 주방에서 나왔기 때문에 그 후의 기억은 안 난다. 그때부터 강우진은 아버지에게 접근하지 않았다.

아버지란 존재가 그런 줄만 알았다. 일주일에 한 번쯤 오고, 자고 가는 날에는 늦게 왔다가 일찍 나가는 바람에 기척도 못 들을 때가 있고, 비 오는 날에만 오고.

중1 때쯤 어머니와 아버지의 관계를 알았다, 어머니는 아버지의 숨겨진 여자, 아버지는 정식 부인이 있고 어머니는 숨어서 산다. 아버지가 성(姓)을 강씨로 나눠주었기는 하지만 정식 가족의 식구들에게는 물론 세상 사람들에게도 어머니와 아들 강우진을 숨기고 있다는 것도. 인정을 해주는 사람은 자주 집에 찾아와 준 비서실장 고재성. 고재성이 강우진 아버지 대역을 해준 적도 있다.

순댓국집 계산을 하고 나와서도 강우진의 생각은 계속된다. 딴 때는 이런 생각 없었는데 어머니가 죽고 나니 자주 떠오르네.

그 초딩 3학년 때 이후로 아버지와 마주 앉아서 밥 먹은 적도, 말을 한 적도, 차 타고 어디 같이 가거나, 심지어는 같이 TV를 본 적도 없다. 말을 섞지 않고도 몇 년씩이 쑥쑥 지나더라. 아버지가 집에 왔을 때도 방 안에서 문 닫고 나가지 않았다. 그때는 어머니도 부르지 않았고, 아버지는 당연히 찾지 않았다. 그렇게 세월이 가다가 어머니가 갔다.

오후 2시, 믹서기 앞에서 고개를 들었던 김시아가 숨을 들이켰다, 눈앞에 강우진이 서 있었기 때문에. 시선이 마주치자 강우진이 주문했다.
"아메리카노, 뜨겁게."
"네."
대답부터 하고 난 김시아가 들고 있던 레모네이드 잔을 떨어뜨렸다.
"털썩."
웬 소리가 그렇게 큰지.
"어머나."
옆에서 크림을 짜던 이연옥이 호들갑이다. 그러나 착해서 제가 먼저 휴지 뭉치를 들고 엎질러진 레모네이드를 닦았다. 팀장 안대성은 다행히 손님과 이야기 중이다. 함께 바닥을 닦고 일어난 김시아의 얼굴이 빨개져 있다. 그때 기다리고 있던 강우진이 말했다.

"나 밖에 서 있을게."

김시아가 2시 55분에 나왔다. 오늘도 그 자리에 서 있던 강우진이 이틀 전 그 자리에 선 김시아의 운동화부터 보았다. 오늘도 그 운동화. 하지만 비 맞고 잘 말라서 조금 깨끗해짐. 강우진의 시선을 받은 운동화가 꿈틀거린다. 그때 강우진이 물었다.

"돼지 껍데기 먹을래?"

거기 안 갔다. 강우진이 발을 떼어서 김시아가 옆을 따랐지만, 돼지 껍데기 집 앞에서 주춤거리다가 지나쳤다. 그러고는 근처의 지하철역으로 내려와 마침 닥쳐온 지하철을 탔다. 지하철도 비었다. 자리에 나란히 앉았을 때 강우진이 힐끗 노선표를 보더니 말했다.

"우리 인사동 가자."

김시아가 고개를 끄덕였고 둘은 인사동으로 갔다.

인사동의 부침개집, 밖에는 별별 부침개 사진을 먹음직스럽게 붙여놓았지만, 막상 시켰더니 색깔도 다르고 맛도 별로다. 그러나 둘은 실망한 기색이 없다. 오후 4시, 지하철을 타고 오면서 말은 한마디도 하지 않았지만 서로 편했다.

덜거덕덜거덕하는 바퀴 소음이 정적을 깨뜨렸고 안내방송이 어색함을 메웠다. 그래서 김시아는 그것이 신기하다는 생각까지 들었다.

술은 막걸리, 가게에서 플라스틱 바가지에 술을 담아 검정 플라스틱 잔을 내놓았는데 강우진이 맥주잔을 달라고 해서 잔은 바꿨다. 맥주잔에 막걸리를 채웠더니 유리 안에 든 막걸리가 우유 같았다. 그때 김시아의 첫말.

"밥 먹었어요?"

"응."

"뭐 먹었는데?"

"순댓국."

"어디서?"

"논현시장."

강우진이 불쑥 물었다.

"근데, 너 윤회설 알아?" "윤회설이 누군데요?"

"지랄."

어깨를 부풀렸다가 내린 강우진이 세 모금에 잔을 비움. 그제야 감을 잡은 김시아가 강우진을 보았다.

"불교의 윤회설?"

"응."

"갑자기 그건 왜 물어요?"

"생각이 나서."

김시아가 숨을 들이켜고는 입을 다물었다, 짐작이 갔기 때문에. 그때 잔에 술을 채우던 강우진이 혼잣말을 했다.

"너한테는 그냥 말해서 좋아."

"다 말해도 돼요."

술잔을 든 김시아가 빙그레 웃었다.

"다 들어줄게."

다 들어준다고 했으면서 김시아도 슬슬 제 이야기를 늘어놓는다. 막걸리에 취한 것은 아니다. 분위기에 휩쓸렸다고 할까? 김시아가 강우진에게 '그냥 말해서 좋아' 하는 기분이 든 모양이다.

"난 2학기 때 휴학하기로 했어요."

강우진은 쳐다만 보았고 김시아가 말을 이었다.

"내 동생도 대학을 다니니까 좀 부담이 되어서."

"…"

"사는 게 정신없지 않아요? 시간이 금방 가고, 쪼개서 쓰지만 맨날 바빠요. 피곤하고."

"…"

"어떤 때는 학교가 알바장 같고, 알바 뛰는 데가 학교 같고, 전철에서 자면서 그곳이 집 같고 집이 전철 같고…."

"…"

"자주 울어요. 알바 뛰다가 화장실에서, 강의 끝나고 빈 강의실에서, 밤에 자다가 오줌 마려워서 일어났다가도 울고…."

"전철 안에서는?"

"네?"

"전철 안에서는 안 울었어?"

"그러고 보니 거기선 안 울었네."

고개를 끄덕인 강우진이 다시 물었다.

"오줌 누다가 울었어?"

"아니, 누기 전에."

"밥 먹을 때는?"

"사람 보는 데선 안 울어요. 글고 밥 먹을 때는 울지 말아야 해. 복 달아나."

"응."

"남 보는 데서 운 적 없어요."

"그렇군."

"힘들어서 울었지 슬퍼서 운 것 같지는 않아요."

"그거나 저거나 마찬가지 아냐?"

"엄연히 다르지."

"뭐가?"

"소가 힘들어서 울지 슬퍼서 울어요?"

"너는 소 같단 소리야?"

"일하다가 울었거든요, 열심히."

"소처럼."

"그래요."

"내가 지금 소하고 막걸리 먹냐?"

그때 눈동자의 초점을 잡은 김시아가 심호흡을 함. 정신을 수습한 것 같다. 그래서 김시아의 잔에 막걸리를 채운 강우진이 말머리를 돌렸다.

"남자 때문에 운 적 있어? 쉽게 말해서 연애하다가?"

"연애할 시간 없었어요."

"그래? 그럼 처녀야?"

"아니."

"그렇구나."

"왜 처녀 아니냐고 안 물어요?"

"관심 없어."

"그렇구나."

"뭐가 그렇구난데?"

"난 그냥 지나는 사람이구나."

"다 그렇지."

"다?"

"다 지나가."

술잔을 든 강우진이 물끄러미 김시아를 보았다.

"하나가 지나가면 또 하나가 오고."

"뭐가 지나는데?"

"널 보니까 그런 생각이 나."

한 모금 술을 삼킨 강우진이 말을 이었다.

"어머니가 간 날에 너 만났잖아."

"내가 오고 가는 인물 중에 끼었어요?"

"무슨 말야?"

"스치는 사람인 줄 알았는데."

"오늘 갑자기 네 생각이 났어."

그랬다가 강우진이 말을 바꿨다.

"아니, 어제도 가끔 네 생각을 했어."

"무슨 생각?"

"네 운동화, 네 얼굴."

"비."

"뭐라고?"

"비 오는 날."

"그렇구나."

"비 오는 날에만 날 생각해도 돼요."

"지겹다."

"뭐가요?"

"너도 우리 어머니 닮을 거냐?"

"아니."

그때 강우진이 정색했다.

"야, 김시아."

"네."

"앞으로 나를 오빠라고 불러."

"네, 오빠."

"오늘 나한테 줄래?"

"아니."

"그래야지."

고개를 끄덕인 강우진이 술잔을 들었다.

오후 6시 반, 또 고재성의 전화가 와서 강우진이 전화를 받았다. 앞에 김시아가 앉아있었기 때문에 식당을 나와서 골목에서 통화.

"예, 실장님."

"너, 어디냐?"

"인사동인데요."

"인사동?"

고재성의 한숨 소리.

"하루 종일 네 전화 기다렸다."

"죄송함다."

"너 술 마셔?"

"네."

"누구하고?"

"친구하고요."

"많이 마시지 마."

"네."

"내일 회장님 만나야겠다."

"싫은데요."

"왜?"

"그냥요."

"우진아."

"네."

"회장님을 이해해줘야 된다."

"네."

"내가 회장님 오래 모셨지만 요즘처럼 심란해 하시는 거 처음 본다."

"…"

"회장님은 사모님, 네 어머님을 사랑하셨어."

"큭."

"너 웃었냐?"

"아뇨, 트림했습니다."

"회장님이 너한테 하실 말씀이 있으신 것 같다. 꼭 데려오라고 하셨어."

"…"

"너도 알잖니? 회장님이 그런 말씀은 통 안 하시는 분이다. 꼭 데려오라고 하시는 말씀 말이다."

"이젠 뵐 일이 없을 것 같아요."

"우진아."

"그렇게 말씀 전해주세요."

"우진아."

고재성의 목소리가 다급해졌다.

"우진아, 그러면 안 돼."

"이것으로 끝내자고 해주세요. 전 다시 안 본다구요."

"우진아."

"아마 개운하실 것 같아요. 그럼 전화 끊을게요."

강우진이 핸드폰을 귀에서 떼고는 아예 전원까지 꺼버렸다.

오후 7시 반, 식당을 나온 강우진이 김시아에게 말했다.

"오랜만에 이야기 많이 했다. 잘 가."

"여기서 헤어져요?"

"그럼 모텔방에서 헤어져?"

"아유, 좀 더 돌아다니면 안 돼요?"

"너, 참."

강우진이 어두워지고 있는 골목 안을 둘러보았다.

"나 막걸리를 너무 먹어서 배가 출렁거려."

"집에 가려구요?"

"응."

"그럼 집까지 데려다줄게."

"정말이냐?"

"응."

그때 강우진이 김시아의 팔을 잡았다.

"가자."

압구정동 신성아파트. 밤이 되었지만 18층 높이의 아파트는 품위가 있다. 아파트 입구에 선 김시아가 입을 반쯤 벌렸다.

"말만 들었지, 여긴 처음 와."

"들어가자."

강우진이 김시아의 팔을 끌었다.

"집에 아무도 없어. 너도 알지만."

"싫어."

김시아가 팔을 빼고 한 걸음 물러섰다. 아파트 안쪽의 정원 가에 둘이 서 있다. 밤 9시 반, 김시아가 정색하고 강우진을 보았다.

"오빠, 그냥 집에 가, 쉬어."

"어."

"내가 전화할까?"

"하든지."

"오빠가 해도 돼."

"어."

고개를 끄덕인 강우진이 몸을 돌렸다.

다음 날 오전 8시 반, 강우진은 벨 소리에 눈을 떴다. 침대에서 일어난 강우진은 그것이 고재성인 것으로 예상했다. 현관의 CCTV 카메라 버튼을 누르자 곧 고재성의 얼굴이 떴다.

"지금 일어났니?"

문을 열었더니 바로 현관으로 들어서면서 고재성이 물었다.

"준비해. 나하고 같이 나가자."

응접실로 들어선 고재성이 앉지도 않고 말을 이었다.

"회장님이 기다리고 계신다."

동성그룹은 한국의 제2 재벌그룹으로 계열사 63개, 주력사업은 자동차와 조선, 중화학, 금융, 유통으로 사업장 숫자는 수천 개다. 회장 강석규는 66세, 아들이 둘, 딸이 하나다. 장남 강태진은 36세, 강영진은 34세, 딸 강현정은 31세. 강현정만 빼고 아들 둘은 동성그룹에 재직 중. 강우진은 그쪽 아들딸 이름만 보고 들어서 안다. 어디서? 신문, 방송에서. 둘째 강영진이 개차반이라 사고를 많이 일으키고 강태진은 강석규의 후계자로 양성 중, 그 정도.

고려호텔 28층의 라운지, 소공동에 있는 이곳은 강우진이 쳐다만 보았지 한 번도 들어가 본 적이 없다. 28층 라운지는 방으로 구분되어 있는데 귀빈과 상담, 또는 회의용으로 만들어 놓은 것 같다. 고재성이 안쪽 방으로 다가가더니 노크를 하고 문을 열었다. 그때 소파에 앉아있던 사내가 이쪽을 보았다. 강석규.
"회장님."
그렇게만 부르고 비켜선 고재성이 강우진에게 낮게 말했다.
"들어가."
그 순간 강우진과 강석규의 시선이 마주쳤다. 고개를 숙여 보인 강우진이 안으로 발을 떼었을 때 고재성은 강석규에게 말했다.
"저는 옆방에 있겠습니다."
강석규가 고개만 끄덕이자 고재성도 몸을 돌려 방을 나갔고 방에는 둘이 남았다.
"여기 앉아라."
강석규가 눈으로 앞쪽 자리를 가리키자 강우진은 잠자코 다가가 앉음. 강석규의 목소리를 들은 지도 몇 달 되었나 보다, 그것도 문밖에서. 강석규가 집으로 찾아왔을 때, 강우진은 방 밖으로 나가지도 않고 그냥 목소리만 들었으니까. 언제부터인가 강석규가 집에 와도 강우진도 나가지 않았다. 오히려 꽁꽁 숨어 있는 편이었다, 강석규도 찾지 않을 뿐만 아니라 오히려 얼굴 마주치기 거북해하는 눈치 같아서. 그래서 어머니도 불러서 인사도 시키지 않게 되었다. 강우진이 고개를 들고 강석규를 보았다. 이렇게 얼굴 마주 본 것도 1년쯤 된 것 같다. 그래도 잠깐 스쳐봤겠지만, 마주 앉은 건 생전 처음인가? 그때 강석규가 입을 열었다.

"너 뭐 할 작정이냐?"

"베트남에 가서 옷 장사나 하려구요."

덜컥 말했는데 그것은 아침에 셔츠를 입다가 덜렁거리는 라벨을 뜯어낼 때 '메이드 인 베트남'이라고 쓴 것을 보았기 때문이다. 그것이 머릿속에 박혔다가 튀어나왔다. 그런데 강석규가 고개를 끄덕이더니 다시 물음.

"언제?

"곧요."

"혼자?"

"예."

잠시 침묵, 강석규가 앞에 놓인 커피 잔을 들었기 때문에 강우진이 힐끗 보았다. 강석규는 키가 컸고 마른 체격, 머리는 반백에 눈매가 날카롭다. 강우진은 키는 크지만 눈매가 부드럽고 입술 끝이 단정해서 어머니 서미연을 닮았다. 강석규는 닮지 않았다. 한 모금 커피를 삼킨 강석규가 입을 열었다.

"미안하다."

강우진은 고개를 돌렸고 강석규가 말을 이었다.

"너 혼자 장례를 치르게 한 것이 마음에 걸렸다."

"…"

"우진아."

갑자기 강석규가 불렀기 때문에 강우진이 숨을 들이켰다. 이렇게 이름을 불린 기억이 없다, 한 번도. 26년 동안 기억 안 난다. 그러나 시선은 마주치지 않았다. 그때 강석규가 말했다.

"넌 내 아들이야."

"…."

"널 한 번도 잊은 적이 없어."

"…."

"이젠 네 엄마도 못 보겠구나."

"…."

"착한 여자였는데, 나 때문에 평생을 그늘에서 살았구나."

그때 강우진이 고개를 들고 강석규를 보았다. 시선이 마주쳤다. 강석규의 두 눈이 번들거리고 있다. 그때 강우진이 말했다.

"저 가도 됩니까?"

시선이 마주친 채 3초쯤 되었을까? 강석규가 고개를 끄덕였다.

"응."

그래서 강우진이 자리에서 일어섰다. 고개를 숙여 보인 강우진이 방을 나왔다. 면담 끝.

고재성을 안 만나고 그냥 호텔 밖으로 나왔더니 30분쯤 지났을 때 전화가 왔다.

"우진아, 회장님 지신데, 너 생활비는 어머님 통장으로 매달 보내라고 하셨다."

전철 안이어서 강우진은 듣기만 했고 고재성이 말을 이었다.

"회장님께서 가끔 너한테 전화하신다고 했다. 내가 회장님 전번을 너한테 찍어 보낼 테니까 그땐 꼭 받도록 해라."

강우진은 핸드폰을 귀에 붙이고는 숨만 들이켰다.

집에 가는 길에 부동산에 들렀다. 강우진을 본 부동산 사장이 반색했다.

"내일 계약하실 수 있습니다."

바짝 다가앉은 사장이 열띤 시선으로 강진우를 보았다.

"매입자가 지금 기다리고 있거든요."

"그것보다."

강우진이 사장에게 물었다.

"저 혼자 살 만한 집, 오피스텔도 좋구요. 구할 수 있을까요?"

"아, 집이야 얼마든지."

사장이 말을 잇는다.

"어떤 구조를 원하십니까? 말씀만 하십시오. 돈이 문제지 집은 얼마든지 있습니다."

20평 규모의 원룸 오피스텔을 보러 가기로 했다. 아파트 매각은 좀 보류다. 안방에 들어가 보았더니 어머니 물건뿐만 아니라 '회장님'의 물건도 잔뜩 쌓여 있었기 때문이다. 강우진은 안방뿐만 아니라 옷장, 건넛방에 '회장님'의 물건이 그렇게 많이 있는지 처음 보았다. 심지어 골프채가 3개, 골프화는 8켤레나 있었다. 그것을 다 갖고 가기에도, 버리기에도 골치 아팠기 때문이다. 어머니가 단정하게 정리해 놓은 그것들을 가볍게 처리하기가 난감했다. 그래서 아파트 처분은 당분간 보류, 당분간 비워놓은 채 가끔 가서 청소하고 어머니 냄새를 맡기로 했다. 시간이 지나면 냄새도 지워지게 되겠지. 그때 처분하자.

졸업식, 학교는 뒤숭숭. 그래서 강우진은 학과장과 교수들에게 인사만 하고 졸업식장에는 가지 않았다. 낮 12시 반, 도서관 앞 벤치에 앉아있던 강우진에게 조영철이 다가왔다. 조영철 뒤로 오예지와 박윤정이 따라오고 있어서 강우진이 긴장한다. 예상은 했다. 먼저 다가온 박윤정이 꽃다발을 주었다.

"오빠, 축하."

"고마워."

"어머니 안 오셨어?"

조영철이 주위를 둘러보면서 물었다.

"응, 어디 가셨어."

"어디?"

눈을 가늘게 뜬 조영철이 정색한다.

"아들 졸업식에 빠지실 만큼 중요한 일이냐?"

"응, 엄청."

그제야 조영철이 박윤정에게 웃어 보였다.

"어머니는 그렇다 치고 네 주변에 여자 많을까 봐 쫄았다, 내가.

박윤정도 맘 놓고 웃었다. 조영철이 다시 강우진 주위를 둘러보는 시늉을 했다.

"강우진 주변이 이렇게 쓸쓸하다니, 난 1개 소대는 사열했는데."

손님들을 다 보내고 왔다는 것이다. 자리에서 일어선 강우진이 발을 떼며 말했다.

"가자, 술 먹으러."

문득 김시아의 얼굴이 떠올랐다.

"어디야?"

강우진이 묻자 김시아의 얼굴에 웃음이 번졌다.

"학교."

"수업이야?"

"아니."

"끝났어?"

"아니."

"젠장, 그럼 수업 기다려?"

"지금 휴학계 내고 나오는 중."

"아."

"오빠는 뭐 하는데?"

"난 졸업식 끝나고 나오는 중."

"아."

"뭐가 아야?"

"몰랐어, 오빠."

"나도 몰랐다."

"오늘 술 한잔해?"

"해야지."

"나하고?"

"아니, 친구들."

"같이 있어?"

"응."

"축하해, 오빠."

"너도."

그러더니 강우진이 덧붙였다.

"자유인이 된 거 축하한다."

김시아가 대답하지 않았더니 강우진이 문득 묻는다.

"거기 비 안 와?"

2장. 숨 쉬고 사는 건 똑같지

"졸업했어."

강우진이 씩씩한 목소리로 말했다.

"회장님도 졸업식에 왔다고 말해주고 싶지만 그건 지금 안 통하겠지? 다 내려다봤을 테니까."

그리고 강우진이 씩 웃었다. 파주의 납골당 안, 강우진이 지금 납골당의 '박스' 앞에 서 있다. 가로, 세로 각각 50, 40 규격 안에 서미연의 사진이 있다. 웃는 모습의 사진. 이쪽 코너는 텅 비었다. 박스 앞에 꽃을 놓는 꽃병이 있어서 한 뭉치의 꽃이 꽂혀있다. 장례식 날 둔 꽃인데 아직 시들지 않았다. 이제 강우진이 입을 다물고 어머니를 본다. 오후 4시쯤 되었다. 학교 앞에서 조영철 일행과 헤어져 이곳에 온 것이다. 서미연은 친척이 없다. 강우진이 묻지도 않았지만 말해주지도 않았다. 친구도 드물어서 집에 찾아오거나 만나는 사람도 없다. 모르지, 강우진 모르게 만나는 사람이 있을지도. 정말 그늘에서 그림자처럼 살다가 간 어머니다. 그늘 속 그림자.

어머니가 웃는 경우가 있다. 가끔, 회장님이 다녀간 다음 날 아침, 또는 아침부터 비가 오는 날인 경우가 많다. 어머니의 웃는 모습을 보면 강우진의 심장 박동이 빨라졌고 얼굴에 피가 몰리는 느낌이 온다. 그 모습을 보기 위해서 비가 오기를 기다린 적도 있었다, 물론 중학생 때였지만. 강우진이 웃는 얼굴의 서미연을 물끄러미 본다. 사진 속 얼굴은 30대 후반쯤. 아름답다. 이때도 비가 왔나?

서미연을 응시하던 강우진이 다시 불쑥 물었다.

"회장님 만난 거 알지?"

이 말 하려고 겸사겸사 온 것인데

"나보고 미안하대, 혼자 장례식 치르게 해서."

강우진이 큭, 웃음.

"나한테 우진아, 하고 불렀어."

"…"

"나한테 처음으로, 알지?"

"…"

"몰라? 모르겠지."

"…"

"내가 아들이란 걸 강조하던데, 기분이 좀 꿀꿀했어. 내가 그 소리 들으면 좋아할 줄 알았나 봐."

"…"

"날 한 번도 잊은 적이 없다면서, 엄마더러 착한 여자였다고 했어."

"…"

"들었어?"

물론 서미연은 대답하지 않았다.

"나 갈게."

신고는 확실하게 함.

동성그룹 회장실 안, 소파에 앉은 강석규가 앞에 선 고재성에게 묻는다.

"졸업식은 끝났겠군."

"예, 회장님."

고개를 든 고재성이 강석규의 넥타이 중간 부분에 시선을 맞춤.

"졸업식에는 참석 안 하고 담당 교수들한테 인사만 하고 나왔습니다."

"사람들이 좀 왔나, 축하하러?"

"예, 몇 명."

"누구?"

"친구인 것 같았습니다. 여자 한 명."

"여자?"

"예, 최근에 만난 여자 같습니다. 학교 앞에서 헤어졌으니까요."

"여자 한 명이 왔어?"

"예, 회장님."

강석규가 힐끗 벽시계를 봄. 오후 4시 반, 그때 고재성이 헛기침을 함.

"친구들하고 헤어져서 혼자 파주 납골당에 갔습니다. 지금쯤 그곳에 있을 것입니다."

강석규가 고개를 끄덕임. 고재성이 5초쯤 서 있다가 강석규가 고개를 들지 않았기 때문에 몸을 돌림. 오늘은 아침에 회장이 부르더니 강우진이 뭐 하느냐고 물었다. 그것은 강우진의 오늘 일정을 조사하라는 말이었기 때문에 용역회사를 시켜 조사한 것이다. 고재성은 감동함. 오늘이 강우진의 졸업식이라는 것을 강석규가 알고 조사를 시킨 것이다. 아마 서미연이 죽기 전에 졸업식 날짜를 알려 주었겠지. 그래서 자신은 가지 못하고 '뭐 하냐?' 하는 심정으로 조사를 시킨 것이다.

오후 5시 반, 강우진이 사무실로 들어서자 백동문이 손을 들고 맞았다. 비대한 체격, 둥근 얼굴.

"너 진짜 공장 일 할 거야?"

강우진이 자리에 앉기도 전에 백동문이 물었다. 백동문은 '동문상사' 사장. 동문상사는 베트남에서 생산한 의류제품을 한국의 마트나 도매상 등에 판매하고 있었는데 하청이 절반은 됨. 매출은 연 10억 정도, 달러가 아니라 원화로, 그러니까 월간 매출은 1억, 직원은 사장 백동문과 여직원 하나, 둘뿐이다. 베트남 공장은 물론 오더를 넣기만 하는 곳으로 소유자는 베트남인이다. 사무실은 20평쯤 되었는데 어수선, 지저분했다. 사무실 앞 간판에 '동문상사 서울 사무소'라고 적혀있지만 공갈이다. 이곳이 본사다. 백동문 명함에 본사가 베트남 다낭에 있는 것으로 되어 있지만, 그것도 '공갈'. 그곳에서 생산은 하지만 주인은 베트남인이다. 물론 이것은 백동문이 다 말해준 사실이다. 솔직한 성격이다. 백동문은 38세, 그러니까 6년 전, 강우진이 대학 1학년 때부터 군대에 가기 전까지 3년간 알바를 했다. 그때는 매출액이 지금보다 3배는 많았기 때문에 일거리가 많았다. 알바 일이야 원단을 컨테이너로 실어 베트남에 보내고 원부자재를 체크해서 옮기고, 나중에는 원부자재 발주까지 하게 되었는데 밥 먹듯이 철야를 해서 강우진은 밤에만 일을 했다. 그래서 대학 다니면서 알바를 했다. 그 당시에는 사장 포함 직원이 넷, 알바가 셋이었는데 지금은 둘만 남았다. 알바도 안 쓰는 것 같다. 얼마 전에 강우진이 전화를 해서 취직 좀 시켜달라고 했더니 백동문이 반기면서 '고생하려면 오라'고 했다.

"그냥 먹고 살게만 해주세요."

강우진이 정색하고 대답했더니 백동문은 커다랗게 고개를 끄덕였다.

"너 같은 사원을 두면 나야 좋지, 요즘 너 같은 놈 드물어."

그러더니 한숨까지 쉬었다.

"힘든 일을 안 하려고 하는 놈들이 많아. 지난달에 여기서 일하던 놈이 그만뒀어. 힘들다고 말야."

그것이 강우진을 반긴 이유인 모양이다. 백동문이 지그시 강우진을 보았다.

"너 좀 힘드냐?"

백동문의 시선을 받은 강우진이 쓴웃음을 지었다. 생활이 어렵냐고 묻는 것이다.

"예."

강우진은 그렇게만 대답했다. 백동문은 강우진의 집안은 물론 가족관계도 모른다, 지금까지 강우진이 일당 노동자로 살아왔기 때문에.

오후 7시, 집으로 돌아가는 버스 안에서 김시아가 문자를 보낸다.

"오빠, 뭐해요?"

3분쯤 지나서 다시.

"난 알바 끝나고 집에 가는 중."

다시 이어서 말한다.

"시간 있으면 연락해요."

대림동의 삼겹살집, 7시 10분, 강우진과 백동문, 오영주 셋이 고기 안주로 술을 마시고 있다. 강우진이 동문상사에 근무하게 된 기념 회식이다. 오영주는 23세, 경리와 온갖 서류 업무 담당, 고졸 출신으로 경력 4년. 동문상사에는 작년에 입사했기 때문에 강우진과는 초면, 날씬한 체격, 차갑게 보이는 외모, 말이 별로 없어서 그런 인상인가 보다.

"넌 어디서 사냐?"

술잔을 든 백동문이 물어서 강우진이 대답한다.

"곧 회사 근처로 이사오려구요."

그게 제대로 된 대답은 아니었지만 백동문이 고개를 끄덕인다.

"대림동에 월세방 많아."

그러더니 또 묻는다.

"의료보험 하려면 호적등본 내야 하는데, 가족은 어떻게 돼?"

지금까지 '그딴 건' 묻지도 알려고도 하지 않았다. 강우진이 한 모금 술을 삼키고 대답한다.

"저 고아인데요. 혼자 삽니다."

오영주의 시선이 옮겨졌지만 백동문이 다시 묻는다.

"안 계셔?"

"예."

"그동안 혼자 살았어?"

"어머니하고 살았지만 돌아가셔서."

"아!"

백동문이 그러더니 잔에 술을 따라 주었고 신상 이야기는 끝났다. 그때 주머니에 든 핸드폰이 진동했기 때문에 강우진이 꺼내 보았다. 김시아의 문자, 문자를 읽고 난 강우진이 핸드폰을 주머니에 다시 넣는다.

밤 10시 반, 핸드폰을 본 김시아는 강우진의 문자가 오지 않은 것을 확인했다. 7시에 보낸 자신의 문자가 끝, 밑은 비었다. 한동안 빈자리를 바라보던 김시아가 고개를 돌렸다. 핸드폰의 조명도 스르르 꺼졌다.

다음 날 오전, 강우진은 대림동의 오피스텔을 계약했다. 회사에서 걸어서 5분 거리인 데다 번화가, 신축 건물로 강우진이 첫 입주자다. 25평, 원룸이어서 고급형, 전세 1억 5천, 강우진이 바로 전액을 지급했더니 부동산 사장은 환장하고 오후에라도 입주할 수 있다고 했다. 서류 처리를 일사불란하게 마치고 열쇠를 받아든 강우진이 집으로 돌아와 여행 가방 2개에 짐을 담아 이사를 했다. 일단은 양쪽 집을 오가면서 개미처럼 짐을 나를 작정이다. 세월이 좀먹나. 밥은 사 먹을 작정으로 주방용품은 손대지 않았다. 오피스텔의 매트리스에 누웠을 때는 오후 9시. 매트리스, 이불도 근처 상가에서 사 온 것이다. 길게 한숨을 쉰 강우진이 핸드폰을 꺼내 보았다. 어제 오후 7시에 김시아가 보낸 문자를 다시 읽는다.

오후 9시 10분, 강우진이 김시아에게 문자를 보낸다.

"바빠?"

"아니."

바로 답이 왔다.

"전화해."

바로 전화가 왔다.

"여보세요?"

김시아의 목소리가 울렸을 때 강우진은 천장을 보았다. 집 안에는 아직 TV도 없어서 볼 것이 없다.

"응, 시아냐?"

"오빠, 집이야?"

시아의 목소리가 맑게 울렸다.

"응, 그래, 집."

강우진이 고개를 돌려 매트리스만 덜렁 깔린 오피스텔을 둘러보았다. 새집이라 을씨년스럽지는 않다. 천장의 형광등도 멋지게 배열되었고 벽지 냄새도 싱그럽다. 오늘이 첫날밤인가?

"어제 오후부터 지금까지 뭐 했어?"

"바빴어."

"졸업하고 백수 되었으면서 뭐가."

"나 어제 취업했어."

"응?"

놀란 김시아의 목소리가 높아졌다.

"어제? 졸업식 날?"

"그래, 졸업식 날."

"어디?"

"동문그룹."

"동문그룹?"

"응."

"뭐 하는 회산데?"

"이것저것, 의류, 신발, 전자제품까지."

"커?"

"커."

"직원은 몇 명이나 되는데?"

"3만 명쯤."

이제 강우진까지 셋인데.

"히."

숨 들이켜는 소리를 낸 김시아가 말을 잇기 전에 강우진이 마무리를 했다.

"사업체가 모두 베트남에 있어서 여긴 연락사무소가 있을 뿐이야."

김시아의 인터넷 조회에 대비한 것이다.

"나도 베트남에 왔다 갔다 해야 될 거야."

"베트남에 가?"

"당분간은 여기 있다가. 오리엔테이션도 받고."

오리엔테이션 운운은 조영철한테 들은 풍월.

"그럼 오빠 바쁘겠네."

"너하고 연애할 시간은 있어."

"연애?"

"응."

"오빠 연애 많이 해봤어?"

"응."

"몇 번?"

"많아. 그걸 세려면 오늘 밤 새워야 돼."

"그렇구나."

"뭐가 그렇구나야?"

"나도 그중 하나야?"

"아직 시작도 안 했으면서 뭘?"

"그러네."

"이제 전화 끊을 차례냐?"

"아니?"

"나 오늘 이사했다."

"응? 이사?"

"응, 오늘 이사 간 집에서 첫날밤이야."

"어딘데?"

"대림동."

"멀다."

"멀어?"

"성남에서 전철로 한 시간 반쯤 걸려. 내가 가봤거든."

"여기가 전철역 근천데 지금 올래?"

"미쳤어?"

"너도 휴학해서 백수 아냐? 시간 많잖아."

"지금 몇 신데."

"9시 반."

"11시에 도착하겠네."

"자고 가."

강우진이 눈을 감으면서 말했다. 갑자기 온몸이 나른해지면서 매트리스에 빨려 드는 것 같은 느낌이다.

"기다릴게."

그러고는 강우진이 휴대폰을 귀에서 떼었다.

밖으로 나온 김시아가 숨을 들이켜고는 연립주택을 올려다보았다. 4층짜리 연립주택의 4층. 응접실 불은 꺼졌다. 안쪽 어머니 방의 불은 켜져 있겠지만 이곳에서는 보이지 않는다. 동생 미아는 11시쯤이 되어야 알바에서 돌아온다. 아마 그때쯤 되면 없어진 줄 알고 찾겠지. 발을 뗀 김시아가 놀이터 앞을 지나다가 멈춰 섰다. 그러고는 발길을 돌려 안쪽 그네로 다가가 앉았다. 무게를 받은 그네가 조금 흔들렸다. 주위는 조용하다. 희미하게 아이들의 울음소리, 남자의 조금 굵은 목소리가 울릴 뿐이다. 김시아가 가볍게 그네를 흔들면서 핸드폰의 시계를 보았다. 9시 52분, 지금 출발해도 12시가 다 되어서 대림동에 도착할 것이다. 김시아가 조금 세게 그네를 흔들었다. 발끝이 땅바닥에서 떨어지려고 해서 흔들림을 조절했다. 방 안에 가만있기가 힘들었기 때문에 나왔으나 막상 가기는 무섭다. 아니, 갈 작정을 하려고 나온 것이 아니라 갈 시늉을 하려고 나온 것이다. 김시아는 제 '속'을 들여다보았다, 아니 조사했다고 해야 하나? 가고 싶었다. 강우진 옆에 가서 눕고 싶었다. 그래서 나왔다. 하지만 싫다, 아니 무섭다, 아니 그것도 아니다. 어느새 그네가 세게 흔들려서 발이 땅에서 떴다. 그래, 이렇게 시간이 가도록 놔두는 거야. 난 이러려고 방에서 나온 거지. 조금 있다가 시간이 지나면 들어가자.

강영진이 흐린 눈으로 고재성을 보았다.

"고 실장, 놔둬. 그까짓 것, 내가 욕 얻어먹고 말지."

오후 4시 반, 이곳은 소공동의 중식당 '베이징'의 방 안이다. 강영진은 혼자서 술을 마시고 있었기 때문에 술 냄새가 풀풀 났다. 이맛살을 찌푸린 고재성이 강영진을 보았다.

"강 부장, 그 사람들 보통내기가 아닙니다. 강 부장님이 그러시면 그 사람들 작전에 말려드는 겁니다. 같이 가서 합의합시다."

"글쎄, 놔두라니까!"

강영진이 눈을 치켜떴다. 1미터 70센티쯤의 키에 95킬로의 체중, 비만으로 턱이 3겹이고 둥근 얼굴, 34세, 동성건설 자재부장, 미혼, 국제대 졸, 이것이 강영진의 이력이다. 강영진이 누구냐? 동성그룹 강석규의 둘째 아들이다. 지금 강영진은 여자한테 고발 협박을 당하고 있다. 혐의는 강간 폭행이다. 그런데 강영진은 놔두라고 한다. 그때 고재성이 입을 열었다.

"이건 강 부장 개인의 일이 아닙니다. 동성그룹 창립자인 회장님에게 누가 되는 일이란 말입니다."

"내가 그년 수작에 넘어갔어. 그년은 전문가야."

"그쪽이 합의금으로 15억을 요구하고 있어요. 내일까지 줘야 하는데 내가 회장님 모르게 처리할 수는 없습니다. 같이 회장님께 가십시다."

"내가 더 이상 어머니한테는 손 못 벌리겠고."

강영진이 고개를 저었다.

"아버지 얼굴 보는 게 끔찍해. 그럴 바에는 내가 교도소 가는 것이 나아."

"글쎄, 교도소 가는 것이 문제가 아니라니까요!"

고재성은 마침내 목소리를 높였다.

"회장님 이름에 먹칠하고 회사 이미지를 깎게 된다고 말했지 않습니까? 이건 몇백억 돈이 문제가 아닙니다!"

"왜 소리 지르고 지랄이야?"

강영진이 맞받아서 소리쳤다.

"네 돈 나가는 거야? 우리 아버지 돈이 나가는 거라고!"

"내가 독단으로 처리할 수 없는 일입니다."

고재성이 벌떡 일어섰다.

"바로 회장님께 보고할 테니까 알아서 해요!"

"당신, 가만 안 둘 거야!"

강영진이 다시 소리쳤다.

"내가 어떻게든 당신 목을 자르겠어!"

"목을 자르는 건 회장님입니다!"

고재성이 몸을 돌렸을 때 등에 대고 강영진이 소리쳤다.

"야! 이 개새꺄! 일루 와!"

그러나 고재성은 방을 나와 거칠게 문을 닫았다. 강영진은 사고뭉치다. 지금까지 마약 복용이 3번, 폭행이 5번, 음주 운전 6번, 기물 파손 10여 번, 여자 강간, 폭행이 4번이나 된다. 그것을 다 고재성이 덮고 돈으로 때우고, 인맥을 통해 해결해 줬지만 모두 강석규 회장에게 보고는 했다. 강석규는 강영진을 내놓은 자식 취급을 해서 외국에라도 보내고 싶겠지만 그곳에서 사고를 치면 아예 수습 불가능이다. 그래서 놔두고있는 상황이다. 그나저나 버릇을 잘못 가르쳤다. 16년이나 연상인 고재성한테 이 새끼 저 새끼 하는 것이 보통이다. 나쁜 놈. 모두 어머니가 잘못 키운 탓이다.

커피숍을 나온 김시아가 계단을 내려가다가 걸음을 멈췄다. 계단을 올라오는 강우진과 시선이 마주쳤다.

"아!"

걸음을 멈춘 강우진이 웃었다. 웃는 모습은 처음 보는 것 같다. 강우진이 올려다보면서 말했다.

"오늘 하루 휴가야."

"어제 혼자 잤어요?"

말이 어긋났다. 그래서 잠깐 서로 바라보다가 김시아가 먼저 발을 떼어 내려갔다. 이제 둘이 같이 내려가면서 강우진이 말했다.

"푹 잤어."

"나 안 기다리고?"

"눈 뜨니까 아침이더라."

"갈 뻔했잖아."

"안 오기 잘했다. 전화 끊고 바로 잤으니까."

밖으로 나온 김시아가 하늘을 올려다보았다.

"날씨 좋네."

"그래."

"뭐가 그래요?"

"좋다고."

발을 뗀 강우진의 옆으로 김시아가 다가서면서 물었다.

"나 찾아왔어요?"

"그럼 내가 여기 뭐하러 와?"

김시아가 길게 숨을 뿜었다.

"우리 인사동 가요."

"또?"

"그럼 이사 간 집 가든지, 구경하게."

"자고 가려고?"

"그건 안 되고."

"그럼 너네 집 근처로 가자."

전철역 쪽으로 발을 떼면서 강우진이 말했다.

"차라리 내가 먼 길을 돌아가는 게 낫지."

성남 가는 전철은 비어 있었기 때문에 둘은 나란히 앉았다. 가끔 몸이 부딪혔고 강우진의 냄새도 맡아졌다. 강우진의 냄새는 투박하다. 오늘은 검정 후드티 위에 점퍼를 걸쳤는데 가죽 냄새가 났다, 소가죽. 무심한 표정으로 앞을 보는 강우진의 옆얼굴을 보면서 김시아는 가슴이 천천히 가라앉는 느낌을 받는다. 그래서 저도 모르게 어깨를 강우진의 팔에 붙였다. 묵직한 느낌이 오면서 가죽 냄새가 진하게 맡아졌다. 그때 강우진이 고개를 돌려 김시아를 보았다. 강우진의 시선을 옆 볼에 느꼈지만 김시아는 놔두었다. 전철의 작은 흔들림도 강우진의 어깨를 통해서 전달되고 있다. 김시아는 입을 열지 않았고 강우진도 앞쪽만 보았다.

고2 때인가, 김시아는 시골 이모 집에 간 적이 있다. 전주 근교의 면 소재지에서 이모부하고 비닐하우스를 하던 이모는 어머니의 하나뿐인 자매였고 가난했다. 아이들도 넷이나 있었는데 맨 위가 중2였던가, 그리고 그 밑으로 초등생이 셋. 어머니하고 동생 미아하고 셋이 내려가서 그 집 식구들하고 여름방학 1주일간을 보낸 추억이 김시아에게는 가장 행복했던 휴가였다. 시끄럽고, 정신없고, 덥고, 재미있었던 그때, 그 휴가를 지낸 후에 김시아가 느낀 점이 있다. 행복이 부자한테만 가는 것이 아니라는 것, 행복은 마음먹기에 달렸다는 것이다. 고1 때 느낀 그 기준을 김시아는 지금도 지키고 있다.

"자?"

불쑥 강우진이 물었기 때문에 김시아가 머리를 떼었다. 상반신을 세웠더니 강우진이 입술 끝만 올리고 웃었다. 전철은 성남까지 다섯 정거장 남았다.

"안 자는구나."

"왜?"

"네 냄새가 좋아."

김시아가 어깨를 더 올렸다.

"무슨 냄새?"

"아마 살 냄새 같아."

"미쳐."

"네 살에 코를 박고 싶다."

"변태."

"넌 엄마하고 친해?"

강우진의 말버릇, 말머리를 휙휙 돌린다.

"응, 친해."

"자주 이야기해?"

"응, 오빠는?"

김시아가 아차 싶었는지 숨을 들이켰다. 그때 강우진이 대답했다.

"난 자주 이야기 못 했어. 주로 엄마가 나한테 했는데 그것도 짧았어."

"…"

"내가 대답만 하고 피했기 때문에."

"…"

"왜 그랬는지, 지금 생각하면 엄마를 좀 괴롭히려고 그랬던 것 같아. 혼자 사는 엄마가 안쓰럽고 또 그것이 미웠으니까."

"…"

"불쌍했지만 화도 났고."

"오빠, 다 왔다."

아직 한 정거장 더 남았지만 김시아가 말을 끊었다. 고개를 들었던 강우진이 입을 다물었기 때문에 김시아가 소리 죽여 숨을 뱉었다.

보고를 듣고 난 강석규가 고개를 들고 고재성을 보았다. 표정은 없었지만, 눈동자가 깊은 물 속 같다. 오후 5시 10분, 그룹 회장실 안.

"처리해."

"예, 회장님."

"박 변호사 데려가서 확실하게 매듭짓고."

"예, 회장님."

"그리고."

숨을 들이켰다가 천천히 뱉은 강석규가 다시 깊은 물 속 같은 눈으로 고재성을 보았다.

"강영진이 건설에서 횡령한 공금이 얼마라고?"

"47억입니다."

"내역을 보자."

고재성이 가방에서 서류를 꺼내 내밀었다. 비밀감사반을 시켜 조사한 자료다. 강영진은 자재부장 직위를 이용해서 자재 가격을 정상 단가보다 높게 책정해주고 차액을 받아 챙겼는데 가장 흔한 부정행위다. 그러나 감사반의 감사는 피할 수 없다. 처벌하지 않겠다고 보장을 하자 업체들이 다 털어놓은 것이다. 내역서와 리베이트를 준 업체들의 시인서까지 훑어본 강석규가 고개를 들었다.

"이것이 18개월 동안 횡령한 자금인가?"

"예, 회장님."

"그럼 공식적인 월급, 보너스까지 합해서 이놈이 얼마를 썼나?"

서류를 훑어본 고재성이 고개를 들었다.

"가불금까지 합해서 18개월 동안 57억쯤 썼습니다."

"쓴 내역은?"

그때 고재성이 다시 서류를 꺼내면서 묻는다.

"드릴까요?"

"아니, 읽어."

고재성이 서류를 읽는다.

"정경진이란 여자한테 집, 차, 생활비 조로 20억 정도가 나갔지만 3개월 전에 헤어졌습니다."

"…"

"오세연이란 여자에게 22억쯤 나갔습니다. 역시 6개월 전에 헤어졌습니다."

"…"

"유흥업소 여자 셋에게 8억쯤 나갔습니다."

"…"

"나머지는 기타 생활비로 쓴 것 같습니다."

고개를 든 고재성은 강석규가 앞쪽 벽을 바라보고 있는 것을 보았다. 눈동자의 초점이 흐려져 있다. 고재성이 숨을 죽인 채 기다리고 있었더니 마침내 강석규가 눈동자의 초점을 잡았다.

강태진, 36세, 강석규의 장남, 동성그룹의 핵심 회사인 동성상사 기조실장. 미국

UCLA 졸, 26세부터 10년간 동성 근무, 사원에서 차곡차곡 승진해서 10년 만에 부사장급 기조실장이 되었다. 머리가 명석하고 상황 판단이 빠르며 추진력이 강하다는 평을 받는다. 강석규의 후계자다.

"회장님 어디 계셔?"

강태진이 묻자 오병완 부장이 다가와 섰다.

"지금 회장실에 계십니다.

"혼자?"

"아닙니다. 그룹 기조실장님하고."

고재성은 그룹 전체를 총괄하는 기조실장이다. 그룹 비서실장은 부사장급이지만 상사의 사장급인 것이다. 강태진이 말했다.

"비서실에 전화해서 내가 지금 보고할 것이 있다고 해."

"예, 부사장님."

오병완이 서둘러 몸을 돌렸을 때 강태진이 자리에서 일어섰다. 그룹 회장실은 3층 위다. 이곳은 여의도의 동성빌딩, 58층 건물 전체를 그룹 본부와 동성상사가 사용하고 있다.

"회장님, 보고 드릴 일이 있습니다."

다가선 강태진이 말했을 때 강석규는 시선만 주었다. 방 안에는 강석규 혼자다. 같이 있던 고재성은 보이지 않았다. 강태진이 말을 잇는다.

"베트남의 상사 소속 근로자 임금을 앞으로 5년 동안 동결한다는 조항을 계약서에 추가시키도록 하겠습니다.

"…"

"내일 계약서에 사인할 예정이니까 그전에 추가하도록 하겠습니다."

강태진의 목소리는 활기가 넘쳤고 얼굴은 상기되었다. 이번에 동성그룹의 동성상사는 베트남 정부와 합자하여 하노이와 5개 도시에 7만 명이 넘는 근로자를 고용한 대규모 의류 공장을 건설할 계획이다. 베트남 총리와 동성그룹 사장이 내일 계약서에 서명할 예정이다. 강석규가 입을 열지 않았기 때문에 강태진이 바짝 다가섰다.

"지금 베트남 정부는 다급한 입장입니다. 우리 제의를 거부하지 못할 것입니다."

그때 강석규가 입을 열었다.

"알았다."

"베트남에 가 있는 계약팀에 그렇게 지시할까요?"

"놔둬라."

"네?"

강태진의 시선을 받은 강석규가 길게 숨을 뱉고 나서 말했다.

"길게 봐라."

"네?"

"멀리 보란 말이야."

숨을 죽인 강태진을 향해 강석규가 말을 이었다.

"이번 베트남 합작 공장은 베트남의 경제 발전에 동성이 기여한다는 의미가 있어."

강석규의 목소리가 열기를 띠었다.

"앞으로 5년 후, 10년 후를 내다봐야 한단 말이야."

"…."

"그런 상황에서 임금 동결 조항이나 슬쩍 집어넣는 잔재주를 부리면 안 된다."

그러고는 강석규가 의자를 돌려 앉았다.

"가봐라."

강태진이 나가고 나서 강석규가 자리에서 일어섰다. 저녁 약속이 있었기 때문에 비서실에 있던 고재성도 방을 나가는 강석규의 뒤를 서둘러 따라 나왔다. 둘이 엘리베이터에 탔을 때다. 잠자코 서 있던 강석규가 앞쪽을 향한 채 혼잣말을 했다.

"좁아."

"예?"

"작단 말야."

더 묻기도 그랬기 때문에 앞쪽을 향한 채 고재성은 눈만 깜빡였고 강석규가 말을 이었다.

"인정머리도 없어."

그제야 고재성은 감을 잡았다. 회장실에 다녀간 강태진을 말하는 것이다.

"오빠."

소주를 두 병째 마셨을 때 김시아가 강우진을 불렀다. 오후 7시 반, 이곳은 성남 모란시장 근처의 족발집. 손님이 많고 소란해서 목소리를 높여야 한다. 강우진의 시선을 받은 김시아가 말을 이었다.

"나도 내일부터 알바 두 탕이야."

"하루 두 번?"

"응, 6시간씩 두 곳."

"어디 어딘데?"

"커피숍, 24시간 식당."

"그렇구나."

"나 바빠서 데이트할 시간도 없어."

"그렇네. 시간 내도 피곤해서 뭐 되겠냐?"

"오빠도 알아?"

"나도 막일 같은 알바를 해봐서 알아. 군대 가기 전에."

"그랬구나."

"내가 지금 들어간 회사가 그때 알바 했던 회사야."

"베트남에 본사가 있다면서?"

"응, 그렇지."

"크다고 했지?"

"커."

"베트남에 본사가 있어서 그런지 조회해봤더니 안 나오더라."

"…."

"정식 직원이야?"

"당근"

"설마 막일하는 건 아니지?"

"아냐."

어깨를 부풀렸다가 내린 강우진이 김시아를 보았다.

"너 키스 해봤어?"

"또 말 돌린다."

"해봤어."

김시아가 바로 대답했다.

"대학 1학년 때 2번."

"이크."

"뭐가 이크야?"

"더 진전됐냐?"

"아니."

술잔을 든 김시아가 빙그레 웃었다.

"입 냄새가 났어. 두 번 다."

"한 놈이 두 번이냐?"

"아니, 두 놈이 한 번씩."

"다 입 냄새가 났어?"

"응."

"입 냄새를 분간할 만큼 정신을 차리고 있었구나."

"키스할 때는 정신 잃는 거야?"

"첫 키스할 때는 그쯤 돼야 정상 아닐까?"

"말도 안 돼."

"그럼 넌 한 학기만 휴학하려고?"

"아니, 1년. 그 이상이 될지도."

대답했던 김시아가 픽 웃었다.

"말 돌리기 선수야."

"화제가 무궁무진한 편이지."

"오빠, 이야기 해봐."

"네가 상상한 대로야."

"알았어."

"네 상상을 말해봐."

"한 백 번쯤."

"어휴."

"그래, 그만두자."

김시아가 강우진의 잔에 술을 따르면서 불쑥 물었다.

"이렇게 시작하는 거야?"

"뭐가?"

"연애."

강우진이 '쿡' 웃었다.

"우리 연애하는 거냐?"

"그럼 아닌가?"

"맞아."

강우진이 고개를 끄덕였다.

"연애는 이렇게 시작하는 거야. 만난 순간에 눈에서 불꽃이 튀었다든가 심장 박동이 세 배쯤 빨라졌다든가 하는 건 다 나중에 지어낸 말이야."

"나 오빠 처음 봤을 때 심장 박동이 빨라졌는데."

"기후 변화가 있었다거나 놀랐거나 그랬겠지."

"오빠 분위기가."

"비가 와서 눅눅했지."

어느덧 9시가 넘어가고 있다. 강우진이 식당을 둘러보더니 한숨을 쉬었다.

"가야겠다. 자러."

강우진 말이 맞다. 집으로 돌아가면서 김시아가 생각했다.

'만나면서 슬슬 익숙해지는 것이지.'

강우진의 말뜻이 그렇다.

'처음 만나면서부터 '감동'을 먹고 연애가 시작되지는 않는 거야.'

집까지는 걸어서 5분 거리다. 적당한 취기가 올라왔고 세상이 따뜻하다는 느낌이 왔다. 그것이 강우진 덕분이라는 것도 알겠다. 휴학계를 냈지만 별로 심란하지 않은 이유도 안다. 강우진이 있기 때문이다. 꼭 짚어내지 않아도 알 수가 있다.

'그래, 우린 환경이 비슷해. 그래서 서로 공감하는 부분이 많을 거야.'

새로운 사실, 강우진 또한 그럴 것 같다고 믿어졌다. 생활환경을 말한다. 강우진도 알바를 하다가 그 회사에 취업했다고 하지 않는가? 베트남 본사가 크다고 했지만 '뻥' 같다. 큰 회사면 본사가 베트남에 있더라도 구글에 다 나왔지. 순진하기는. 김시아의 얼굴에 웃음이 떠올랐다.

다음 날 아침, 출근했더니 오영주가 말했다.

"사장님이 원단 찾아서 보내라고 했어요."

딱 그렇게만 말하고 컴퓨터 자판을 두드렸다. 자리로 다가간 강우진이 책상 위에 놓인 쪽지를 보았다. 오영주가 메모해 놓은 것이다. 그러니 짧은 말에 대한 보충이 된다. 쪽지를 쥔 강우진이 사무실을 나가면서 말했다.

"그럼 나갔다 올게요."

"수고하세요."

강우진은 들어간 지 5분 만에 사무실을 나왔다. 의정부에 가서 원단을 체크한 후에 베트남으로 보내는 일이다. 머리보다 힘을 쓰는 업무이다. 컨테이너로 수송할 분량은 못 되었기 때문에 일반화물로 보내야만 한다. 알바 때 노상 하던 일이다.

"얼마라구?"

강영진이 이맛살을 찌푸렸다.

"30만 원."

사내가 손가락 3개를 펴 보이자 강영진이 쓴웃음을 지었다.

"이것들이 바가지를 씌우는군. 지난 토요일에도 내가 여기서 20만 원에 샀잖아."

"싫으면 말고. 요즘은 가격이 매일 올라."

사내가 몸을 돌렸을 때 강영진이 다급하게 불렀다.

"야, 잠깐만."

사내가 고개만 돌렸을 때 강영진이 손을 내밀었다.

"내놔."

"여기서 거래하란 말야?"

기가 막힌다는 표정을 지은 사내가 주위를 둘러보는 시늉을 했다.

"저기 내 차로 가."

사내가 골목 안에 주차된 카니발을 턱으로 가리켰다. 오전 10시 반, 이곳은 장안동 시장 옆 '천지클럽' 뒷길, 강영진이 이곳에서 히로뽕을 사 온 지 3년이나 되었기 때문에 지리에는 익숙하다. 마약 도매상인 사내하고도 1년이 넘게 거래를 해왔지만 서로 이름도 모른다. 알려고 하지 않는 것이 '이 동네'의 규칙이기도 하기 때문이다. 강영진은 사내를 따라 카니발 안으로 들어섰다.

"어?"

들어선 순간 강영진의 입에서 놀란 외침이 터졌다. 안에 세 사내가 타고 있었기 때문이다. 그 순간 안에서 문이 닫히더니 두 사내가 강영진을 덮쳤다.

"놔!"

강영진이 발버둥을 쳤지만, 곧 세 쌍의 팔에 눌린 강영진은 입에 테이프가 붙여졌고 손발이 누에고치처럼 묶였다.

육체노동자다. 강우진이 원단 더미 속에 몸을 묻고는 가쁜 숨을 뱉었다. 낮 12시 10분, 원단을 실은 탑차는 방금 출발했다. 늦게 회사에 출근한 백동문에게 보고도 했다. 원단 25박스를 중량 체크를 하고 박스 포장까지 직접 한 다음에 탑차에 싣는 작업이다. 그때 원단공장 사장 안유철이 다가왔다.

"어이, 미스터 강, 밥 먹으러 가지."

"밥 사주시게요?"

"이 사람아, 그럼 내가 자네더러 밥 사라고 하겠는가?"

안유철도 55세, 직물공장을 운영한 지 25년, 의정부에 30여 개의 직물공장이 있었다가 지금은 다 망하고 2곳만 남았다. 안유철도 20년 전에는 근로자 300명에 기계를 600대 보유한 공장을 운영했지만, 지금은 10분의 1로 줄었다. 안유철과 함께 근처의 콩나물국밥 식당으로 간 강우진이 문득 어머니를 떠올렸다. 어머니는 회장님이 온 날 아침에는 꼭 콩나물국을 끓였다.

"아버지가 내 콩나물국이 제일 맛있다고 하더구나."

언젠가 어머니가 한 말이다. 이 한마디 말을 뱉은 '죄'로 '회장님'은 계속 콩나물국만 얻어먹게 되었던 것 같다.

점심으로 편의점에서 라면을 먹던 김시아가 전화를 받는다. 발신자는 최수영, 작년 말에 헤어진 남자, 동창 소개로 만났다가 세 번 만나고 나서 헤어졌다. 그런데 웬일? 김시아가 핸드폰을 귀에 붙였다.

"여보세요."

"아, 나 최수영이야."

"웬일이세요?"

최수영은 대기업인 동성그룹 계열사인 동성상사 사원이다. 동성상사에 입사하면 고시 패스한 것이나 같은 평가를 받는다. 최수영이 대답했다.

"시아 씨, 휴학했다면서?"

"네, 좀 쉬려구요."

"오늘 시간 있어?"

"바쁜데요."

"내일은?"

"내일도. 그런데 무슨 일이세요?"

"지금 알바 하고 있지?"

"네."

"내가 알바 괜찮은 데 소개해주려고."

"뭔데요?"

"여행사야, 거기서 하루 6시간 일하고 200 정도 받을 수 있을 거야."

숨을 들이켠 김시아가 젓가락을 내려놓았다. 라면을 반도 안 먹었는데 밥맛이 싹 달아났다. 최수영이 말을 이었다.

"외국에서 온 주문이나 소개 요청을 번역해서 넘기는 일인데 시아 씨는 영어, 중국어가 되지?"

"조금요."

"내가 실력 아니까 자격증 갖고 와. 기본 200에 시간 외 수당도 있으니까."

김시아는 바쁘다고 했던 변명거리를 궁리하기 시작했다. 그러면서 스스로 간사하다는 생각이 들었지만 '욕심'이 다 제압했다. 그때 최수영이 물었다.

"언제 시간 낼 거야?"

"모레요."

오늘 내일은 바쁘다고 했으니 할 수 없지.

회사로 돌아왔을 때는 오후 3시 반, 백동문이 웃음 띤 얼굴로 맞는다.

"어떠냐? 출근 첫날 소감이?"

"알바 때가 더 나았어요."

털썩 자리에 앉은 강우진이 투덜거렸다.

"이건 뭐 일당 노동자를 고용해서 써도 되는 일 아녜요?"

"그건 돈이 더 먹히지."

그러자 오영주가 '픽' 웃었다. 사무실은 20평쯤 되었는데 그 반을 뚝 잘라서 샘

플실과 창고로 쓰고 나머지 반이 사무실이다. 백동문이 뒤쪽에 앉고 그 앞에 강우진과 오영주의 책상이 나란히 놓인 구조다. 입구는 둘의 책상에서 두 발짝쯤 앞. 일은 단순했지만 실수하면 바로 사고로 이어지기 때문에 두 번 이상 확인해야 한다. 사무실 업무는 오영주가 한참 선배라 강우진은 퇴근 시간이 될 때까지 교육을 받았다. 오영주가 넘겨준 작업지시서를 체크하는 일이다. 알바 할 때 건성으로 익힌 것을 이제는 정독하면서 머릿속에 넣는다. 이것이 일당 노동자와 정식 직원의 차이구나.

퇴근 무렵에 전화, 조영철이다. 취직했다고 했더니 축하주를 산다는 것이다.

"야, 서초동 칼튼클럽으로 와."

조영철이 대뜸 말했다.

"오늘 뉴 페이스 둘 데려간다."

"너 어쩌려고?"

오영주가 옆에 있어서 다음 말은 놔두었다. 제 애인 오예지 모르게 다른 여자를 데리고 나온다는 것이다. 이런 일은 한두 번이 아니다. 아직 둘이 결혼 이야기를 할 것도 아니고 조영철의 말을 들으면 오예지도 딴 '짓'을 한다.

오후 6시 반, 저녁 약속이 있어서 이동 중이던 강석규가 차 안에서 전화를 받는다. 발신자는 최경애.

"응, 무슨 일이야?"

"영진이가 연락이 안 돼요."

최경애가 짜증난 목소리로 말했다.

"오전에 회사에서 나갔다는데 차도 놓아두고 어디 간다는 말도 없었다네요."

"어디 그런 일이 한두 번이야? 놔둬."

"내가 오후에 뭐 물어볼 게 있어서 연락했더니 핸드폰 전원이 꺼져 있어요."

"……."

"이런 일은 드문데, 비서실 시켜서 찾아봐요. 비서실에서 은밀하게 말이죠."

"알았어."

"회사에 연락했더니 그쪽도 연락이 안 된다고 해서…."

"알았다니까."

통화가 끝났을 때 강석규는 핸드폰을 옆에 던져놓고 입을 열지 않았다. 강영진은 아직 미혼이어서 강석규의 저택에서 생활한다. 그동안 세 번쯤 따로 나가서 살다가 사고를 치는 바람에 다시 집으로 끌어들이기를 반복한 결과다. 이번에 집으로 끌어들이면서 들어오지 않는다면 모든 지원을 끊는다고 선언을 해서 마지못해 들어온 것이다.

저녁 약속을 한 프린스호텔 현관 앞에서 차에서 내렸을 때 앞좌석에 탔던 고재성이 서둘러 강석규의 옆으로 다가와서 말했다.

"회사에는 휴직계를 내겠습니다."

"알겠어. 오늘 밤에 집에 말하지."

걸음을 늦추면서 강석규가 목소리를 낮췄다.

"당분간은 철저하게 대비해놓도록."

"예, 회장님. 곧 전화도 개통시켜 놓고 나머지는 제가 처리하겠습니다."

"그 여자 건은 수습했지?"

"예, 계획적으로 접근한 전문가들이지만 우리도 약점이 있었기 때문에 1억을 주고 수습했습니다."

고개를 끄덕인 강석규가 호텔 안으로 들어섰다.

전철역에서 사거리 하나는 걸어야 했기 때문에 클럽에 들어섰을 때는 8시 20분,

20분이나 늦었다.

"얀마, 기다렸잖아."

룸에서 이미 술판을 벌여 놓고 기다리던 조영철이 투덜거렸다.

"인사해라."

조영철이 으스대면서 원탁 좌우에 앉은 여자들을 손으로 가리켰다. 둘 다 잘빠진 미인. 이런 경우가 한두 번이 아니었지만, 강우진은 조영철의 수단에 감동한다. 강우진은 이렇게 주선한 적이 없는 것이다. 인사를 나눈 후에 조영철이 떠들썩하게 분위기를 리드하기 시작했다. 명색이 강우진의 취업 축하 파티였지만 어떤 회사인지, 보수가 얼마인지 따위는 묻지 않았다. 강우진이 직원 세 명짜리 회사라고 말해줬기 때문이다. 여자 둘은 이번에 대학을 졸업하고 각각 중학교 교사와 외국계 은행에 취업한 수재들이다. 대학도 일류 사립대 출신이다. 아버지가 정형외과 원장이며 대기업에 취업한 조영철의 후광 덕분에 강우진이 호강한다. 술잔을 든 강우진에게 양현아가 물었다. 양현아는 강우진의 파트너가 되었고 중학교 영어 교사다.

"여기 자주 오세요?"

시작이다. 이곳 칼튼클럽은 회원제. 조영철이 회원인 것이다. 그것은 곧 상류 1퍼센트를 의미했고 조영철이 양현아와 친구를 섭외하는 데 효력을 발휘했을 것이다. 그때 강우진이 말했다.

"아니, 처음인데요."

저도 모르게 말이 그렇게 나왔다.

오늘 파티는 혼자보다는 둘이 노는 것이 편했기 때문에 조영철이 주선한 것이다. 세상에 공짜는 없다. 술값도 조영철이 내기 때문에 조영철 위주로 놀아줘야 한다. 취업 축하하는 개뿔, 술기운이 올라가 몽롱해지면서 감정이 양극으로 쏠린다, 좋으냐 나쁘냐, 둘 중 하나로. 중간은 없다. 비싼 술과 금 같은 시간 소모하면서 나쁜 분위기로 몰고 가는 놈은 결국 죽는다. 자살하거나 사고 나거나. 양현아한테는 관심을 받지 못했으나 오늘의 주빈 조영철은 뉴 파트너와 공사가 잘 진행되었다. 밤 11시 반, 두 쌍의 남녀는 클럽을 나왔다.

"우리 먼저 갈게."

조영철이 우리라고 한 것은 함께 간다는 의미. 그러니까 방해하지 말라는 뜻까지 내포하고 있다. 어둠 속으로 둘이 멀어졌을 때 양현아가 물었다.

"저 관심 없죠?"

"무슨 말요?"

술이 깨는 느낌이 든 강우진이 물었다.

"분위기가 그래서요."

"그렇게 느끼셨다면 할 수 없지."

"나 갈게요."

"데려다줘요?"

"마음에 없는 소리 마요."

"그냥 집에 들어가기 심심해서."

"우리 집이 먼데."

"어디?"

"용인."

"전철 타면 되지."

"집이 어딘데요?"

"대림동."

"돌아갈 때 전철 끊길 텐데."

"성남에서 심야버스 있어요."

거짓말. 용인이라는 말을 듣는 순간 김시아의 성남 집이 떠올랐고 화살표가 번개처럼 그어진 것이다. 서울→용인→성남, 이렇게. 성남 이후로는 그어지지 않았다.

전철에 나란히 앉았을 때 양현아가 앞쪽을 향한 채 말했다. 손님이 드문드문 앉아서 그렇게 말해도 되었다.

"난 3년 사귀던 남자하고 지난달에 헤어졌어요."

강우진은 고개도 돌리지 않았고 양현아가 말을 이었다.

"처음에는 사랑한 줄 알았는데, 아니 사랑했는데 차츰 힘들어지고 지겨워졌어요. 같이 있으면 시간이 느리게 가요."

"…"

"내 성격 탓이죠. 길게 못 가는, 욕심도 많고, 쉽게 싫증내고…"

왼쪽 목덜미에 양현아의 숨결이 닿는다. 이쪽을 쳐다보고 말하는 모양이다.

"…"

"오늘 우진 씨 보니까 지친 것 같아요. 처음에는 꾸민 줄 알았는데 불쑥불쑥 내보이는 행동이…"

"점쟁이네."

마침내 강우진이 한마디 했다. 애초부터 관심을 주지 않았던 것이 그 이유겠지만 그렇게 말해줄 수 있는가? 강우진이 고개를 돌려 양현아를 보았다. 술기운이 오른 양현아의 얼굴이 요염하게 보였다. 미인이다. 섹시하다. 물론 이쪽만의 주관. 그리고 이 여자는 오늘 밤이 마지막인 것을 알기 때문에 이렇게 털어놓고 있다. 이쪽에 '미래'를 기대한다면 절대로 이 짓거리를 못 한다. 양현아의 시선을 받은 강우진이 말을 이었다.

"서둘지 마요, 기다리면 올 테니까."

그러고는 강우진이 고개까지 저었다.

"경험자로서 한마디 충고하겠는데 양현아 씨 같은 인류가 혼자 쓸쓸하게 살지는 않습니다. 곧 인연이 올 거요."

"진짜 점쟁이네."

양현아가 '픽' 웃고 나서 말했다.

"강우진 씨 같은 인류도 마찬가지죠?"

"물론."

강우진이 손목시계를 보았다. 12시가 되어가고 있다. 늦었는가.

12시 반, 잠이 들었던 김시아가 핸드폰의 진동음에 눈을 떴다. 깊게 잠이 들지 않았기 때문에 약한 진동에도 깨었다. 김미아가 어머니하고 한방을 쓰고 있어서 방에는 혼자다. 핸드폰을 집어 든 김시아는 문자를 읽는다.

"자냐? 난 지금 전철 안이야. 용인 가는데 거기서 성남 거쳐서 집에 가려고."

그때 다시 문자가 왔다.

"나 술 먹었다. 잘 자라."

김시아가 침대에서 일어나 앉았다. 잘 자라니, 잠이 깨버렸다.

"누구한테 문자 보내요?"

불쑥 양현아가 물었기 때문에 강우진이 멋쩍게 웃었다.

"만난 지 얼마 안 되는 연잔데 문득 생각이 나서."

"좋아하나 보네."

"좋아하니까 이러지."

"부럽네요."

"처음에는 다 그래요."

강우진이 웃음 띤 얼굴로 말을 이었다.

"조금 시간이 지나면 똑같아지고."

"선수였나 봐."

"그런 셈이지."

고개를 끄덕인 강우진이 양현아를 보았다.

"그러고 보면 내가 욕심이 적은가 봐. 그래서 사소한 일에도 감동이 와요."

"나한테는 감동 없었어요?"

"글쎄, 선수는 처음부터 감동 안 받는다니까."

그때 양현아가 이를 드러내고 웃었다.

"맞아."

강우진이 고개를 돌렸고 양현아는 더 이상 입을 열지 않았다.

오전 1시 35분, 마침내 강우진한테서 다시 문자가 왔다. 1시간 동안 깨어 있었다. 물론 그동안 오만 가지 생각을 다 했다. 조각조각 흩어진 생각이었지만 전체적인 분위기는 설렘. 강우진하고 여행가는 공상도 했고 키스하는 상상도 했다. 문자 내용은 이렇다.

"나 지금 성남에서 심야버스 기다리고 있음."

그때 즉각 김시아가 문자를 날렸다.

"어쩌라고?"

강우진도 대번에 대답했다.

"아니, 그냥."

"내가 나가?"

"그럼 좋지."

"나가서 뭐하게?"

"할 일 무쟈게 많아."

"뭔데?"

"하룻밤에도 만리장성을 쌓는다는 말, 못 들었냐?"

"벌써 2시야, 천리장성 쌓을 겨?"

"그렇구나. 그냥 갈게. 자."

"여기까진 왜 왔는데?"

"오늘 친구들하고 내 입사 축하주 마셨어."

"나 왜 안 불렀어?"

"다음에 부를게. 잘 자."

"잘 가, 오빠."

'오빠'를 찍으면서 김시아는 문득 행복해졌다. 오늘 마무리 잘했네.

"나 오늘 오후 비행기로 베트남 간다."

아침에 출근했더니 백동문이 말했다. 앞에 선 백동문이 강우진과 오영주를 번갈아 보았다.

"이제 강우진도 사무실에 있으니까 마음이 놓여."

"왜요?"

오영주가 묻는 바람에 백동문이 이맛살을 찌푸렸다.

"왜긴 왜야? 사무실에 너 혼자 있는 걸 생각하면 출장 가서도 잠이 안 왔다."

"우리 서로 감시시키려는 거죠?"

"저 대가리 돌리는 것 좀 봐."

"농땡이 못 치게."

"도대체 이놈의 회사는 위아래가 없어."

"누구 회사요?"

"뭐?"

"이놈의 회사라면서요?"

"이런."

어깨를 부풀렸던 백동문이 고개를 돌려 강우진을 보았다.

"너, 내가 얘한테 무슨 약점이나 잡힌 게 아닌가 오해하지 마라."

"오해 안 해요."

"얘 남자 있어."

"그럴 것 같아요."

"알고 있었다구?"

"남자 다루는 솜씨를 보면 알죠."

"과연."

고개를 끄덕였던 백동문의 얼굴에 웃음이 떠올랐다.

"너하고는 내가 손발이 맞아."

"코미디야 코미디."

오영주의 혼잣소리로 회의가 끝났다. 내용도 없는 회의. 오늘부터 사장은 베트남 출장이다.

오전 11시, 최수영한테서 전화.

"서류 준비할 거 문자로 보내줄게."

대뜸 그렇게 말한 최수영이 말을 이었다.

"내가 만나서 그 회사 얘기 해줄게."

"잠깐만요."

점장한테 다가간 김시아가 양해를 얻어놓고 나서 화장실 앞으로 다가가 말을 이었다.

"여기 알바 하는 데하고 약속을 해놓아서 앞으로 6개월간은 힘들겠어요."

거짓말이다. 최수영이 주춤했고 김시아가 말을 이었다.

"신경 써 주셔서 고마운데 정말 죄송해요. 어떡하죠?"

"아니, 죄송할 건 없고."

실망의 기색이 역력한 목소리로 최수영이 말했다.

"아까운 자린데 본인이 싫다면 할 수 없지."

"아녜요. 싫다는 게 아니라."

"알바 하는 데 약속 같은 건 무시해도 되는 거 아냐? 알바는 얼마든지 구할 수 있는데 말야."

삭막하다. 아마 이래서 이 사람하고 세 번 만나고 끝낸 것 같다.

"죄송해요."

"알았어. 잘 지내."

통화를 끝낸 김시아가 어깨를 늘어뜨렸다. 취업을 미끼로 만남을 이어가려는 시도는 뻔했지만 끝내는 방법이 정떨어진다. 김시아의 눈앞에 문득 강우진의 얼굴이 떠올랐다. 오늘 새벽에 문자 주고받은 후에 지금까지 연락이 없다. 회사는 출근 했을까?

"아, 참, 깜빡 잊었는데."

강석규가 핸드폰을 고쳐 쥐고 말했다.

"영진이를 미국 보냈어. 고 실장이 서둘러서 보냈는데 이번에는 대형 사고를 쳤어."

"아이구!"

놀란 최경애의 신음이 수화구에서 울렸다.

"무슨 사고래요?"

"여자 사고. 여자가 강간 폭행으로 고발했어. 더구나 마약까지 먹였던 모양이야.

저도 먹고."

기가 막힌 최경애가 숨소리도 내지 않았고 강석규가 말을 이었다.

"경찰이 기소하기 전에 도망치게 한 거야. 잡히면 10년 형을 받는다는 거야."

"아이구, 아이구!"

"그래서 고 실장 혼자서 처리할 테니까 당신은 그놈 이야기 꺼내지도 말아. 특히 전화도 하지 말고, 고 실장한테 말야."

"알았어요. 잘 된대요?"

"고 실장이 일단 미국으로 보냈으니까 도망치게 한 것이 알려지면 다 망하는 거야. 무슨 말인지 알지?"

"알아요."

"우리는 모르는 일로 해야 돼. 그놈 이야기는 아예 꺼내지도 말고, 모른다고만 하라고."

"알았어요."

핸드폰을 귀에서 뗀 강석규가 끊긴 것을 확인하고는 앞에 선 고재성을 보았다.

"이러면 자네한테도 연락 안 오겠지."

고재성은 한숨만 쉬었고 강석규가 물었다.

"거긴 안전하지?"

"예, 회장님."

정색한 고재성이 말을 이었다.

"완전히 격리되어서 호텔식 교도소 같습니다. 다른 환자들하고도 접촉이 금지되기 때문에 50평 공간에서 외부와 연락만 못 할 뿐이지 문화 혜택은 다 누릴 수 있습니다."

"그놈이 그곳에서 얼마나 버틸까?"

외면한 채 강석규가 묻자 이번에는 고재성이 입을 다물었다. 지금 강영진은 의

정부 산속에 있는 요양원에 갇혀있는 것이다. 자세히 말하면 정신병자 수용소에 강영진은 특별히 마련된 '특별병동'에 수용되어 있다. 기간은? 무기다. 무기징역이나 같다.

오후 4시 반, 부자재 공장에서 박스를 승합차에 싣고 있던 강우진이 전화를 받았다. 바지 주머니에 넣은 핸드폰이 울린 것이다. 허리를 편 강우진이 핸드폰의 발신자를 보았다. 고재성이다. 숨을 고른 강우진이 핸드폰을 귀에 붙였다.

"예, 실장님."

"너 지금 어디냐?"

고재성이 불쑥 물었기 때문에 강우진이 무의식중에 주위를 둘러보았다.

"왜요?"

"너 지금 뭐해?"

"일하고 있는데요."

"무슨 일?"

"저 취직 했어요."

"어디로?"

"회사요."

"무슨 회사?"

"왜요?"

"왜라니?"

고재성의 목소리가 높아졌다.

"그런 거 나한테 상의해야 될 것 아니냐?"

"왜요?"

"어머니 말씀 못 들었어? 그런 건 나하고 꼭 상의하라고 말씀하셨을 텐데."

"제가 다 알아서 합니다."

그때 부자재 공장 공장장이 뒤쪽에서 소리쳤다.

"뭐해! 빨리 박스 싣고 차 빼!"

"잠깐만요. 조금 있다 전화드릴게요."

통화를 끝낸 강우진이 승합차에 박스를 싣고는 옆쪽으로 빼내 주차했다. 그러자 50대의 공장장이 다가와 미안한 표정으로 물었다.

"통화 중에 미안해, 괜찮아?"

"아뇨, 마침 빚쟁이 전화여서 덕분에 살았네요."

"그래?"

공장장의 얼굴을 보면서 강우진은 고재성에게 전화를 하지 않기로 마음먹었다. 내가 아쉬울 것 없다.

그러나 승합차를 운전하고 회사로 돌아갈 때 핸드폰이 울렸다. 고재성이다.

"여보세요?"

응답하자 고재성이 나무라듯이 물었다.

"너 집에 들어가지 않는 거냐?"

"왜요?"

"집 전화도 안 받길래 내가 어젯밤 늦게 네 집에 찾아갔었다."

"…."

"어젯밤에 안 들어갔어?"

"예."

"너 나 좀 보자."

"바쁜데요."

"내가 할 말이 있어."

"전화로 말씀해주시면 안 될까요?"

95

"이 자식이."

혀 차는 소리를 낸 고재성이 말을 이었다.

"아버지 말씀 전해주려고.

"전화로 말씀해주시면 좋겠는데요."

"우진아."

"예, 실장님."

"너, 나 미워하니?"

"아뇨, 그럴 이유가 있나요?"

"그럼 왜 그러는 거냐?"

"그만 저를 놔 주셨으면 해서요."

"뭐?"

"저 집도 있고 회사도 다니고 있어요. 집만 팔아도 저 같은 인생은 평생 일 안 하고 살 수 있어요."

"그래?"

"그래서…."

"그래서 뭐냐?"

"이젠 저한테 관심을 끊어 주시면 좋겠어요."

"내가 말이냐?"

"모두 다요."

"넌 아버님이란 말을 안 하는구나."

"그냥 이대로 끝내자고 전해주시면 좋겠어요."

"그거, 네 마음대로 되는 거 아니다."

"아뇨."

차가 신호에 걸렸기 때문에 브레이크를 밟은 강우진이 말을 이었다.

"어머니도 떠났으니까 이젠 제 의지대로 하겠어요."

그러고는 강우진이 핸드폰의 전원을 눌러 껐다.

회사에 돌아왔을 때는 오후 7시 반이다. 부자재 박스를 해외 운송업체에 갖다 주고 오는 바람에 늦은 것이다. 승합차를 회사 앞에 주차하고 나서 사무실로 올라왔더니 오영주가 책상에 앉아있었다.

"어? 퇴근 안 했네?"

"감시하려고."

강우진의 시선을 받은 오영주가 이를 드러내고 웃었다.

"그냥 퇴근하지 뭐 하러 돌아와요?"

"차 회사에다 둬야지."

"집에 가져갔다가 와도 되는데."

오영주가 자리에서 일어섰다.

"저녁 같이 먹어요."

"아, 좋죠."

바로 대답한 강우진이 따라 일어섰다.

동네의 삼겹살집에서 소주를 마시면서 오영주가 말했다.

"우리 사장 저러다 일낼 것 같아요."

"무슨 일?"

소주잔을 쥔 강우진이 오영주에게 물었다.

"자금 사정이 안 좋아요?"

"아니, 그게 아니라…."

"그럼 뭔데요?"

"다낭에 여자가 있어요."

"무슨 여자?"

말을 하고 나서 뒤늦게 알아들은 강우진이 한 모금에 술을 삼켰다.

"젠장."

백동문은 초등학교 1학년짜리 아들과 유치원에 다니는 딸이 있다. 미인은 아니지만 체형이 글래머인 부인도 있다. 그때 오영주가 말을 이었다.

"여자가 한국말도 좀 해요. 내가 전화를 받은 적도 있거든요."

"회사로 전화가 왔어요?"

"네, 핸드폰으로 연락이 안 된다고."

"…."

"아이도 있는 것 같아요. 전화하는 것 들었더니 아이한테 아빠가 곧 갈게, 하더라구요."

"…."

"어쩌려고 그러는지 모르겠어요."

잔에 술을 채운 강우진이 빙그레 웃었다. 갑자기 가슴이 편안해진 느낌이 들었기 때문에 잠깐 생각해 보았다. 베트남 다낭에 자기하고 같은 아이가 하나 살고 있다. 그런데 그놈은 아빠하고 직접 통화까지 하는 모양이다. 지금은 같이 있겠군.

"참, 강우진 씨, 여친 있어요?"

오영주가 불쑥 물었기 때문에 강우진이 고개를 들었다.

"있죠. 서너 명 돼요. 오영주 씨는?"

"1년쯤 만났는데 지난달에 헤어졌어요."

"하나만 만난 모양이지?"

"벌여 놓고 어떻게 정리하려고."

"하나만 만나다가 떨어지는 것보다는 낫지."

"그러고 보니까 그 방법도 괜찮네."

"그렇게 고르다가 하나를 잡는 거지 뭐."

"나두 그래 볼까요?"

"해 봐요."

둘의 시선이 마주쳤다가 떨어졌다. 술기운이 오른 오영주의 눈 주위가 붉어졌고 물기가 밴 입술이 번들거렸다. 술잔을 든 오영주가 말을 이었다.

"그래요, 그렇게 할 거예요."

소주 3병을 나눠 마시고 오영주와 헤어진 강우진이 걸어서 오피스텔로 돌아왔다. 오후 9시 반, 등이 근질거리는 느낌이 온다. 오영주가 2차라도 하고 싶은 눈치를 보였기 때문이다. 술기운이 오른 얼굴이 밤바람에 부딪혀 시원해졌다. 그때 바지에 넣은 핸드폰이 진동했다. 꺼내 보았더니 김시아다. 오늘 오전에 잘 잤느냐는 카톡이 오고 나서 두 번째다.

"응, 시아냐?"

핸드폰을 귀에 붙인 강우진의 말이 그렇게 나왔다.

"응, 나야."

김시아가 그렇게 받는다. 길가 편의점 앞에 멈춰 선 강우진이 심호흡을 하고 나서 다시 물었다.

"지금 알바 끝났어?"

"응, 식당 알바가 9시에 끝나거든."

"편의점 알바가 몇 시부턴데?"

"오전 7시에서 오후 1시까지, 식당은 오후 2시에서 9시까지."

"야, 지독하네. 그럼 집에는 몇 시에 들어가는데?"

"지금이 9시 45분이니까 10시 반에는 들어가겠지."

"씻고 몇 시에 자냐?"

"11시 반쯤."

"몇 시에 일어나?"

"5시. 5시 반에 전철 타야 7시에 도착하거든."

"두 탕 뛰어서 한 달에 얼마 벌어?"

"200 정도."

"교통비 제하고?"

"응, 밥값까지 제하고."

"나하고 비슷하네."

"그래도 오빠는 나처럼 왔다 갔다 안 하잖아?"

"왜? 나도 일하면서 노상 왔다 갔다 하는데."

"오빠 지금 뭐 해?"

이제 오빠 호칭도 자연스러워졌고 반말도 익숙하게 나온다. 강우진이 다시 발
을 떼면서 말했다.

"회사 직원하고 술 한잔 마시고 집에 가는 길."

"우리 언제 만나지?"

"너 알바 쉬는 날."

"하루 쉬면 10만 원 날아가."

"그러네."

"나 다섯 달 동안 1천만 원 모을 계획인데 잘 될랑가 모르겠어."

"다섯 달 일하고 나서 쉴 거야?"

"응, 1천만 원 이상 되면 여행 한 번 다녀오고."

"어디?"

"태국이나 베트남."

"좋지. 나하고 같이 가자."

"흠."

"뭐가 흠이야?"

"봐서."

"보기는 뭘."

강우진이 이어서 말했다.

"너 지금 어디야?"

"전철 안."

"다 갔어?"

"왜? 오려고?"

"응."

"다 왔어. 오빠 지금 어딘데?"

"대림동."

"집에 들어가서 자."

그때 강우진이 길게 숨을 뱉는다. 갑자기 가슴이 메면서 눈이 뜨거워졌기 때문이다. 왜 이러는가? 어금니를 문 강우진이 흐린 눈을 껌뻑였다. 외로움이다. 외롭다.

다음 날 아침, 강우진이 출근 준비를 하고 있을 때 전화벨이 울렸다. 탁자 위에 놓인 핸드폰을 든 강우진이 한숨부터 쉬었다. 고재성이다. 어제 오후에 통화를 끊어버리고 나서 지금 전화가 온 것이다. 강우진이 핸드폰을 귀에 붙였다.

"예, 실장님."

"오늘 나하고 좀 만나자."

고재성이 대뜸 말하더니 이쪽에 여유도 주지 않고 말을 이었다.

"12시에 시내 프린스호텔 커피숍에서 봐, 알았지?"

"안 되겠는데요."

"우진아, 그러지 마."

의외로 고재성이 사정하듯이 말했다.

"너 어젯밤에도 압구정동 집에 안 들어왔더구나. 내가 사람 시켜서 기다리게 했는데."

"실장님, 왜 그러세요?"

강우진의 목소리가 높아졌다.

"저, 이제 인연 끊고 싶습니다. 지난번에 한 번 만난 것도 저로서는 마지막으로 예의상 뵌 겁니다. 어머니 생각해서요."

"그럴 수는 없는 거다."

"인연 끊고 싶다고 전해주세요."

"우진아."

"부탁합니다. 저 안 만납니다."

다시 핸드폰의 전원을 끈 강우진이 핸드폰 번호를 바꿀까 생각했다. 하지만 금방 찾아낼 거다, 이름과 주민증을 바꾸지 않는 이상.

"오늘 원단 보내야 돼요."

사무실에 들어섰을 때 오영주가 말했다.

"조금 전에 사장님 전화 왔어요. A+4번 스타일 원단을 있는 대로 다 보내달라고 했어요."

"그럼 의정부에 가야겠네."

책상에 앉지도 못하고 파일을 챙기면서 강우진이 말했다. 승합차를 몰고 또 원단공장에 가야만 한다.

"아무래도 내가 월급을 적게 받는 것 같다는 생각이 슬슬 일어나는데."

"아직 첫 월급도 안 받았어요."

오영주가 웃음 띤 얼굴로 말을 이었다.

"나도 강우진 씨가 얼마나 버틸지 슬슬 걱정되네요."

"자, 그럼 나갑니다."

서둘러 사무실을 나가는 강우진의 등에 대고 오영주가 소리쳤다.

"수고하세요!"

직원이 둘밖에 없는 회사지만 2만 명이면 어떠냐? 월급만 제대로 준다면 이게 더 낫다는 생각이 들었다.

오전 10시 반, 회장실로 들어선 고재성이 강석규 앞에 섰다.

"우진이가 압구정동 집은 비워두고 다른 곳에서 살고 있습니다."

강석규는 시선만 주었고 고재성이 말을 이었다.

"며칠간 집을 찾아갔지만 들어오지 않아서 확인해보았더니 대림동의 오피스텔 한 곳에 전세로 입주해 있었습니다."

"…."

"요즘은 전산화되어서 입주자 명단이 다 나옵니다."

"…."

"회사에 취직했다고 해서 그것도 찾았더니 동문상사라는 회사에 사원으로 등록되어 있었습니다."

"동문상사?"

고개를 든 강석규가 고재성을 보았다.

"어떤 회사야?"

"예, 그것이…."

입안의 침을 삼킨 고재성이 말을 이었다.

"자본금 5천만 원의 무역회사입니다."

"…."

"직원이 사장 포함해서 셋입니다."

"…."

"사장하고 여직원 하나, 그리고 우진이."

"무슨 일을 하는데?"

강석규가 이제는 회사라고도 묻지 않는다. 한숨을 쉰 고재성이 말을 이었다.

"여직원한테 전화를 해 보았더니 베트남에서 제품을 만들어서 홈쇼핑이나 마트에다 납품하는 의류 제조판매 회사로 연간 매출액이 20억쯤 되는 것 같았습니다."

"…."

"우진이는 그곳에서 일한 지 5일쯤 된다고 합니다."

"내가 만나자는 말은 했나?"

"예, 그런데…."

"그런데 뭐야?"

"만나지 않겠다고 합니다."

"…."

"그러고는 전화를 받지 않는데요."

"…."

"아직 감정 정리가 안 된 것 같습니다. 갑자기 혼자가 되니까 서운했을 것입니다."

"서운해?"

"예, 그것이…."

"날 안 만나겠다고?"

"예, 회장님."

고개를 돌린 강석규가 창밖의 건물을 바라보았다. 강석규의 옆모습을 보면서 고재성도 침묵했다.

오후 3시 반, 식당으로 옮겨 온 김시아가 음식을 나르다가 주춤 멈춰 섰다. 앞에서 아이들 둘이 달려오고 있다. 대여섯 살짜리 아이들이다. 식당 안은 손님들로 가득 찼고 김시아는 테이블 사이에 서 있다. 손에는 김치찌개 2인분의 쟁반이 들려 있다.

"얘들아!"

김시아가 낮게 소리쳤지만 앞장서 달려오던 아이가 김시아의 옆을 스치고 지나갔다. 겨우 몸을 비틀었던 김시아가 고개를 돌린 순간이다. 뒤를 따라 뛰어오던 아이가 김시아의 다리 한쪽에 몸을 부딪치면서 둘은 함께 넘어졌다. 음식 그릇이 내동댕이쳐졌다.

3장. 인연

"으앙!"

부딪쳐 넘어진 여자아이가 와락 소리 내어 운 것은 아파서가 아니다. 오히려 김시아 위에 넘어져서 안전했다. 아이는 교활했다. 일단 울어서 꾸지람을 벗어나려는 시도다. 김시아는 김치찌개를 뒤집어썼을 뿐만 아니라 탁자 모서리에 어깨를 부딪쳐서 통증이 왔다. 식당 안이 난리가 났다. 아이 부모가 달려오더니 우선 아이를 안아 일으켰다. 겨우 일어나는 김시아를 향해 30대 중반쯤의 아이 아버지가 한마디 했다.

"괜찮아요?"

아이 울음소리가 컸기 때문에 옆쪽 테이블에 앉았던 50대쯤의 남자가 참지 못하고 내쏘았다.

"걔, 다치지도 않았어! 지금 엄살 부리는 것이라고!"

"뭐라구요?"

아이 엄마가 대뜸 쏘아붙였는데 눈에 독기가 서려 있다. 아이를 안고 있던 사내도 눈을 치켜떴다. 배가 나온 거구다. 그때 50대가 목소리를 높였다.

"아이 다치지 않았다고! 저 아가씨 위로 넘어졌단 말야! 아이 교육 좀 잘해! 여기가 놀이터야? 애들 뛰어다니도록 놔둔 부모 책임이야!"

"여보쇼! 당신이 뭔데 나서서 지랄이야!"

그때 아이 아버지가 어깨를 부풀리면서 다가갔다. 50대가 일어섰는데 아이 아버지의 반 토막밖에 안 되었다. 그때 식당 주인이 다가와 말렸다.

"아유, 그만두시죠. 죄송합니다."

"아니, 이 사람 안 되겠어. 이런 몰상식한 자들이 사회 질서를 깨뜨려. 뭐? 지랄?"

50대가 말했을 때 30대가 코웃음을 쳤다.

"내가 내 돈 내고 식당에 온 건데 네가 무슨 상관이냐?"

"허, 이 친구 봐라?"

그러더니 50대가 핸드폰을 꺼내 버튼을 눌렀다. 깨진 그릇을 정리하느라고 쪼그리고 앉아있던 김시아가 갑자기 코끝이 매워지는 느낌이 들어서 고개를 숙였다. 눈물이 후드득 떨어졌다.

5분도 안 되었다. 경찰차가 오더니 경찰 2명이 들어섰는데 곧장 50대 사내에게 다가갔다. 이어서 경찰차 1대가 더 왔다. 경찰이 이제는 5명이 되었고 그중에는 경감 계급장을 붙인 경찰도 있다. 그때는 30대 부부와 아이까지 사건의 심각성을 눈치챘던 것 같다. 아이는 울지 않고 제 아빠한테 매달려 있다. 그때 경찰들이 30대 사내에게 다가가더니 둘러쌌다. 50대 사내는 동행과 둘이 자리에 앉아있었는데 태연한 표정이다. 그때 30대 사내가 일어나 경찰들과 함께 식당을 나갔다. 뒤를 따라 아이를 데리고 여자도 나갔다. 그 가족 일행이었던 다른 테이블의 남녀와 아이들은 쥐 죽은 것처럼 조용하다. 주방에 들어가 옷에 묻은 음식을 닦으면서 밖을 내다보던 김시아에게 아줌마가 다가왔다. 홀 서빙 아줌마다.

"저 남자가 경찰 간부라는구나. 굉장히 높은 사람이래."

아줌마가 말을 이었다.

"경찰이 데려간 아이 애비 놈은 핸드폰 가게 사장이라는군. 싸가지 없는 놈."

"…"

"돈만 많으면 법이고 뭐고 상관없다는 말인가? 잘됐다."

김시아가 고개를 돌려 아줌마를 보았다.

"아줌마, 손님 왔어요."

다시 일을 해야 한다.

전화, 그로부터 30분쯤 후다. 손님이 뜸해졌고 홀 서빙을 맡은 김시아는 잠깐 여유가 생겼다. 그래서 김시아는 식당 옆쪽 계단으로 나와 쪼그리고 앉았다. 버튼을 누르자 곧 강우진의 목소리가 울렸다. 오후 3시.

"응, 나야."

강우진의 부드러운 목소리를 들은 순간 김시아의 가슴이 꽉 막혔다. 어금니를 물었다가 푼 김시아가 물었다.

"오빠, 뭐해?"

"일하지 뭐. 지금 회사 들어가는 중."

"힘들어?"

"응, 공사장에서 벽돌 나르는 수준."

"힘들겠다."

"넌 뭐해?"

"쉬어, 식당에서."

"식당에서 일하니까 밥은 잘 먹지?"

"참 내."

"난 식당일은 안 해 봐서."

김시아의 눈앞에 아이와 경찰서에 잡혀간 사내 얼굴이 떠올랐다. 소음, 어깨의 통증이 갑자기 강해진 것 같다. 김시아가 전화기를 고쳐 쥐었다.

"오빠, 오늘 저녁에 시간 있어?"

"오늘?"

되묻더니 강우진이 금방 대답했다.

"그럼. 시간, 장소만 말해."

핸드폰을 내려놓은 강우진이 승합차의 속력을 높였다. 갑자기 몸에 활기가 일어났고 눈앞의 모든 사물이 호의적, 긍정적으로 보였다. 앞에서 꾸물거리면서 핸드폰 통화를 하는 여자한테도 호감이 느껴졌다, 딴 때 같으면 들이받고 싶었을텐데.

"여기가 동문상사인가요?"

사무실로 들어선 사내가 물었기 때문에 오영주가 고개를 들었다. 잘 차려입은 40대쯤의 사내, 눈빛이 예사롭지가 않다.

"네, 그런데요?"

사무실 문을 열어놓기 때문에 가끔 사람들이 불쑥불쑥 들어온다. 그렇지만 사무실이 좁고 뒤에 제품과 부자재까지 쌓여 있어서 문을 닫으면 숨이 막히는 것 같다. 그래서 동문상사는 항상 사무실 문을 열어놓는다. 그때 사내가 한 발짝 들어섰고 뒤쪽의 한 사내는 머리 반절만 앞쪽에서 보였다. 40대 사내가 오영주에게 물었다.

"여기 강우진이라고 근무하고 있지요?"

그 순간 오영주의 심장이 덜컥 내려앉았다. 강우진이 무슨 사고라도 쳤나? 그렇지만 대답을 했다.

"네, 무슨 일이신데요?"

자리에서 일어선 오영주가 40대 뒤쪽에 선 사내를 보았다. 60대쯤 되었나? 담담한 표정, 오영주와 시선이 마주쳤어도 눈동자가 흔들리지 않는다. 그때 40대가 말했다.

"아, 난 선배 되는 사람인데."

사내가 한 걸음 다가와 섰다.

"강우진은 지금 어디 있습니까?"

"지금 공장에 갔는데요."

"언제 옵니까?"

"공장에서 출발했다니까 곧 올 텐데요. 제가 연락해볼까요?"

"아니, 그럴 필요 없습니다."

사내가 몸을 돌리더니 뒤에 선 사내를 보았다. 뒤에 선 사내가 고개를 끄덕이자 사내가 오영주에게 말했다.

"그럼 이따 다시 들르지요."

강석규는 28세에 소규모 토목회사를 창립, 인부 10여 명과 함께 공사판을 돌아다니다가 건설 회사를 세웠고 이어서 유통, 금융, 중화학, 조선, 자동차까지 6개 사업단, 63개 계열사, 수천 개의 사업장을 가진 한국 제2의 재벌그룹 회장이 되었다. 그러나 그의 평생 이처럼 작은 회사는 처음 와 보았다. 38여 년 전에 강석규가 창립했던 토목공사 하청 회사도 이보다 세 배는 컸다. 길 건너편 골목에 주차된 차로 다가갔을 때 고재성이 옆을 따르며 말했다.

"제가 우진이를 데려오겠습니다, 회장님."

강석규가 차에 오르자 고재성이 몸을 돌렸다. 회사 앞에서 기다렸다가 강우진을 데려올 작정이다.

차에 오른 강석규가 긴 숨을 뱉었다. 그 순간 갑자기 목이 메더니 눈이 뜨거워졌다. 조심스럽게 숨을 들이켜면서 눈을 감았지만 아뿔싸, 눈물이 주르르 볼을 타고 흘러내렸다. 쓴웃음을 지은 강석규가 손끝으로 눈물을 닦고는 앞을 보았다. 운전사는 밖에 나가 차 앞을 지키듯이 서 있다. 차가 멈췄을 때는 운전사가 나가 있도록 교육을 해놓았기 때문이다.

"내가 약해졌어."

혼잣말을 한 강석규가 손수건을 꺼내어 꼼꼼하게 눈물 자국을 닦았다.

"시간이 지날수록 미연이가 내 가슴을 후벼 파는군."

이제는 강석규가 목소리를 높이고 말했다. 그래야 속이 풀릴 것 같았기 때문이다.

"그리고 저놈, 제 어미를 닮았어, 그 고집이."

그러고는 강석규가 고개를 절레절레 흔들었다.

"참는 것도 고집이야. 반발이고 거역이야. 미연아, 정말 미안해."

다시 눈물이 흘렀으나 강석규는 놔두었다. 몇십 년 만에 흐르는 눈물인지 모르겠다. 강석규가 소리치듯 말을 이었다.

"저놈, 너하고 나를 절반씩 닮은 것 같다. 내가 바라던 아들이야."

"사장님, 저, 내일부터 쉴게요."

김시아가 말했더니 오 사장이 눈을 크게 떴다. 오후 4시 반, 식당 카운터 앞.

"아까 그 일 때문이야? 김치찌개 엎었다고?"

"제가 너무 무리한 것 같아서요."

"네가 잘못한 것 아니잖아. 그 염병할 애새끼들이 지랄발광을 하다가 그렇게 된 것 아냐?"

"꼭 그 일 때문은 아녜요, 사장님."

"어디 아프냐?"

"좀 쉬려구요."

"그럼 쉬었다가 언제든지 다시 나와."

"고맙습니다, 사장님."

장사가 잘되는 24시간 식당답게 알바는 5명이나 된다. 오 사장은 50대 후반으로 마음씨가 좋아서 알바들한테 인기가 많다. 오후 5시 반, 김시아는 그렇게 하루 두 탕 중 하나인 음식점 알바를 그만두었다.

"우진아."

뒤에서 부르는 소리에 강우진은 깜짝 놀랐다. 고재성의 목소리. 회사 앞이다. 승합차를 주차해놓고 회사로 들어가다가 걸렸다. 그러나 몸을 돌린 강우진의 얼굴에는 쓴웃음이 번져 있다.

"실장님."

여기는 웬일이냐고 묻지는 않았다. 동성그룹 비서실장 능력이면 어디 숨었어도 금방 찾아낼 테니까. 그때 다가온 고재성이 강우진의 팔을 잡았다. '웬일이래, 팔까지?' 하는 표정의 강우진에게 고재성이 말했다.

"자, 가자."

차 안으로 들어선 강우진을 강석규는 쳐다보지 않았다. 차 문이 밖에서 닫히고 둘이 되었을 때도 강석규는 한동안 앞만 본 채 입을 열지 않았다. 옆에 앉은 강우진이 인사를 하지 않았다는 것을 그제야 깨달았으나 인사 대신 어금니를 물었다. 강우진도 앞만 보았다. 차 안에는 숨소리도 들리지 않는다. 방음 장치가 잘 되어서 밖의 소음도 차단되었다. 강석규가 정적을 깨뜨렸다.

"월급은 얼마냐?"

"250요."

강우진이 바로 대답했다. 앞을 향한 채 강석규가 다시 묻는다.

"의료보험 되어 있어?"

"예, 다 되어 있습니다."

"시험 봐서 들어갔어?"

"아뇨, 대학 때 알바 했던 데라 사장님이 바로 채용해줬습니다."

"집은 나왔어? 압구정동 말이다."

"엄마 짐을 정리하고 곧 팔 겁니다."

"내 짐도 있어."

"그 짐을 어디로 보내 드릴까요?"

"놔둬라."

"예?"

"집 팔지 말란 말이다."

"예."

고개를 끄덕인 강우진이 고개를 돌려 처음으로 강석규를 보았다, 옆얼굴을.

"그럼 등기서류하고 엄마 도장 보내 드릴게요."

"…."

"제 짐만 빼게 이틀만 기다려 주세요."

"…."

"저 가도 되죠?"

그때 강석규가 고개를 돌려 강우진을 보았다. 처음 시선이 마주쳤다.

"우진아."

강우진은 대답하지도 않았고 시선도 내리지 않았다. 강석규가 어깨를 부풀렸다가 내렸다.

"내가 어제 네 엄마 납골당에 다녀왔다."

"…."

"언제 한번 같이 가자."

"…"

"이번 달 고 실장이 생활비 보냈지?"

"안 보내주셔도 돼요."

"열심히 살아라."

"…"

"내가 가끔 널 보러 갈 테니까."

그때 강우진이 문의 손잡이를 잡았더니 강석규가 서둘러 말했다.

"집은 그냥 두란 말이다. 내가 가끔 들러서 네 엄마 냄새라도 맡게."

"누가 찾아왔었어요. 선배라던데 나이가 좀 든 분들이었어요."

사무실로 들어선 강우진에게 바로 오영주가 말했다.

"난 세무서 사람인 줄 알았는데 이따 다시 들른다고 했는데요."

"만났어요."

"무슨 선배요?"

"학교."

"엄청 높은 선배겠네요."

"몇십 년 돼요."

책상에 앉은 강우진이 서류를 챙겨 가방에 넣고는 오영주를 보았다.

"내일 원단 또 보내야 해서 바로 공장으로 출근할게요."

"그래요, 그럼 차 갖고 가요."

오영주가 사근사근 말했다. 벌써 퇴근 시간이 되었다.

커피숍에 앉아있던 김시아가 핸드폰의 진동음에 고개를 돌렸다. 의자 위에 놓인 핸드폰이 벌레처럼 떨고 있다. 발신자를 보았더니 최수영이다. 저절로 이맛살이 찌푸려졌으나 전화를 안 받을 이유는 없다. '안 받을 이유가 없다'는 이중 부정은 소극적인 긍정이다. 그렇게까지 생각하고 나서 김시아가 핸드폰을 귀에 붙였다.

"여보세요."

"시아 씨, 난데."

"네, 안녕하세요."

"만나기 힘드네."

최수영의 목소리가 웃음기를 띠었다.

"취직 핑계로 얼굴 보려고 했더니 그것도 안 되고."

"그러게 말이에요."

김시아의 얼굴에도 쓴웃음이 번졌다. 이렇게 솔직하게 나오면 좀 낫지. 그때 최수영이 말했다.

"언제 시간 한번 내지. 만나서 이야기나 하게."

"그래요, 시간 나면요."

김시아가 사람은 참 간사하다는 생각을 한다. 금방 분위기가 달라지다니. 이렇게 진전되다가 깊은 관계로까지 가? 하긴 최수영은 딱 부러지게 결함도 없는 사람이긴 하지. 그때 김시아가 말했다.

"그럼 나중에 제가 연락할게요."

이거면 됐다.

커피숍으로 들어선 강우진은 구석 쪽 자리에 앉아있는 김시아를 보았다. 이쪽에 옆모습을 보이고 앉은 김시아는 뭔가 생각하는 표정이다. 앞쪽 벽을 응시한 채 움직이지 않는다. 강우진이 서너 발짝 거리로 다가갔을 때야 고개를 들더니 시선이 마주쳤다. 그 순간 강우진의 심장박동이 빨라졌다. 김시아가 활짝 웃었기 때문이다. 꽃이 갑자기 봉오리를 벌리는 것 같다.

"기다렸어?"

앞쪽 자리에 앉은 강우진이 지그시 김시아를 보았다.

"아니."

고개를 저은 김시아가 웃음 띤 얼굴로 되묻는다.

"무슨 좋은 일 있어?"

"응."

"어떤 거?"

"너 만난 거."

"갑자기 왜 그래? 소름 돋게."

"너 만나서 좋아."

"무슨 일 있구나."

"아냐."

고개를 저은 강우진이 다가온 종업원에게 커피를 시키고는 길게 숨을 뱉었다.

"나 베트남에나 가야겠다."

"응? 왜?"

"한국을 떠나고 싶어."

"그러니까 왜?"

그때 고개를 돌린 강우진이 의자에 등을 붙였다.

"인연 때문에."

"귀찮아?"

강우진이 입을 다물었기 때문에 김시아가 혼잣소리처럼 말했다.

"나도 가고 싶어."

"가자."

고개를 든 강우진이 김시아를 보았다.

"나하고 같이."

"어휴."

이번에는 김시아가 외면하더니 입을 다물었다. 분위기가 갑자기 가라앉았기 때문에 강우진이 웃음 띤 얼굴로 물었다.

"어때? 술 한잔할까?"

김시아가 고개만 끄덕였다.

"나 식당 알바 그만뒀어."

인사동 한정식당에서 막걸리 잔을 들면서 김시아가 말했다. 강우진의 시선을 받은 김시아가 말을 이었다.

"피곤해서. 욕심부리지 않기로 했어."

"돈 벌 욕심?"

"응, 휴학했으니까 서둘 것 없어. 내가 여행 안 가면 되지."

"참, 돈 모아서 여행 간다고 했지?"

"딱히 갈 곳은 없어. 그냥."

"글쎄, 나하고 같이 가자니까, 베트남?"

"베트남 공장?"

"응, 나는 공장에 가고 넌 그동안 관광하고."

"웃기네, 그게 무슨….'"

"공장 일은 잠깐이야. 나하고 같이 관광 다니는 거야."

"싫어."

"왜?"

김시아가 눈만 흘겼기 때문에 강우진이 막걸리를 마시고 내려놓았다. 오후 8시 반이 되어가고 있다. 식당에는 손님이 많았는데 절반가량이 중국 관광객이다. 식당 안을 둘러본 강우진이 입을 열었다.

"난 혼자라고 말했던가?"

"참, 아버지 자주 만나?"

"아니."

"어디 계신데?"

"몰라."

김시아가 강우진의 잔에 술을 채웠다.

"오빠는 웃을 때도 얼굴에 그늘이 졌어."

"그런가?"

"다른 사람은 모를 거야."

"너는 안다는 말이네."

"비 오는 날 다 들었으니까."

김시아가 젓가락으로 막걸리를 휘저었다. 답답한 것은 강우진이 더할지도 모른다는 생각이 들었기 때문이다. 어머니가 돌아가신 지 이 주일 되었나, 더 되었나? 그때 비 온 날이 언제였지? 우두커니 처마 밑에 붙어 서 있던 그때의 강우진이 눈앞에 떠올랐다. 어머니 화장터에서 돌아오는 길이라고 했지. 그러고 나서 이렇게 시간이 지나간다. 김시아가 고개를 들고 강우진을 보았다.

"오빠, 우리 만난 지 며칠 째야?"

"16일."

"이 주일이 아니고?"

"16일."

강우진이 자신 있게 대답했다.

"요즘은 하루가 열흘 같아서 내가 날짜를 세."

"왜?"

"힘들어."

말은 힘들다 했으나 강우진이 이를 드러내고 빙그레 웃었다. 그것을 본 김시아의 가슴이 찌르르 울렸고 눈이 따가워졌다. 술잔을 든 김시아가 강우진을 보았다.

"일이 힘들어?"

뻔히 알면서도 그렇게 물었더니 강우진이 고개를 끄덕였다.

"응."

거짓말이 몸짓에도 드러난다. 한 모금 막걸리를 삼킨 김시아가 다시 물었다.

"오빠, 나 좋아해?"

"응."

"오빠는 지금까지 누구한테 좋아한다고 말해본 적 있어?"

"없어."

"내가 처음이야?"

"아니."

"또 있단 말야?"

"지금처럼 대답해 본 적은 있다고."

"누가 물어봐서?"

"응."

"나처럼?"

"응."

술잔을 내려놓은 김시아가 외면했을 때 강우진이 말했다.

"너 좋아해."

"…."

"이제 처음 했다."

"…."

"너 좋아한다고."

"…."

"두 번째 했고."

김시아가 고개를 들고 강우진을 보았다.

"나 오빠 좋아해."

이번에는 강우진이 쳐다만 보았고 김시아의 말이 이어졌다.

"처음이야."

"…."

"누가 물어서 대답한 적은 없다고, 나는."

시나브로 마신 막걸리에 취해서 김시아는 흐린 눈으로 강우진을 보았다. 그렇다. 좋아한다. 강우진을 떠올리면 가슴이 벅찼고 기쁨으로 환해진다. 강우진과 함께 있고 싶다는 충동이 수시로 일어난다. 처음 느낀 감정이다. 그래서 아직 한 달도 안 되었고 아직 만난 지 10번도 안 되었는데 이런 감정이 믿기지 않는다, 눈에 화려하게 보이는 가짜 상품도 있으니까. 오후 10시, 김시아가 강우진에게 물었다.

"오빠, 여기서 집 멀어?"

"택시로 1시간."

강우진이 바로 덧붙였다.

"전철로도 한 시간이지만 난 술 먹고 전철 안 타."

"왜?"

"술 냄새 펄펄 풍기면서 민폐 끼치기 싫어서."

"아쭈."

"너 취했지?"

"응."

"왜 내 집을 물어?"

"오빠 집에 갈까?"

"왜?"

"자려고."

순간 숨을 들이켠 강우진이 눈을 껌벅였다. 술잔을 든 강우진이 지그시 김시아를 보면서 말했다.

"안 돼."

"왜?"

"너 술 많이 먹었어."

"그것이 어쨌다구?"

"그냥."

"오빠, 나 집에 가는 거 싫어?"

"아니."

"됐어. 그럼 안 가."

"가자."

"응?"

눈을 크게 뜬 김시아가 되물었을 때 강우진이 자리에서 일어섰다.

"우리 집에 가자구."

그러고는 덧붙였다.

"네가 술김에 그러는 거 같아서 그런 거야. 술 깨고 나서 후회할지도 몰라서."

"별꼴이야."

웃으면서 일어나던 김시아가 비틀거리다가 식탁을 잡고 몸을 세웠다. 그것을 본 강우진이 이맛살을 찌푸리더니 계산대로 다가갔다.

택시를 타고 왔다. 오피스텔 앞에서 내린 김시아는 입을 딱 다물고 강우진의 뒤를 따라 엘리베이터에 탔고 복도를 걸어서 방으로 들어설 때까지 한마디도 안 했다. 술이 깬 것인지 긴장해서 그런지 얼굴색은 하얗게 변했고 걸음도 똑바로 걸었다. 방에 들어선 김시아가 방을 둘러보며 물었다.

"화장실은?"

"저기."

강우진이 손으로 가리키면서 말했다.

"토해. 그러면 개운해져."

김시아가 어깨를 펴더니 똑바로 화장실로 다가갔다.

밤 11시 45분, 김시아가 화장실에서 나왔을 때 강우진이 들고 있던 셔츠와 트레이닝 바지를 내밀었다.

"갈아입어."

"싫어."

"그냥 그 옷 입을 거야?"

"응."

"내가 씻고 나올 동안 갈아입어."

"싫어."

"세탁한 거야."

"너무 커."

"갈아입고 침대에서 자."

"소파에서 잘 거야."

"난 한잔 더 마시고 잘 테니까 넌 내가 씻고 나오는 동안 자."

"내 맘이야."

"너 침대에서 자면 난 소파에서 잘 테니까 걱정 말고."

"누가 걱정한대?"

"나 오늘 밤 너한테 덤벼들지 않을 거야."

"덤벼?"

김시아가 픽 웃었기 때문에 강우진이 쓴웃음을 지었다.

"야, 나 씻고 나올게."

몸을 돌린 강우진이 욕실로 들어섰다. 말이 왔다 갔다는 했지만 무슨 말을 했는지 금방 잊어먹었다.

샤워까지 마친 강우진이 욕실을 나왔을 때는 그로부터 20분쯤 후다. 방으로 나온 강우진은 소파에 누워 있는 김시아를 보았다. 잠이 들었다. 몸을 돌린 강우진은 선반으로 다가가 위스키병을 집어 들었다. 잔과 마른안주까지 집어 들고 탁자에 내려놓은 강우진이 자리에 앉아 앞쪽에 누운 김시아를 보았다. 비스듬히 이쪽으로 누운 김시아의 얼굴은 평온했다. 강우진의 긴팔 셔츠를 입어서 손도 보이지 않았고 트레이닝 바지는 커서 몇 번 걷어 올렸다. 한동안 김시아를 바라보던 강우진이 잔에 위스키를 따랐다. 가슴이 편안하고 든든했다. 어머니하고 함께 있던 느낌과 비슷했다. 한 모금에 위스키를 삼킨 강우진이 문득 '인연'을 떠올렸다. 어머니를 떠나보낸 날 김시아를 만났다. 보내고 나서 만난 것이다. 이것이 인연인가?

김시아는 강가의 길을 따라 걷는다. 처음 보는 강이어서 낯설지만, 하늘은 푸르렀고 날씨는 화창했다. 강가의 무성한 풀이 바람에 살랑거리고 있다. 강폭은 꽤 넓은 데다 건너편 강가에 물소 두 마리가 풀을 뜯는다. 발이 가볍게 떨어졌기 때문에 김시아는 마치 날아가는 느낌이 든다. 가슴이 편안했다. 끝없이 달리고 싶다. 그런데 목이 말랐기 때문에 김시아는 눈을 떴다. 어둡다. 그리고 다음 순간 생소한 냄새. 초점이 잡힌 눈에서 방의 윤곽이 드러난다. 침대 옆 스탠드가 켜져 있었기 때문이다. 다음 순간 김시아가 상반신을 일으켰다. 그제야 이곳이 강우진의 오피스텔이란 것이 떠오른 것이다. 앞쪽 소파에 누워있는 강우진이 보였다. '내가 소파에 누워있었는데 언제 침대로 옮겨놨지?' 생각하던 김시아가 강우진이 옮겨 주었다는 것을 깨달았다. 자고 있었는데 들어서 침대로 옮겼구나. 그때 머리가 지끈거렸고 목이 타는 것 같았기 때문에 김시아는 침대에서 일어섰다.

냉장고 닫히는 소리에 강우진이 잠에서 깨었다. 고개를 든 강우진은 냉장고 앞에 서 있는 김시아를 보았다. 어둠 속에서도 시선이 마주쳤다.

"깼어?"

강우진이 누운 채 묻자 김시아가 말했다.

"왜 여기서 자?"

"응, 여기가 편해."

상반신을 일으킨 강우진이 김시아가 들고 있는 생수병을 보더니 손을 내밀었다.

"몇 시야?"

"세 시 반."

생수병을 건네준 김시아가 강우진 옆에 앉았다.

"침대에서 자."

"술 깼냐?"

"머리가 아파."

"술을 막 마시더니."

김시아의 이마에 손바닥을 붙였던 강우진이 곧 두 손바닥으로 볼을 감싸 안았다. 김시아가 눈을 감았고 강우진의 입술이 다가왔다. 강우진은 김시아의 입술을 천천히 빨아들였다. 그러자 마침내 김시아의 입술이 떨리더니 가쁜 숨결이 뱉어졌다. 숨결 끝이 뿜어지면서 옅은 살구 냄새가 났다. 우유 냄새도 섞였다.

  김시아는 적극적으로 강우진을 받아들인다. 성숙한 몸이 이끄는 대로 따른다는 표현도 맞다. 자연스러운 반응이다. 몸과 마음이 일체가 되어서 강우진과 함께 새 세상으로 나아가고 있다. 그렇다. 새 세상이다. 방은 더운 열기로 가득 차서 여름날 비 오기 전 같다. 가쁜 숨소리 섞인 신음은 탄성이다. 스탠드만 켜 놓았어도 두 쌍의 사지가 엉켰다가 미끄러지고 다시 엉키는 윤곽이 선명하게 드러났다. 냄새? 이것이 갓 짠 우유 냄새인가? 세상에 처음 피어난 꽃 냄새가 이런가? 방 안의 공기가 흔들린다. 탄성이 높아지면서 움직임이 더 격렬해졌다. 소리, 냄새, 촉감, 오감이 모두 합체가 되어서 마침내 터졌다.

  창밖이 부옇게 흐려지기 시작했다. 짙은 어둠이 흐려지는 것이다. 어둠을 깨고 빛이 나오는 시간, 강우진과 김시아는 침대에 나란히 누워 창밖을 본다. 둘이 비스듬히 창 쪽을 향하고 누운 자세, 강우진이 김시아를 뒤에서 껴안고 있다. 김시아가 흐린 창밖을 향한 채로 말했다.
  "오빠, 신경 쓰지 마."
  "응?"
  강우진이 김시아의 허리를 당겨 안았다.
  "뭘?"
  "오늘 일."
  그때 강우진이 입술을 김시아의 목 뒤에 붙였다.
  "그런 말 왜 하는데?"
  "내가 좋아서 그랬으니까."
  "너 왜 이래?"

"부담 갖지 말라고."

"그러지 마."

"뭘?"

"입 다물고 있어."

"왜?"

"난 너를 좋아해."

"나도."

"특별한 것 없어, 시아야."

"뭐가?"

"이렇게 좋아지는 것.""오빠."

"너하고 있으면 편안해."

"나도."

"행복해, 처음으로."

김시아가 몸을 돌려 강우진을 마주 보았다. 아직도 몸이 딱 붙어있다.

"오빠, 사랑해."

강우진이 김시아의 입에 입을 맞췄다. 김시아가 팔을 벌려 강우진의 목을 감아
안는다. 말이 필요 없는 때가 온다. 안고만 있어도 넉넉해질 때가 오는 것이다. 그
것을 강우진은 조금 알고 김시아는 하나도 모르기 때문에 지금 이런 대화가 오고
간 이유다.

날이 밝았지만 김시아는 강우진의 품에 안겨 일어나지 않았다. 강우진도 일어
날 기색을 보이지 않았다. 고개를 들고 벽시계를 보니 오전 7시 10분이다. 김시아
는 식당 알바를 그만두었기 때문에 편의점 알바가 오후 1시부터다. 시간이 있다.
김시아가 물었다.

"오빠, 회사 안 가?"

"안 가도 되는데."

"가야지, 알바도 빼먹으면 안 되는데."

"오늘은 할 일이 없어. 서류 정리만 하면 돼."

"그래도 가야지."

"여기서 걸어서 10분이야. 8시에 일어나도 돼."

강우진이 김시아의 허리를 당겨 안았다.

"한 시간만 더 있자."

한 시간 반 후에 김시아가 오피스텔을 청소한다. 창문을 활짝 열고 한 번도 안 쓴 진공청소기를 밀었다. 흩어진 옷과 양말을 쌓아 놓은 것이 산더미다. 침대 밑에도 양말이 떨어져 있고 냉장고에 비누와 칫솔이 들어있다. 화장실 안 선반에는 오렌지주스 캔이 놓여 있다. 청소와 빨래까지 마쳤을 때는 10시가 넘었다. 건조대가 없었기 때문에 김시아는 오피스텔에서 나와 근처 마켓에서 쇼핑을 했다. 냉장고에 마실 것만 넣어 두고 빨래를 건조대에 넌 다음에 오피스텔을 나왔을 때는 오전 11시 반이다. 그래서 곧장 편의점으로 가려고 전철을 탔을 때 강우진의 전화가 왔다.

"어디냐?"

"편의점 가는 중."

전철은 비어 있었지만 김시아가 소곤소곤 대답했다.

"오빠, 빨래 널어놨으니까 돌아와서 개."

"응, 그래. 너 밥 먹어야지."

"오빠도 점심 먹어."

"알았어, 고맙다."

"이따 전화할게."

그때 강우진이 잠깐 주저하더니 말했다.

"고마워."

통화가 끊겼을 때 김시아는 맨 나중에 한 '고마워'가 오래 머릿속에 남았다. 주저했다가 말한 그 '고마워' 속에 진한 외로움이 배어 있는 것이 느껴졌기 때문이다. 이제는 강우진이 애먼 말을 해도 그 속뜻을 알 것 같다.

엄마한테는 어젯밤 친구 고유니 집에서 잔다고 했기 때문에 수습은 해놓았다. 그런데 오후 3시가 되었을 때 문자가 왔다. 어머니는 근무시간 중에는 꼭 문자로 연락한다. 자신도 일을 해서 일하는 사람 사정을 알기 때문이다.

'미아가 아프다고 해서 내가 데리고 병원에 왔어.'

심장이 덜컥 내려앉은 김시아가 곧바로 전화를 하니 바로 연결되었다.

"시아냐?"

"응, 엄마. 어디가 아프대?"

"몰라, 배가 아프다고 해서 지금 응급실에서 MRI 찍으러 갔어."

이선옥이 낮은 목소리로 말했다.

"병원에 오니까 아프다는 소리는 쏙 들어갔어."

"엄마, 무슨 병원이야?"

"뭐하게? 놔둬, 넌 알고만 있어."

"엄마도 일하다 말고 왔어?"

"미아가 일하다가 아프다고 해서 내가 택시 타고 곧장 거기로 갔어. 그 커피숍 탈의실에 쪼그리고 누워있는 걸 보니까 눈물이 울컥 나왔어."

"아니, 거긴 직원이 다섯이나 된다면서 119도 안 불렀대?"

"미아가 괜찮다고 놔두라고 했대."

"엄마가 가니까 순순히 병원으로 따라 나와?"

"응. 창피하니까 119 부르지 말라고 하더구나."

"그래서 택시 탔어?"

"점장이 택시비 냈어. 그리고 좀 전에 연락 왔어. 일 끝나고 병원에 들른대."

"무슨 병원이야?"

"글쎄, 놔두라니까? 알고만 있으라고 문자 했어."

김미아는 브랜드가 알려진 대형 커피숍에서 일하고 이선옥은 슈퍼에서 근무한다. 김시아도 편의점에서 일하니까 셋 다 알바인 셈이다. 이선옥은 슈퍼에서 12년째 일하지만 계속 알바다.

"그러니까 말해, 알고만 있게."

김시아가 말하자 이선옥이 한숨과 함께 대답했다.

"영등포 성심병원."

김시아가 바로 편의점 점장한테 사정을 말하고 영등포 성심병원에 도착했을 때는 40분 후다. 오후 4시, 응급실에 있던 이선옥이 눈을 크게 뜨고 김시아를 맞았는데 초점이 흐려져 있다.

"엄마, 미아는?"

다가선 김시아가 묻자 이선옥이 손으로 안쪽을 가리켰다. 입을 열지 않았기 때문에 김시아가 덜컥 겁이 났다.

"어디?"

"저기, 방에."

"뭐 하러?"

"검사."

"무슨 검사?"

"급성 백혈병이래."

"응?"

그때 이선옥의 눈에서 주르르 눈물이 쏟아졌다.

"어떡하니? 수술해야 된단다."

"왜?"

"백혈구 수치가 급격하게 줄어들었대."

더 이상 말해도 이해하지 못할 것이어서 김시아가 입을 다물었다. 이선옥이 두 손으로 얼굴을 덮었다.

"어떡해. 어떡해."

"엄마, 왜 이래?"

"수술해도 장담할 수 없대."

김시아가 털썩 옆자리에 앉았다. 다리에 힘이 풀렸기 때문이다.

"수술비가 의료보험 제하고 5천만 원쯤 듭니다."

원무과 직원이 김시아와 이선옥을 번갈아 바라보았다. 이곳은 원무과 사무실, 셋은 구석의 소파에 마주 보고 앉아있다. 40대쯤의 사내는 원무과 과장이다.

"이건 좀 특수한 경우여서요. 수술한 사례도 드물 뿐만 아니라 의료보험 적용이 안 되는 장치에다 약품, 그리고 수술이 복잡합니다. 담당 의사한테서 들으셨지요?"

이선옥이 고개를 끄덕이며 물었다.

"수술은 시작하실 수 있지요?"

"그럼요."

고개를 끄덕인 사내가 서류를 탁자 위로 밀어놓았다.

"급하니까 당장 해야죠."

밤 10시 반, 입원실에서 김미아가 이선옥과 김시아를 올려다보면서 묻는다.

"병원비 꽤 나오겠지?"

"별로."

김시아가 바로 대답했다.

"의료보험 다 되니까 신경 쓰지 마."

"내일 아침 7시에 수술이야?"

"응, 7시에 수술실로 들어가."

"몇 시간 걸리는데?"

"6시간."

"기네."

"넌 마취했다가 깨어나면 돼. 시간 가는 거 몰라."

"아프냐?"

이선옥이 묻자 김미아가 고개를 저었다.

"그냥 묵직해."

"수술하면 돼, 푹 자."

"엄마, 미안해."

"뭐가?"

"돈 들어가게 해서."

"얘가 쓸데없는 소리 하고 있어!"

눈을 치켜뜬 이선옥이 목소리를 낮춰 나무랐다. 6인실이어서 방 안에 사람들이 많다. 이선옥이 번들거리는 눈으로 김미아를 흘겨보았다.

"돈이 뭔데? 걱정 말고 잠이나 자둬."

11시 반, 김미아가 잠이 들었을 때 입원실 밖 복도로 나온 이선옥이 김시아에게 말했다.

"내가 적금 깨면 4백쯤 만들 수 있고 영옥 엄마한테 3백쯤 빌릴 수 있을 거야."

"내가 350 있어, 엄마."

김시아가 말했을 때 이선옥이 초점이 흐려진 눈으로 말을 이었다.

"집 보증금 빼야겠다. 부동산에 이야기하면 바로 세입자가 온다니까 거기서 1천5백 받아서 5백만 원짜리 월세방으로 가자. 내가 수술 끝나고 알아볼게."

"…."

"그럼 2천은 되겠네."

"…."

"3천은 어디서 빌리지?"

그때 김시아가 제 말에 제가 대답했다.

"한꺼번에 다 내라고 하지는 않을 거야. 그동안 나도 알아볼게. 미리 걱정부터 하지 마, 엄마."

오전 10시에 강우진한테서 전화가 왔다. 수술실 앞 대기실에 앉아있던 김시아가 이선옥한테서 떨어져 나와 핸드폰을 귀에 붙였다.

"응, 오빠."

"지금 어디냐?"

"응, 밖에."

"편의점?"

"응."

"오늘 몇 시에 끝나는데?"

"나 오늘 바빠."

"저녁이나 같이 먹으려고 했는데."

132

강우진의 목소리가 웃음기를 띠었다.

"네 집 근처에서."

"나 얼마 동안 시간 못 낼 것 같아."

"그래? 또 일 있어?"

"응."

"좀 쉰다더니."

"그렇게 되었어."

"그럼 자주 연락이나 해."

"알았어, 오빠."

"목소리에 힘이 없어. 피곤해?"

"응."

"무리하지 마."

"알았어. 고마워, 오빠."

핸드폰을 귀에서 뗀 김시아가 잠깐 우두커니 서 있다가 옆쪽 복도로 다가가면서 버튼을 눌렀다. 바로 최수영이 전화를 받는다.

"응, 웬일이야? 시아 씨가 먼저 전화할 때도 있네."

"바쁘세요?"

"아니, 괜찮아. 나 사무실 밖이야."

"저기, 그 여행사, 정식 직원으로 채용이 될까요? 임시직 말구요."

"왜? 정식으로 다니려고?"

"네, 이왕 다닐 바에는 그게 낫다는 생각이 들어서요."

"내가 알아볼게."

"고맙습니다."

"바로 연락해 줄 테니까 기다려."

"네, 기다릴게요."

"진즉 말하지."

최수영의 웃음 띤 목소리를 듣는 순간 김시아는 숨을 들이켰다. 최수영도 좋은 남자인 것 같다. 자신이 간사하다는 생각이 들었지만, 지금은 수단 방법을 가릴 형편이 안 된다. 단 강우진한테만은 안 된다, 절대로. 핸드폰을 바지 주머니에 넣은 김시아가 대기실에 앉아있는 이선옥을 보았다. 이선옥은 넋을 잃은 표정을 짓고 수술실 문만 쳐다보고 있다. 어머니, 어머니를 걱정시키지 않는다면 무슨 짓이건 하겠다. 갑자기 떠오른 생각이다.

수술이 끝났다. 의사는 수술이 잘 끝났다고 말해주었다. 그러나 사흘쯤 두고 봐야겠다는 여운을 두었다. 그날 밤을 병원에서 보낸 김시아는 다음 날 아침 이선옥을 병원에 두고 집으로 돌아왔다. 이선옥의 옷가지와 병원에서 지낼 물품을 챙겨가야 한다. 당분간은 이선옥과 교대로 병원 생활을 해야 되어서 알바는 쉬겠다고 말해 놓았다. 오전 9시 반, 집으로 가는 전철 안에서 김시아가 강우진의 전화를 받는다.

"오빠."

"응. 너 오늘 아침 목소리가 밝네?"

강우진이 바로 물었을 때 김시아의 콧등이 찡했다. 김시아가 되물었다.

"그래? 오빠 지금 어디야?"

"지금 공장가는 길이야."

"바쁘구나."

"안 바빠. 넌 지금 어딘데?"

"집에 가는 길."

"응? 어디 갔다가?"

순간 말문이 막힌 김시아가 엉겁결에 둘러대었다.

"엄마 심부름."

"아, 그런데, 오늘 만날까?"

"오늘?"

"또 바쁘냐?"

김시아의 가슴이 문득 먹먹해졌다. 보고 싶다. 눈앞이 흐려졌기 때문에 김시아는 외면했다. 전철은 비어서 누가 보는 사람도 없다. 김시아가 대답했다.

"아니."

"그럼 오늘 나하고 저녁 먹자."

"그래. 그럼 오늘 영등포시장 입구에서 봐. 6시 반에 입구에 있는 미림돼지갈비 식당에서."

마침내 김시아가 말했다. 성심병원은 식당에서 걸어서 5분 거리다.

오후 2시 반, 이선옥은 은행에 갔고 병원에서 김시아가 미아를 지키고 앉아있다. 김미아는 아직 일어나지는 못하지만 누워서 이야기는 한다. 가슴부터 아랫배까지 붕대를 감은 데다 팔에는 3개나 호스를 매달고 있다.

"언니, 미안해."

김미아가 가늘어진 목소리로 말했다.

"돈 많이 나오겠지?"

"별로."

김미아의 손을 쥔 김시아가 눈을 흘겼다.

"돈, 돈, 하지 마. 다 되는 수가 있으니까."

"그래도 미안."

"야. 딴생각 말고 빨리 낫기나 해. 그래야 엄마 걱정 안 시키지."

그 말에 김미아가 입을 다물었다. 그때 김시아 주머니에 든 핸드폰이 진동했다. 꺼내 보니 최수영이다.

"네, 저요."

병실 밖으로 나가면서 김시아가 응답했다.

"시아 씨, 그 여행사 말인데."

최수영이 바로 본론을 꺼내었다.

"이력서 내일 메일로 보내. 내가 메일 주소 카톡으로 찍어 보낼 테니까."

"네, 그럴게요."

"자기소개서도 함께 보내줘. A4용지 3장쯤 분량으로."

"알았습니다."

"내일까지 보낼 수 있지?"

"네, 6시까지 보낼게요."

"그래. 그런데."

"네?"

"일단 이번 일 끝나고 보지."

최수영이 말했을 때 김시아가 참았던 숨을 내쉬었다. 조건이 있구나…, 그럼 이력서는 보낼 수 없다….

병원으로 돌아온 이선옥이 퀭해진 눈으로 김시아를 보았다.

"원무과에 갔더니 내일까지 돈을 내라고 하네. 우리가 떼어먹고 도망갈 줄 아는가 봐."

"다 내라고?"

놀란 김시아가 묻자 이선옥이 한숨을 쉬었다.

"천만 원이라도 내라고. 천만 원이 아이 이름인 줄 아나 봐."

"천만 원?"

"응. 내일 네 돈하고 7백 정도는 되겠네."

"전부 얼마지?"

"글쎄. 아직 몰라."

둘은 병실 밖 복도에서 목소리를 낮추고 소곤거린다. 김시아가 고개를 들고 이선옥을 보았다.

"엄마, 걱정 마. 다 어떻게 되겠지."

"수술이 잘 끝났다니까 다행이야."

이선옥이 초점이 흐려진 눈으로 김시아를 보았다.

"내일 집 내놓아야겠어."

그때 병실에서 다른 환자의 보호자가 나오더니 둘에게 서두르듯 말했다.

"와 봐요. 환자가 이상해요!"

기겁한 둘이 병실로 뛰어 들어갔다. 안으로 들어선 김시아는 눈을 감은 채 얼굴이 하얗게 굳어지고 있는 김미아를 보았다. 이를 악물고 있다.

"미아야!"

이선옥이 소리쳤을 때 김시아는 밖으로 뛰어나갔다. 의사를 부르려는 것이다.

오후 6시 40분, 식당에 앉아있던 강우진이 시계를 보고 나서 일어섰다. 미리 자리를 잡아 놓았지만 혼자 앉아있기가 거북했기 때문이다.

"왜? 가시게?"

손님이 벌써 버글거렸기 때문에 종업원은 나가는 것이 반가운 것처럼 건성으로 물었다. 대답도 하지 않고 밖으로 나온 강우진이 핸드폰의 버튼을 눌렀다.

핸드폰에 강우진의 전번이 떴지만 김시아는 놔두었다. 진동으로 해놓았기 때문에 핸드폰이 열 번쯤 떨다가 그쳤다. 핸드폰을 바지 주머니에 넣었을 때 이선옥이 다가왔다. 머리는 흐트러졌고 재킷 윗단추가 풀어져 있다.

"엄마, 정신 차려."

김시아가 이선옥의 손을 잡아끌어서 옆자리에 앉혔다. 수술실 앞, 오후 6시 45분. 다시 수술실로 들어간 김미아는 네 시간째 수술 중이다. 수술이 잘못된 것이 아니라 부작용이 일어났다고 했다. 그래서 재수술을 하는 것이다.

"아이구, 이걸 어떻게 해."

이선옥이 초점이 흐려진 눈으로 앞쪽을 응시하며 말했다.

"아이구, 하느님."

"엄마, 정신 차려."

"시아야, 시아야, 미아가 잘되어야 할 텐데."

"걱정 마, 엄마."

김시아의 눈에 눈물이 고였다. 가슴이 미어졌고 눈이 뜨거워지더니 마침내 눈물이 쏟아졌다. 수술실로 들어가면서 의사는 확신할 수가 없다고 했다. 그것은 자신이 없다는 말이다.

핸드폰을 귀에서 뗀 강우진이 이맛살을 찌푸렸다. 오후 7시다. 약속 시간에서 30분이 지났는데 김시아는 전화도 받지 않는다. 주춤거리던 강우진이 발을 떼었다. 30분간 식당 앞을 왔다 갔다 하는 중이다. 주위는 어두워져서 가게의 불은 환하게 켜졌다. 차츰 불안해진 강우진이 다시 걸음을 멈추고는 핸드폰을 보았다. 그때 핸드폰이 진동하더니 문자가 떴다.

'미안. 급한 일이 생겨서 연락도 못 했어. 미안, 미안.'

강우진이 서둘러 문자를 보냈다.

'어디야? 무슨 일인지 알려주기는 해야 될 것 아냐?'

잠시 시간이 지난 후에 문자가 떴다.

'병원.'

'병원? 어디 아파?'

'응. 동생이.'

'어느 병원인데?'

'나중에.'

'병원이나 알려줘.'

'나중에.'

'알려주면 돌아갈게. 나 갈비집이야.'

'밥 먹고 가.'

'너 어디 있어?'

'성심병원.'

'어디 성심병원?'

'영등포.'

'그럼 가깝네.'

'오빠, 다시 연락할게.'

그러고는 문자가 끊겼다.

수술 5시간째. 수술실 앞 대기실에 앉아있던 김시아가 문득 고개를 들었다. 옆에 앉아있던 어머니는 지친 듯 몸을 웅크린 채 눈을 감고 있다. 잠이 든 것 같다. 수술실 앞에는 7, 8명의 남녀가 앉아있었는데 그중 절반은 새로 온 사람들이다. 같이 있었던 사람은 조금 전 소리 없이 사라졌다. 수술이 끝나고 다른 수술이 시작되었기 때문이다. 다시 고개를 숙이던 김시아의 시선이 멈췄다. 옆쪽 기둥에 반쯤 몸을 가리고 서서 이쪽을 바라보는 사내. 10미터밖에 떨어지지 않았지만, 눈이 흐려져서 윤곽이 분명하지 않다. 다음 순간 김시아가 숨을 들이켜면서 벌떡 일어섰다. 강우진이다.

다가간 김시아가 눈을 크게 뜨고 물었다.

"어떻게 왔어?"

"네가 여기 있다고 했잖아."

기둥 안쪽으로 몸을 돌린 강우진이 김시아를 보았다.

"옆에 계신 분이 어머니야?"

"응."

김시아가 어깨를 늘어뜨렸다.

"오빠, 미안해."

"뭐가?"

이맛살을 찌푸린 강우진이 김시아의 어깨를 부드럽게 움켜쥐었다. 끌어당기지는 않았다.

"아직도 수술 중이야?"

"응."

"잘될 거야. 걱정 마."

강우진이 김시아의 어깨를 가만가만 쓸었다.

"내가 기도할게."

"오빠 교회 나가?"

"아니."

"그럼 누구한테 기도해?"

"하느님, 부처님, 다."

그때 고개를 돌린 김시아가 기둥 바깥쪽의 이선옥을 보았다. 이선옥은 몸을 더 웅크린 채 잠이 들었다. 의자 위에 다리를 올리고 머리까지 무릎 사이에 묻어서 더 작아졌다.

"너 밥 먹었어?"

강우진의 말에 김시아가 몸을 세웠다.

"오빠는?"

"먹었어. 너 안 먹었지?"

"나중에."

"뭘 좀 먹어야 기운을 내지."

이맛살을 찌푸렸던 강우진이 몸을 돌렸다.

"오빠, 어디가?"

강우진은 발을 떼면서 대답하지 않았다.

20분쯤 후에 강우진이 한 보따리나 되는 쇼핑백을 들고 왔다. 아까 그 기둥에 붙어 서서 강우진을 따라가지도 못하고 이선옥 옆으로 돌아가서 편히 앉아있지도 못한 채 기다리던 김시아가 쇼핑백을 받았다. 무겁다. 안을 들여다보니 별의별 게다 들어있다. 마실 것, 먹을 것. 편의점에서 그럴듯한 것을 다 담아온 것 같다.

"갖고 가서 엄마하고 같이 먹어."

"오빠는?"

"지금 엄마한테 인사해도 되냐?"

"정신없을 텐데…."

"그러니까 가서 둘이 먹어."

"오빠는?"

"나도 내려가서 먹고 올게."

"오지 마."

"어쨌든 너 먹었는가 확인도 할 겸 왔다가 갈게."

강우진이 김시아의 어깨를 밀었다.

"가 봐. 9시가 다 되어간다."

수술 7시간째다.

"웬걸 이렇게 많이 샀어?"

이선옥은 먼저 걱정부터 했다. 예상했기 때문에 절반쯤 가방에 숨겨 놓았어도 그런다. 김시아가 편의점에서 사 온 줄로 아는 것이다.

"먹어, 엄마."

김시아가 권하자 이선옥이 빵 봉지를 뜯었다. 벽시계를 본 이선옥이 갈라진 목소리로 말했다.

"무소식이 희소식이지?"

"응."

"무슨 일 있으면 의사가 나왔을 거야."

"그럼."

빵을 먹는 동안에는 말이 끊겼다.

8시간 40분 만에 김미아 수술이 끝났다. 의사가 나와서 말해줄 것이다.

"지금 수술 끝나고 집중치료실에 있습니다. 내일 오전까지 면회 안 됩니다."

의사가 표정 없는 얼굴로 말을 이었다.

"수술은 잘 끝났지만 상태를 며칠 두고 봐야 합니다."

의사의 그 '잘'이라는 한마디가 얼마나 고마운지 이선옥은 그 한마디에 눈물을 쏟았고 김시아의 눈도 흐려졌다.

'오빠, 어딨어?'

45분 동안 강우진이 보이지도 않고 연락도 없었기 때문에 결국 김시아가 그렇게 문자를 보냈다. 그랬더니 바로 대답이 왔다.

'나 아래층.'

'안 갔어?'

'응. 근데 수술 끝났어?'

'응. 지금 집중치료실에 있어.'

'잘 끝난 거야?'

'봐야 한 대. 내일 면회.'

'그럼 넌 지금 뭐 해?'

'입원실에서 엄마하고 있어.'

'뭐 먹었어?'

'응. 오빠는?'

'먹었어.'

'내가 내려갈게.'

'응.'

김시아가 입원실로 들어와 이선옥에게 말했다.

"엄마, 나 바람 좀 쐬고 올게."

남자가 와 있다고 말하기에는 미안해서 그렇게 말했다. 그랬더니 침대에 앉아 있던 이선옥이 눈동자의 초점을 잡았다.

"아, 참. 미아는 내일 9시에 면회 된다니까 넌 집에 가서 자고 와, 난 여기서 잘 테니까."

6인실이어서 이선옥이 목소리를 낮췄다.

"여기서 같이 못 자. 빨리 집에 가."

"집에 데려다줄게."

병원을 나왔을 때 강우진이 말했다.

"나 시간 많아."

밤 11시 반, 강우진을 바라본 김시아가 어깨를 늘어뜨렸다.

"여기서 우리 집 멀어."

"응? 그런가?"

"이 근처에서 자고 가."

"응? 내가?"

"같이."

"그래도 돼?"

"돼."

"하긴 그게 낫겠다."

"오빠하고 같이 있고 싶어."

"그럼 고맙고."

다가선 강우진이 김시아의 손을 쥐었다. 손이 따뜻했다. 김시아도 마주 쥐었다.

오전 2시쯤 되었나? 영등포 로터리 근처의 모텔방 안에 둘이 누워있다. 요즘은 모텔 수준도 호텔 못지않다. 강우진의 가슴에 얼굴을 붙이고 누워있던 김시아가 물었다.

"오빠, 힘들지?"

"뭐가?"

강우진이 김시아의 허리를 당겨 안고 머리끝에 턱을 붙였다. 편안했다. 그렇지만 그렇게 말해 줄 수는 없다, 그냥 미안해서. 그때 김시아가 숨결을 강우진의 가슴에다 뿜으면서 말했다.

"사는 게."

"흥."

"뭐가 흥이야?"

"안 힘들어."

"좋아?"

"응."

"흥이 아니고?"

"응."

강우진이 고개를 숙여 김시아의 이마에 입을 맞췄다.

"내가 옆에 있어줄게."

둘이 같이 있을 때 때로는 말이 필요 없을 때가 있다는 것을 강우진이 실감하고 있다. 바로 지금이 그렇다. 전혀 부담이 없다. 가슴이 따뜻해지면서 붙은 몸을 통해 감정이 전이되는 것 같다.

눈을 뜬 강우진은 옆이 비어 있는 것을 보았다. 상반신을 일으킨 강우진이 먼저 벽시계부터 보았다. 오전 7시 반, 2시가 넘어서 잤기 때문에 지금 일어났다. 방을 둘러본 강우진은 탁자 위에 놓인 메모지를 보았다. 김시아가 남겨둔 메모다. 침대에서 나온 강우진이 쪽지를 집고 읽었다.

'오빠, 나 먼저 갈게. 집에 가서 뭘 갖고 병원에 가야 해서. 회사 지각하지 마. 내가 가끔 연락할게. 신경 쓰지 말고 일해.'

강우진은 오늘부터 퇴근하면 병원으로 와야겠다고 생각했다, 달리 갈 곳도 없으니까.

145

집에서 어머니 통장과 도장을 찾아서 저금 찾고 김시아도 제가 모은 돈까지 찾아서 병원에 왔더니 오전 10시 반. 병실에서 기다리던 이선옥이 흐린 눈으로 말했다.

"나 미아 보고 왔어."

"그래? 괜찮아?"

반색을 하고 물었더니 이선옥이 쓸쓸하게 웃었다.

"응. 그냥 자고 있었어."

"자?"

"응, 의사는 괜찮대."

"그럼 언제 면회가 돼?"

"내일 아침 9시."

어깨를 늘어뜨린 김시아가 돈이 든 봉투를 내밀었다.

"여기, 750이야."

"으응."

정신없이 봉투를 받은 이선옥이 자리에서 일어섰다.

"병실에서 있을 거 없어. 내일 아침에 미아 볼 때까지 쉬어. 나 나갔다 올 테니까."

"어디 가게?"

"부동산."

집 전세금을 빼려는 것이다.

"금방 빠지겠지…."

수심에 잠긴 얼굴로 이선옥이 말하더니 병실 안을 둘러보았다. 6인실 병실에는 끝 쪽 병상에 환자 하나가 자고 있을 뿐이다.

"집중실에서 나오면 1인실로 옮겨야 된다는데…."

발을 떼면서 이선옥이 혼잣말을 했다. 그러면 1인실은 병실료만 12만 원이다. 6
인실은 1만 원도 안 되는 것이다. 김시아가 병실 앞에서 이선옥을 배웅했다.

"나 여기 좀 있다가 집에 가 있을게."

"그래라. 나도 6시까지는 집에 갈게."

집에서 만나기로 하고 이선옥이 서둘러 사라졌다.

"공장 다녀올게요."

강우진이 말하자 오영주가 자리에서 일어나 봉투를 내밀었다.

"여기 출장비요."

"출장비?"

"네, 그동안 출장비 정산 안 했어요. 25만 원."

강우진이 다가가 봉투를 받았다.

"고마워요, 챙겨줘서."

"맨날 혼자 있으니까 심심해요."

오영주가 웃음 띤 얼굴로 말을 이었다.

"언제 술 한잔해요."

"그러죠."

고개를 끄덕인 강우진이 몸을 돌렸다. 오영주의 웃음은 호의 이상이다.

승합차를 운전하고 영등포 로터리를 지나던 강우진이 문득 고개를 들더니 핸들
을 꺾었다. 오전 11시 45분, 그대로 차를 몬 강우진은 성심병원 안으로 들어섰다.

순서가 되었을 때 강우진이 원무과 창구 앞에 섰다.

"김미아 입원비요. 수술 환자인데요."

대뜸 말했더니 직원이 컴퓨터를 두드리더니 강우진을 보았다.

"입원비 선금 내시려고요?"

"네."

"김미아, 21세, 백혈병 수술 환자, 맞죠?"

"맞아요."

"예상금액 5천2백인데 선금 내시려고 오신 거죠?"

"5천2백이나 돼요?"

"네, 모르고 계셨어요?"

"정확하게는…."

"어제 재수술했는데 김미아 보호자 되세요?"

"아, 네…."

"선금 얼마 내시겠어요?"

"지금요?"

"천만 원이라도 납부해 달라고 며칠 전부터 말씀드렸는데…."

"1시간 후에 내죠."

마침내 강우진이 말했다.

"그래도 되죠?"

"네."

직원이 고개도 들지 않고 말했다.

확인은 해야겠다. 핸드폰 버튼을 누른 강우진이 심호흡을 했다. 오전 11시 50분, 신호음 2번 만에 김시아가 전화를 받는다.

"오빠, 회사야?"

"응, 넌 어디야?"

"나 병실에 있다가 집에 왔어. 미아가 지금 집중치료실에 있어서."

"언제 병원에 가는데?"

"면회는 내일 오전 9시지만 보호자는 대기하고 있어야 되니까 밤에는 가보려고 해."

"네가?"

"엄마하고 둘이."

"알았어."

"오빠 바쁜데 신경 쓰게 해서 미안."

"천만에."

핸드폰을 귀에서 뗀 강우진이 은행으로 들어섰다.

오후 3시 반, 집에서 깜박 잠이 들었던 김시아는 벨 소리에 눈을 떴다. 핸드폰을 들었더니 발신자는 어머니 이선옥이다. 심장이 덜컥 내려앉는 느낌이 든 김시아가 핸드폰을 귀에 붙였다.

"엄마?"

"시아야?"

이선옥이 외치듯 말했기 때문에 김시아는 숨을 들이켰다. 얼굴이 하얗게 굳어 있다.

"엄마, 왜?"

겨우 그렇게 물었을 때 이선옥이 가쁜 숨을 몰아쉬며 말했다.

"시아야, 누가 미아 입원비를 다 내고 갔어, 5천2백이나!"

"…"

"강우진이란 사람이야!"

그 순간 김시아가 어깨를 늘어뜨렸다. 머릿속이 비워져서 아무 생각도 나지 않았다.

　핸드폰이 진동으로 떨었기 때문에 강우진이 핸드폰을 집어 보았다. 김시아다. 입맛을 다신 강우진이 승합차의 속력을 내었다. 회사로 돌아가는 중이다. 오후 4시, 진동이 한참 울리다가 멈췄기 때문에 강우진이 입맛을 다셨다. 입원비 낸 것이 들통난 것이다. 입금할 때 입금자를 밝혀야 했기 때문에 어쩔 수 없는 일이었다. 그때 다시 핸드폰이 진동했다. 이번에는 카톡 문자가 왔다. 어쩔 수 없이 강우진이 핸들 위에 핸드폰을 놓고 카톡을 읽는다.

　'오빠, 입원비 내고 갔어?'

　그렇게 끝났다. 강우진이 길게 숨을 뱉었다. 그러고는 당분간 김시아를 만나지 않는 것이 낫겠다는 생각을 했다. 김시아의 황당한 느낌이 조금 지워질 때까지 기다리기로 하자. 핸드폰도 안 받고 문자를 보내지도 받지도 말자.

　주차를 하고 사무실로 들어왔더니 오영주가 활짝 웃었다.

　"일찍 왔네요."

　오후 5시 40분, 오영주가 강우진에게 물었다.

　"오늘 같이 저녁 먹을까요? 내가 살게."

　"그럽시다."

　서랍에 서류를 넣은 강우진이 순순히 대답했다. 어차피 오늘은 김시아의 전화도 안 받기로 했으니까.

　회사 근처에 맛있다고 소문난 삼겹살 식당이 있다. 강우진도 한 번 들른 곳인데 오영주는 단골인 모양으로 여주인이 반겼다. 삼겹살에 소주를 시킨 오영주가 웃음 띤 얼굴로 강우진을 보았다.

"무슨 생각 해요?"

"아니, 아무 생각도…."

사실은 김시아 생각을 하던 중이다. 그렇게 카톡을 보낸 후에 연락이 없다. 조금 압박감이 풀리지만 한편으로는 불안하다. 자존심에 상처를 입었겠지. 하지만 지금 그것 따질 때냐? 그때 오영주가 말했다.

"오후에 사모님이 회사에 찾아와서 사장 책상까지 다 뒤지고 갔어요."

놀란 강우진이 고개를 들었다. 그 종업원이 술과 안주를 내려놓고 돌아갔다. 고기를 구우면서 오영주가 말을 이었다.

"다낭의 여자가 들통이 난 것 같아요. 여자에 대해서도 꼬치꼬치 묻는데 모른다고 했지만 믿지 않더라구요."

"다 말하지 그랬어요?"

"내가 어떻게?"

이맛살을 찌푸린 오영주가 잔에 술을 따르면서 말했다.

"난 사장을 지킬 의무가 있다고 생각했는데…."

쓴웃음을 지은 강우진이 한 모금에 술을 삼켰다.

"대단한 의리네."

"글쎄, 경리 장부까지 보더라니까."

"보여줬어?"

"어떻게 해?"

이제 둘은 자연스럽게 말을 놓는다. 오영주가 술잔을 들고 말을 이었다.

"보여줘야지, 은행 잔고까지 다 알고 갔어."

"개판이군."

"세 명짜리 회산데 할 수 있나?"

"사장 빼고 둘이지."

"바이어 하나한테 매달려 가는 회산데 그 바이어도 위험해."

"무슨 말야?"

그때 소주를 삼킨 오영주가 강우진을 보았다.

"우리한테 바이어 하나가 남은 거 알지?"

"알아."

강우진이 고개를 끄덕였다. 얼마 전까지 3개, 4개 바이어와 거래했던 '동문상사'는 가격문제, 품질문제, 납기문제 등으로 바이어가 하나씩 떨어져 나간 것이다. 그러고는 바이어 하나가 남았다. 사우디 바이어 아말이다. 그러나 아말의 수입 물량이 커서 '동문상사'는 그런대로 굴러간다. 아말의 수입량이 연간 1백만 불이 넘어서 월간 10만 불 매출이 일어나는 것이다. 오영주가 술기운으로 상기된 얼굴을 펴고 웃었다.

"알아? 처음에는 사모님이 나하고 사장하고 섬씽이 있는 줄 알고 엄청 신경을 쓰더라고."

"저런."

"의부증이 있는 모양이야."

"그런가?"

"회사에 찾아와서 날 두 번이나 만나서 말했어."

"무슨 말?"

"사장하고 무슨 일 있었느냐는 말."

"그래서?"

"사장한테 물어봐라, 짜증 나서 회사 그만둔다고 했더니 아무 일 없는 걸 안 모양이야."

"사장이 확인시켰겠지."

고개를 든 오영주가 강우진을 보았다. 두 눈이 번들거리고 있다.

"회사가 위험해."

"왜?"

"회사 자금이 몇백만 원밖에 없어."

"무슨 말야?"

"사장이 다 가져갔다고."

"말도 안 돼."

그때 오영주가 쓴웃음을 지었다.

"지금 사장이 베트남에 간 지 얼마나 되지?"

"한 열흘 됐나?"

"아마 사장은 돌아오지 않을 거야."

오영주가 고개를 저으면서 말했다.

"이번 달 선적하고 네고하면 끝날 것 같아."

시선만 준 강우진을 외면한 채 오영주가 말을 이었다.

"그럼 밀린 원부자재 결제금, 부채만 몽땅 남지."

"술맛 떨어지는군."

강우진이 입맛을 다셨다. 그렇게 되면 한국에 남은 둘이 뒤집어쓰게 되나?

4장. 운명

"젠장, 겨우 취직한 회사가 이 꼴이라니 재수 더럽군."

강우진이 투덜거리자 오영주가 붉어진 얼굴을 들었다.

"빚은 한국에 그대로 남겨놓고 베트남에서 살 모양이야."

"아말은?"

"베트남에서 직접 핸들링할 것 같아."

"가능할까?"

"그동안 작업을 해놓은 것 같아."

"어떻게?"

"도망가려고."

강우진이 입을 다물었다. 이제 윤곽이 보이는 것이다. 동문상사 사장 백동문은 한국을 떠나려고 작정을 한 것 같다. 그럼 이 회사는 부채만 떠안고 문을 닫는다. 고개를 든 강우진이 오영주를 보았다.

"아말은 이 사실을 아나?"

"아마 사장이 베트남에서 오더 진행을 한다고 했을 거야."

"그래도 원부자재는 여기서 가져가야 할 거 아냐?"

"그거야 얼마든지 가져갈 수 있지."

오영주가 코웃음을 쳤다.

"우린 서류만 작성해주고 잡일을 했을 뿐이야. 그런 역할은 얼마든지 다른 사람

154

이 할 수 있지."

"그렇군."

"우린 이번 아말 오더가 끝나면 할 일도 없어. 추가 오더 원단 발주도 안 했다구."

"그럼 우리가 빚을 떠맡게 되나?"

"그럴 확률이 99프로."

"어떻게 할래?"

"난 이번 달 말까지 근무하고 도망갈 거야. 월급은 보내주겠지."

"그 이야기를 왜 지금 해?"

"할 시간이 없었지."

월말까지는 일주일 남았다. 고개를 끄덕인 강우진이 다시 물었다.

"원부자재 업체에 줄 돈은 사장이 떼어먹을 건가?"

"이달 말에 알게 되겠지. 돈 안 보내면 끝이니까. 빚쟁이들이 우리한테 달려들 거야."

"얼만데?"

"모두 합쳐서 1억 4천 정도."

"…"

"돈 안 보내주면 사장의 의도가 명백해지는 거지."

강우진이 오영주의 잔에 술을 따랐다.

"내 주변에서 제대로 되는 일이 없네."

하루 동안 김시아는 연락도 하지 않았다. 다음 날 오후 4시에 마지막 원단을 출하시키고 회사에 돌아왔더니 오영주가 말했다.

"사장한테서 전화 왔어."

강우진의 옆자리로 다가선 오영주가 말을 이었다.

"예상했던 대로야."

"회사 문 닫는대?"

"아니, 다낭에서 일하겠대."

"그래서?"

오영주가 옆쪽에 서서 팔짱을 끼었다.

"어제 내가 말한 대로 월말에 회사 문 닫는 거지."

다가선 오영주가 강우진을 내려다보았다. 오영주한테서 향내가 맡아졌다. 여자마다 다 독특한 냄새가 있다.

"채무는 자기가 해결한다는 거야."

"…"

"그러니까 당분간 쉬라는군."

"쉬라고?"

"응."

오영주의 두 눈이 번들거렸다.

"또 놀랄 만한 사건이 있어."

눈앞에 오영주의 젖가슴이 30센티 거리로 다가왔다. 팔짱을 끼고 있어서 젖가슴 볼륨이 더 커진 것 같다. 오영주가 말을 이었다.

"이 사무실 말이야."

"사무실이 어때서?"

"사장이 사무실 전세금을 빼갔어. 그래서 다음 달 말까지 사무실 비워야 돼."

오영주가 쓴웃음을 지었다.

"사장이 베트남 가기 전에 계약 해지하고 계약금을 빼 간 거야. 아까 확인했어."

"…"

"이제 끝났어."

"…."

"빚쟁이 오기 전에 우린 월급 받고 떠나야 돼."

"만나서 고맙다고 해야겠다."

이선옥이 김시아에게 말했다.

"네가 말하기 거북하면 나라도 해야지, 가만있을 수는 없어."

병원 입원실 밖의 복도에 나란히 선 둘은 창밖을 내다보고 있다. 이선옥이 말을 이었다.

"전번 알려줘, 내가 전화를 할 테니까."

"놔둬."

"벌써 하루가 지났어."

"내가 전화했지만 안 받아."

"몇 번 했는데?"

"두 번."

"더 해야지."

이선옥이 손을 내밀었다가 내렸다.

"그 사람 전번 찍어줘."

"알았어."

"지금."

"아, 알았다니까."

김시아의 눈에 눈물이 고였기 때문에 이선옥이 외면했다. 김미아는 이제 상태가 호전되고 있다. 수술비, 병원비까지 다 낸 상태라 1인실도 예약되어 있다. 그때 이선옥이 손수건을 꺼내어 눈물을 닦았다.

"고맙지 뭐. 우리한테는 생명의 은인이지."

김시아는 몸을 돌렸다.

"어디 가?"

뒤에서 이선옥이 묻더니 한마디 더 덧붙였다.

"전화해. 그리고 내가 고맙다고 하더라는 말도 전하고."

병원 건물 앞쪽의 벤치에 앉은 김시아가 핸드폰을 꺼내 들었다. 오후 5시 10분, 김시아가 강우진의 전번을 눌렀다.

핸드폰이 진동해서 강우진이 꺼내 보았다. 사무실 안, 옆쪽의 오영주도 마침 통화 중이다. 발신자는 김시아. 강우진이 핸드폰을 귀에 붙였다.

"여보세요."

"오빠."

바로 부른 김시아가 멈칫하더니 3초쯤 후에 물었다.

"어디야?"

"회사."

"언제 끝나?"

"곧."

"나 만날 수 있어?"

"그럼."

"그럼 7시에 영등포 시장…."

"돼지갈비 식당."

"거기서 봐."

"그런데 조건이 있어."

김시아가 기다렸고 강우진이 말했다.

"입원비 이야기 안 하기. 하면 나 안 가."

"알았어."

핸드폰을 귀에서 떼었을 때 오영주가 쳐다보고 있다가 말했다. 들은 모양이다.

"누구 입원비?"

"누가 입원비 도와달라고 해서 안 된다고 했어."

이쪽 말만 들었을 테니까 그렇게 갖다 붙여도 말이 될 것이다. 강우진이 자리에서 일어섰다.

"내일 봐."

오후 7시, 강우진이 식당 안으로 들어서자 혼자 앉아있던 김시아가 고개만 들었다. 강우진이 다가가서 앞쪽에 앉았어도 입을 열지 않는다. 식탁 위에는 이미 돼지 갈비가 구워지고 있었고 소주병이 놓여 있다. 강우진이 빈 잔에 술을 따르고는 젓가락을 들면서 물었다.

"동생은 어떠냐?"

"나아지고 있어."

시선을 내린 채 김시아가 말을 이었다.

"이젠 의식이 돌아와서 말도 잘해."

"잘되었구나."

그때 술잔을 든 김시아가 한 모금을 삼켰다. 아직도 시선이 딴 데로 향해있다. 쓴웃음을 지은 강우진이 말을 이었다.

"이제 한숨 돌렸네, 그지?"

"응."

"나는 회사에 문제가 생겨서 골치 아파."

그제야 김시아가 강우진을 쳐다보았다. 그것도 목을. 그 위로는 시선이 안 올라

159

온다. 술잔을 들어 술을 다 삼킨 강우진이 김시아의 콧잔등을 보았다.

"우리 사장이 베트남으로 도망간 것 같아."

"…."

"거기서 사업을 하려는 모양이야."

"왜?"

김시아의 시선이 입 근처까지 올라왔다.

"거기에 현지처가 있거든, 아들도 있고."

"그럼, 여기 회사는 어떻게 하고?"

"사무실 전세금도 다 빼갔어."

"…."

"여기 사무실 직원이 둘뿐이거든, 나까지 말야."

"그럼 오빠 어떻게 해?"

마침내 김시아와 강우진의 시선이 마주쳤다. 강우진이 정색했다.

"난 걱정할 것 없어. 지금 생각 중이야."

"어떤 생각?"

"내가 어떻게 해야 할 것인가를."

"그럼 회사는 그만둘 거야?"

"봐서."

다시 잔에 술을 채운 강우진이 말을 이었다.

"내가 결심을 하면 너한테 자세히 말할게."

김시아가 고개를 끄덕였다. 조금 압박감이 풀렸으나 아직도 부담이다. 어떻게 든 입원비 이야기를 해야 할 텐데, 고맙다는 이야기도 못 하겠구나. 그런데 오빠 회사가 망하게 되다니….

밤 9시 반, 국제호텔 라운지에서 나온 강석규가 옆을 따르는 고재성을 보았다.

"잠깐 저기로 가자."

강석규가 눈으로 가리킨 곳은 커피숍이다. 눈치를 챈 고재성이 커피숍으로 앞장을 섰다. 라운지에서 강석규는 친분이 있는 국회의원과 저녁을 먹고 나온 것이다. 호텔 커피숍은 외국인 손님들이 대부분이다. 안쪽 자리에 마주 보고 앉았을 때 강석규가 입을 열었다.

"차에서 말하는 것이 낫겠지만 운전사가 믿을 수 없어서…."

강석규의 얼굴에 쓴웃음이 떠올랐다. 고재성이 시선을 내렸다. 회장 전용차 기사 조경철은 사모님 최경애가 심어놓은 첩자인 것이다. 최경애의 먼 친척이라고 했다. 어느덧 웃음을 지운 강석규가 고재성을 보았다.

"요즘 우진이 만난 적 있나?"

"제가 요즘 못 만났습니다."

예상하고 있었는지 고재성이 바로 대답했다.

"하지만 회사, 오피스텔은 다 알고 있으니까 언제든지 찾아갈 수 있습니다."

"강남 아파트는 그대로 있지?"

"네, 회장님."

"그놈은 직원 한 명뿐인 그 회사에 그대로 다닌다는 거냐?"

이 대목에서는 고재성이 입을 다물었다. 사장 하나에 직원이 둘인 회사다. 강석규한테는 그것이 회사처럼 보이지도 않을 것이다. 강석규가 말을 이었다.

"거기, 그놈은 지금 어디에 있나?"

"예, 지금은 발리에 있습니다."

강석규가 숨을 가다듬었다. 고재성을 쳐다보고 있지만 눈동자가 흐리다. 그놈이란 둘째 아들 강영진을 말한다. 지난번 사고를 치고 나서 의정부 요양원에 감금했다가 일본의 지사로 보냈는데 거기서 발리로 도망간 것이다.

"나한테는 일본에 있다고 했어."

고재성은 시선을 내렸다. 그것이 누구냐고 물을 필요도 없다. 바로 사모님 최경애인 것이다. 강석규가 말을 이었다.

"그놈이 어떻게 생활하고 있는지 자세히 알아봐."

"예, 회장님."

"특히 자금 문제."

"알겠습니다."

강석규의 심증을 읽는 고재성이다. 고재성이 고개를 숙였을 때 강석규가 자리에서 일어섰다.

"술 많이 마셨어."

돼지갈비 식당에서 나왔을 때 김시아가 말했다. 강우진이 비틀거렸기 때문이다.

"웃기네."

허리를 편 강우진이 김시아를 흘겨보았다. 둘이 소주 네 병을 마신 것이다. 네 병 중에서 김시아는 한 병 반쯤 마셨다. 오후 9시 50분, 영등포시장 골목은 혼잡했다. 사람들을 피해 길가로 옮겨 선 강우진이 김시아를 보았다.

"너 병원 가야 해?"

"응, 오늘은 병원에서 자야 돼."

"그래. 내가 병원까지 데려다줄게."

강우진이 발을 떼면서 말했다.

"잘됐다, 동생이 나아서."

"고마워, 오빠."

마침내 김시아가 말했다. 하지만 고개를 숙인 채였다.

"날씨가 서늘하네."

강우진이 셔츠 위쪽 단추 하나를 풀었다. 말과는 다른 행동, 말이 생각 없이 나왔다는 증거다. 그때 옆으로 붙은 김시아가 말을 이었다.

"오빠, 내가 죽을 때까지 갚을 거야."

"사람 되게 많네."

"엄마가 고맙다고 전하랬어."

그때 걸음을 멈춘 강우진이 먼저 가라고 손을 흔들었다. 병원이 보이는 위치다. 사거리 하나만 건너면 된다. 이제는 마주 보고 선 김시아가 물었다.

"오빠, 오피스텔로 가?"

"아니, 오늘은 갑자기 누구 생각이 나서 다른 데 가려고."

"누구?"

김시아가 바짝 다가섰기 때문에 냄새가 맡아졌다. 이제는 익숙한 향내, 살 냄새에다 비누, 화장품이 섞인 독특한 향내. 강우진이 고개를 저었다.

"저기, 여기 없는 사람."

"글쎄, 누군데?"

"우리 엄마."

숨을 들이켠 김시아가 똑바로 강우진을 보았다. 그러나 입을 열지는 않았다. 고개를 끄덕인 강우진이 몸을 돌렸다.

다음 날 오전, 회사에 출근한 강우진이 오영주에게 물었다.

"어떻게 할 거야?"

"뭘?"

고개를 든 오영주의 얼굴에 웃음이 떠올랐다. 요염한 분위기가 풍겼다. 사무실 안은 둘뿐이어서 행동이 자연스럽다. 강우진이 대답했다.

"회사 말야."

"그만둬야지."

"분하지 않아? 화 안 나냐고?"

"안 나."

"4년이나 근무했으면서 이렇게 끝나는 게 화가 안 난단 말이지?"

"응."

"난 못 참겠는데?"

"어떻게 하려고?"

그때 심호흡을 한 강우진이 의자를 돌려 오영주를 보았다.

"난 회사 다닐 거야."

"어떻게?"

오영주의 시선을 받은 강우진이 말을 이었다.

"네 도움을 받아서."

"기가 막혀."

"네가 도와주면 돼."

"어떻게?"

"바이어를 우리가 가로채는 거야."

그 순간 숨을 들이켠 오영주에게 강우진이 말을 이었다.

"아말 말이야, 아말한테 네가 상황을 말하고 앞으로 우리가 오더를 진행하는 것이 낫지 않겠냐고 하는 거지."

"…"

"아말이 사장이 돈 떼어먹고 베트남으로 도망가서 거기서 한국산 원부자재를 수입해서 사우디로 수출한다는 것을 알면 어떻게 나올 것 같아?"

"…"

"네가 아말한테 전화해, 내가 채무 다 갚고 정상적으로 수출하겠다고, 너하고 같이."

"네가 빚을 다 갚고?"

어깨를 늘어뜨린 오영주가 강우진을 보았다.

"아말 오더를 우리가 갖고 온단 말이지?"

"그래."

"돈은 어떻게 만들 건데?"

마침내 정색한 오영주가 물었다.

"사무실 임대료부터, 오더하려면 원부자재부터 사야 하고 진행비, 공장에 선금 줘야지. 직원 월급에 운영비…, 거기에다 부채."

그때 오영주가 입을 다물었다. 강우진도 잠자코 오영주를 보았다. 한동안 사무실에 정적이 흐른 후 강우진이 입을 열었다.

"자금은 내가 알아서 할 테니까."

"얼마나 있는데?"

"나한테 맡겨."

"정말?"

"내일 당장 이 사무실 재계약부터 할 테니까 말야."

숨을 들이켠 오영주가 고개를 저었다.

"아말 오더부터 확정 짓고 나서 임대하자구, 기간은 있으니까."

고재성의 전화가 왔을 때는 오전 11시경이었다. 사무실에 앉아있던 강우진이 핸드폰의 발신자를 보고 나서 귀에 붙였다.

"예, 실장님."

"너 사무실이야?"

"예."

옆쪽에 앉은 오영주가 힐끗 시선을 주었다. 그때 고재성이 말을 이었다.

"12시에 시청 앞 일식당 도쿄 알지? 소공동 골목에 있는 식당 말이다."

지난번에 고재성과 만난 적이 있는 식당이다.

"네, 압니다."

"거기서 보자. 오랜만에 점심 먹으면서 이야기나 하자꾸나."

그러고는 통화가 끊겼기 때문에 강우진은 한숨부터 쉬었다.

"나 누구 좀 만나고 올게."

강우진이 일어서면서 말했을 때 오영주가 고개를 끄덕였다.

"오후에 아빠한테 전화할 거야."

정색한 오영주가 강우진을 보았다.

"네가 회사를 맡아서 한다고 할게."

"알았어."

강우진이 고개를 끄덕였다.

"네가 도와준다면 나도 할 수 있어."

"책임져야 돼."

아직도 미심쩍은지 오영주가 확인하듯 말했을 때 강우진은 고개만 끄덕였다.

일식당 방에서 기다리던 고재성이 강우진을 보더니 웃음 띤 얼굴로 손을 내밀었다.

"왔구나."

"안녕하셨어요?"

인사를 나눈 둘은 식탁을 사이에 두고 앉았다. 종업원에게 요리를 시킨 고재성이 강우진을 보았다.

"아버지한테 연락한 적 없지?"

그러자 강우진이 빙그레 웃었다.

"다 아시면서 그래요? 지금까지 한 번도 없습니다."

"아버지는 기다리고 계신다."

그때 강우진이 풀썩 웃었다.

"아마 그럴 일 없을 겁니다."

"네가 먼저 해라, 우진아."

"싫어요."

고개를 저은 강우진이 고재성을 보았다.

"그 일 때문에 부르신 건가요?"

그때 종업원이 요리를 들고 와 놓고 나갔다. 생선회와 초밥이다. 종업원이 나갔을 때 고재성이 말했다.

"너 아버지 집안 상황에 대해서 알고 있나?"

"알아야 합니까?"

되물었던 강우진이 곧 쓴웃음을 짓고 대답했다.

"제가 알 리가 있어요?"

"아버지한테는 아들이 셋이야."

정색한 고재성이 말을 이었다.

"너까지 포함해서."

"…"

"네 위의 두 형은 각각 강태진, 강영진이다. 강태진은 36세, 지금 동성그룹의 주력 기업인 동성상사의 기조실장이다."

"잠깐만요."

손을 들어 말을 막은 강우진이 말을 이었다.

"저 관심 없어요. 말하지 마세요."

"들어."

엄격한 표정이 된 고재성이 말을 이었다.

"알고 있도록. 이것은 당연한 일이니까 억지 쓰지 마라."

"…."

"강태진은 결혼해서 아이도 있다. 그리고 그 밑이 강영진인데 34세, 미혼이고 동성건설의 자재부장이었다가 지금은 외국에 나가 있는데 사고뭉치다. 내 생각이 지만 암적인 존재지."

젓가락으로 회를 집었다가 놓은 고재성이 말을 이었다.

"동성그룹은 대기업이야. 재계 서열 2위의 대기업이다. 아버지는 이제 66세이시 다. 후계자를 양성하셔야만 해. 그런데…."

그때 강우진이 젓가락으로 회를 집어 입에 넣었다. 입안에 음식이 있으니까 말 을 할 수는 없다.

식사를 마쳤을 때 고재성이 주머니에서 쪽지를 꺼내 강우진에게 내밀었다.

"이거 받아라."

엉겁결에 쪽지를 받은 강우진에게 고재성이 말을 이었다.

"아버지의 개인 전화번호다. 그리고 밑에 계좌번호와 비밀번호가 적혀있다."

"…."

"네 이름으로 되어있으니까 언제든지 찾을 수 있어."

"…."

"그건 아버지가 돌아가신 네 어머니께 드리는 유산이야. 아버지가 때가 되기를 기다리고 계셨던 것 같은데 너한테 주신 것을 보니까 널 믿으시는 것 같구나."

고재성의 두 눈이 번들거렸다.

"네가 직원 두 명짜리 회사에서 일하는 것을 보시고 감동하신 것 같다."

고재성이 쪽지를 쳐다보고 있었기 때문에 강우진은 재킷 주머니에 넣었다.

강태진, 강영진, 둘의 이름은 언론 보도를 통해 들었을 뿐이다. 그리고 강영진이 꼴통이라는 사실도 언론을 통해서 알게 된 것이다. 고재성과 헤어져 강우진은 택시를 타고 회사로 돌아오면서 쪽지를 꺼내 보았다. 강석규의 전화번호와 아래쪽에는 은행 전화번호와 계좌번호, 그리고 비밀번호가 빼곡하게 적혀있다. 강석규가 어머니의 몫으로 보관해 놓고 있었다는 자금이다. 유산인가? 강우진이 쪽지를 가슴 주머니에 넣으면서 길게 숨을 뱉었다. 이 자금이 얼마나 되는지도 모른다. 그리고 알고 싶지도 않다. 지금도 강우진은 현금만 10억 가깝게 있는 데다 부동산을 처분하면 50억이 넘는 자금을 만들 수 있다. 강우진은 문득 회사를 세우려는 이 상황에 강석규가 어머니의 유산을 전해준 것이 운명처럼 느껴졌다.

입원실로 들어선 이선옥이 누워있는 김미아를 보더니 김시아에게 물었다.
"괜찮지?"
"응, 조금 전까지 이야기하다가 자."
"아휴, 잘됐다."
얼굴이 환해진 이선옥이 옆쪽 의자에 앉더니 김시아에게 물었다.
"그래, 어제 분명히 말했지?"
강우진을 묻는 것이다. 김시아가 고개를 끄덕였다.
"응, 했어, 분명히."
"돈 갚는다고도 했어?"
"했어."
"그랬더니?"
"알겠대."

"고맙지."

한숨을 쉰 이선옥이 김시아의 손을 잡았다. 얼굴이 환해져 있다. 그때 김시아가 자리에서 일어섰다.

"엄마, 나 갈게."

"그래. 오늘은 집에서 푹 쉬어."

어젯밤에는 김시아가 병원에서 잔 것이다.

사우디와 한국은 6시간 시차가 난다. 오후 3시, 사우디 시간은 오전 9시다. 오영주가 버튼을 눌렀을 때 곧 신호음이 3번 울리더니 사내의 목소리가 울렸다.

"할로."

"아말 아무디 씨 부탁합니다."

"난데요."

"아말 씨, 전 한국 동문상사의 미스 오인데요, 안녕하세요?"

"아, 미스 오. 굿모닝."

아말과 오영주는 여러 번 전화 통화를 했다. 작년에 아말이 서울에 왔을 때는 만나보기도 했다.

"미스 오, 무슨 일이오?"

"아말 씨, 대단히 중요한 이야기인데요, 시간 있으세요?"

"아, 그럼."

아말의 목소리가 굳어졌다. 그때 오영주가 말을 이었다.

"아말 씨, 혹시 백 사장한테서 무슨 이야기 듣지 않으셨어요?"

"무슨 이야기를 말하는 거요?"

"백 사장이 회사를 정리하고 베트남으로 간다는 이야기 말입니다."

"백 사장이 지금 다낭에 있는 것은 아는데, 그게 무슨 말이오?"

"직원인 우리도 모르게 베트남으로 도망간 것입니다."

"무엇이? 도망가?"

"예, 아말 씨. 우리도 모르게 사무실 계약금까지 빼내어서 우리가 다음 달에는 쫓겨나게 되었어요. 한국의 원부자재 업체에 결제할 돈도 떼어먹고 도망간 것입니다."

"이런."

"원부자재 대금이 20만 불이 넘습니다."

이건 '뺑'이다. 두 배쯤 늘렸다. 그러자 놀란 아말이 소리치듯 물었다.

"아니, 그럼 이번 달 내 오더 선적은 어떻게 됩니까?"

"이번 달 오더 선적은 지장이 없습니다, 아말 씨. 원부자재를 다 다낭 공장으로 출하시켰기 때문에 거기서 봉제를 해서 선적하면 되거든요."

"다음 오더는?"

"지금까지 했던 것처럼 한국에서 원부자재를 다낭으로 보내 완성해서 출하하겠지요. 지금 떼어먹고 간 원부자재 업체는 제외하고 다른 업체들과 거래를 할 것입니다. 아말 씨, 이런 식으로라도 백 사장하고 거래를 하실 겁니까?"

아말이 대답하지 않았고 오영주의 말이 이어졌다.

"만일 돈을 떼어먹힌 업체들이 새 거래처에 달려가 원부자재를 차압하면 아말 씨 당신 오더도 망하고 이곳 업체들도 망합니다."

그때 아말이 물었다.

"미스 오, 무슨 방법이 없겠나?"

"아말 씨, 미스터 강 아시죠? 옛날 알바 할 때 당신을 본 적이 있다고 하던데요, 미스터 강이."

"아, 키 크고 잘생긴 청년 말인가, 아르바이트를 하던?"

"예. 지금까지 미스터 강이 오더 원부자재 관리를 했습니다. 저는 서류 관리를 했고요."

"그건 알지."

"미스터 강이 백 사장이 떼어먹고 간 원부자재 대금을 다 갚고 당신 오더를 정상적으로 한국에서 처리하겠다고 하는데요."

그때 아말이 말했다.

"미스 오, 내가 내일 한국으로 가겠어. 한국에 가서 같이 이야기를 합시다."

강우진이 회사에 돌아왔을 때는 오후 4시가 조금 지났을 무렵이다. 자리에 앉은 강우진에게 오영주가 정색하고 말했다.

"온대."

"누가?"

"아말이."

숨을 들이켠 강우진에게 오영주가 입술만 달싹이며 말했다.

"무서워 죽겠어."

"뭐가?"

"갑자기 온다니까 말야."

"언제 온다는데?"

"내일."

"그래?"

"나 몰라."

오영주가 상반신을 흔들면서 말을 이었다.

"오면 강우진 씨가 책임져."

"알았어."

"진짜 빚 다 갚고 처리할 수 있는 거야?"

오영주는 오직 돈이 문제다. 다른 건 둘이 다 처리할 수 있기 때문이다. 그때 강우진이 빙그레 웃었다.

"나한테 맡겨."

오늘은 인사동의 한정식당에서 만났다. 먼저 와서 기다리던 강우진이 다가오는 김시아를 향해 웃었다. 밝은 웃음, 앞쪽에 앉은 김시아가 따라 웃었지만 수줍은 표정이다. 한정식당이지만 정통은 아니다. 관광객이 많았기 때문에 퓨전식이다. 맵고 짠 음식은 없고 야채 샐러드 같은 국적불명의 요리도 있다. 바로 한정식 상이 놓였을 때 강우진이 말했다.

"지금은 어머니가 병원에 계시겠구나."

"응, 하루씩 교대로."

"언제 퇴원이야?"

"열흘쯤 후에."

"다행이다."

"덕분에."

"흥."

젓가락을 든 강우진이 지그시 김시아를 보았다.

"시아야."

시선을 든 김시아의 눈에 맞추면서 강우진이 말을 이었다.

"너 어떻게 할 거냐? 직장 말야."

"미아 퇴원하고 다시 알바 뛰어야지."

"편의점?"

"편의점도 뛰고 식당까지 두 개는 뛸 거야."

샐러드를 집어 입에 넣은 김시아가 눈웃음을 쳤다.

"습관이 되어서 괜찮아. 학교 다니면서 공부하는 것보다 오히려 더 편해."

"그게 말이나 되는 소리냐?"

"난 육체노동이 적성에 맞단 말이지."

강우진이 잠자코 김치찌개를 떠 입에 넣었다. 김시아가 말을 이었다.

"오빠, 내 걱정은 마, 더 이상 오빠한테 폐 끼치기 싫어."

강우진이 김시아를 보았다.

"너, 학교 그냥 다니면 안 되겠냐? 내가 등록금하고 용돈 대줄 테니까."

김시아가 시선을 내렸고 강우진이 말했다.

"3학년 1학기 마쳤으니까 2학기 때 복학하면 되겠네."

"…"

"자존심 상하겠지만 내 말대로 하면 어때?"

그때 김시아가 고개를 들었다.

"오빠, 그만해."

"그래."

강우진이 순순히 고개를 끄덕였다.

"알았다. 그만할게."

술잔을 든 강우진이 잔을 비우고는 손등으로 입을 닦았다.

"난 외아들이야. 엄마가 나 하나를 낳고 가버렸어."

김시아가 빈대떡을 깔짝거리면서 듣는다.

"그래서 혼자가 된 후부터 너한테 집착하는 것 같아. 병적으로 말야."

강우진이 이를 드러내고 소리 없이 웃었다.

"사이코지, 사이코야."

그때 김시아가 고개를 들었다.

"오빠, 누가 사이코래?"

"비정상이지, 안 그래?"

눈을 흘긴 김시아가 잔을 들어 두 모금을 삼켰다. 강우진이 외면한 채 말을 이었다.

"나 회사를 하나 인수할 거야."

놀란 김시아가 고개를 들었다.

"회사를 인수해?"

"응."

"어떤 회사?"

김시아는 조금 전의 이야기를 다 까먹은 것 같다. 강우진이 젓가락을 내려놓고 김시아를 보았다.

"내가 다니는 회사."

"무슨 말야?"

"사장이 빚만 남기고 베트남으로 도망갔어. 그래서 내가 그 빚을 대신 갚고 바이어를 끌어들여서 회사를 인수하려고."

"빚이 얼만데?"

"몇억 돼."

"오빠 돈 많아?"

"그쯤은 돼. 어머니가 남긴 돈이 있거든."

"그 돈으로 우리 병원비 댄 거야?"

"그럼, 내 돈인데. 글고 어머니도 좋아하셨을걸? 내가 사랑하는 여자한테 쓴 건데."

그 순간 숨을 들이켠 김시아가 강우진을 쳐다보았다. 두 눈이 번들거리고 있다. 다시 강우진이 말을 이었다.

"사원 하나하고 나하고 둘이 하는 회사야. 처음에는 둘이 하다가 일이 좀 풀리면 사원을 더 써야지.”

“오빠, 나 사랑해?”

김시아가 물었지만 시선은 들지 않았다. 그때 강우진이 한숨부터 쉬었다.

“표현이 좀 그러네.”

“…”

“널 생각하면 가슴이 따뜻해지고 심장박동이 빨라지고 눈에서 열이 나. 어떤 때는 갈증이 나서 물을 정신없이 마신 적도 있어. 뭐든지 해주고 싶고 널 보면 침대로 끌고 가고 싶고 어떤 때는 가슴이 미어질 때도 있어.”

그러고는 강우진이 입맛을 다셨다.

“이것을 한꺼번에 어떻게 말하겠냐? 또 이것을 줄여서 뭐라고 표현하겠냐? 진부하지만 ‘사랑’이라는 단어나 쓸 수밖에.”

“…”

“나도 내키지 않아, 이 단어. 앞으로는 안 쓸게.”

“나도 오빠 사랑해.”

고개를 든 김시아가 강우진을 보았다. 막걸리를 석 잔쯤 마셨기 때문에 김시아의 볼도 붉어져 있다. 막걸리를 마시면 볼에 살이 찌는 것 같다. 김시아가 말을 이었다.

“세상 무엇하고도 바꿀 수 없을 정도로, 헤어지는 순간부터 보고 싶어지고…”

그때 김시아가 두 손으로 얼굴을 덮었다. 손가락 사이로 김시아 말을 뱉는다.

“그런데 이런 상황이 싫어.”

“…”

“내가 오빠한테 짐이 되는 것.”

“짐이라니?”

“도움을 받는 것.”

"그게 내 기쁨이라고 생각해라."

강우진이 나무라듯 말했다.

"네 위주로만 생각하지 말고."

"아, 싫어."

"그럼 내가 거지가 되는 게 좋아?"

그때 김시아가 얼굴을 덮은 손가락을 치웠다. 눈썹이 모여 있다.

"미치겠네, 누가 거지가 되래?"

"네 말이 그렇잖아."

그러더니 강우진이 자리에서 일어섰다.

"가자."

밤, 이곳은 신촌 로터리의 호텔, 강우진과 김시아가 침대에 누워있다. 방의 불은 꺼 놓았지만, 밖에서 들어오는 불빛으로 사물의 윤곽은 선명하다. 강우진이 김시아의 머리에 턱을 붙인 채 입을 열었다.

"시아야, 난 조급하게 생각하지 않기로 했어."

김시아는 잠자코 몸을 붙였고 강우진이 말을 이었다.

"시간이 지나면서 우리는 적응하게 될 테니까. 조금씩, 조금씩."

"…."

"내가 어머니를 잊고 네 기억으로 그 빈자리를 채우고 있는 것처럼."

"…."

"그렇게 사는 거지, 다 머릿속에 담아두고 산다면 아마 머리가 터져 죽거나 그놈의 기억이 썩어서 뇌가 문드러질 테니까."

"…."

"네가 입원비 사건도 잊고 등록금 사건도 잊으면서 사는 것이지."

"등록금?"

김시아가 고개를 드는 바람에 강우진의 머리가 떨어졌다.

"무슨 등록금?"

"아니, 그냥."

김시아가 손으로 강우진의 가슴을 밀었지만 떼어지지 않았다. 강우진이 김시아의 허리를 단단히 감싸 안고 말했다.

"졸업하고 나서 갚으면 되잖아."

"놔, 숨 막혀."

"갚는 방법이 있어."

이제는 다리 한쪽으로 김시아의 하반신을 감아버린 강우진이 말을 이었다.

"알려줘?"

"숨 막혀."

"간단해, 들어봐."

강우진이 김시아의 귀에 입술을 붙였다.

"하나에 10억씩 받는 거야, 나한테서."

"…"

"그게 뭐냐면."

"…"

"네가 낳은 아이들 값으로."

순간 김시아가 몸을 굳혔고 강우진이 입술로 귀를 물었다.

"네가 낳은 내 아이 값."

김시아가 몸을 비틀었을 때 강우진이 더 세게 안았다. 이제 방 안에서는 가쁜 숨소리만 들렸다.

"오후 4시 반 도착이야."

회사에 출근한 강우진에게 오영주가 말했다.

"조금 전에 전화 왔어, 출발한다고."

"호텔 예약했어?"

"프레스 호텔에 아말이 예약했대."

그러고는 오영주가 정색했다.

"아말이 직접 물어볼 텐데, 틀림없는 거지?"

"안 되면 도망가지 뭐."

"뭐?"

눈을 부릅뜬 오영주가 목소리를 높였다.

"지금 장난할 상황이야?"

"젠장, 걱정 마."

강우진이 투덜거렸다.

"내가 사장 되는 거 유감없지? 물론 아말이 오더를 주겠다면 말야."

"당연히 강우진 씨가 사장 돼야지."

"좋아, 그럼 넌 관리부장이야."

"관리부장 겸 청소부."

"경리부장도 겸해야겠다, 참."

"강우진 씨는 사장 겸 운전사야."

오영주가 길게 숨을 뱉었다.

"잘되어야 할 텐데."

"웬 벤츠?"

회사 앞에 주차된 벤츠에 올랐을 때 오영주가 숨을 들이켰다. 오후 2시, 둘은 지금 공항으로 출발하려는 것이다. 강우진이 벤츠에 시동을 걸면서 웃었다.

"렌터카야."

"렌트비 비쌀 텐데."

"나 돈 많다고 했잖아."

능숙하게 차선을 바꾸면서 강우진이 말을 이었다.

"바이어를 모시는데 이 정도는 돼야지."

"백동문과 차별화를 하겠다는 거지?"

"그 자식처럼 더러운 짓은 안 해."

오영주가 힐끗 강우진의 옆모습을 보았다. 상기된 분위기다.

"어, 나왔어?"

아말이 둘을 보더니 웃음 띤 얼굴로 말했다. 아말과 악수를 나눈 강우진이 가방을 받아 들었다. 아말이 둘을 번갈아 바라보면서 다시 물었다.

"자네들 둘이 내 일을 맡겠다는 거야?"

"예, 아말 씨."

강우진이 씩씩하게 대답했다.

"자신 있습니다, 아말 씨."

오영주는 아말을 만나더니 얼었는지 웃기만 했다.

"벤츠를 가져왔나?"

검은색 벤츠 뒷좌석에 탄 아말이 웃음 띤 얼굴로 물었다. 벤츠는 공항 주차장을 벗어나는 중이다.

"예, 아말 씨. 빌렸습니다."

강우진이 백미러에 대고 대답했다. 강우진 옆자리에 탄 오영주는 앞만 쳐다보고 있다. 말수가 적어진 것이 막상 쿠데타 직전에 얼어 붙어버린 쿠데타군 같다.

"그래? 너무 무리하는 거 아냐?"

아말이 검은 얼굴을 펴고 웃었다. 아말은 단정한 양복 차림에 콧수염만 기르고 있었는데 날씬한 체격이다. 47세, 사우디 젯다에 대형 쇼핑몰을 소유한 백만장자다. 한국에서 수입해가는 물량은 연간 5백만 불 정도, 그중에서 동문상사는 1백만 불을 수출하고 있다. 벤츠 500은 소리 없이 질주하고 있다. 그때 아말이 말을 이었다.

"좋아, 호텔에 가서 앞으로의 계획을 듣기로 하지."

"여기 10억짜리 통장이 있습니다."

강우진이 탁자 위에 통장을 내려놓고 말했다.

"현재 백동문이 떼어먹고 도망간 임가공비, 원부자재 비용은 1억 5천 정도이고 사무실 임대료는 1억, 기타 비용까지 합하면 3억입니다."

그때 오영주가 준비된 서류를 아말에게 내밀었다.

"그 비용에다 앞으로 오더를 진행할 때 필요한 원부자재 선급금, 임가공비 대금 3개월분은 3억 정도입니다."

아말이 서류를 유심히 쳐다보더니 이윽고 천천히 고개를 끄덕였다. 그러고 나서 탁자 위에 놓인 통장을 집어 펼쳐 보았다. 이곳은 호텔 방 안, 오후 7시 반이 되어가고 있다. 호텔에 도착하자마자 셋은 회의에 들어간 것이다. 이윽고 아말이 고개를 들고 둘을 번갈아 보았다.

"우리, 저녁 식사를 하지."

호텔 1층의 양식당에서 저녁 식사를 마쳤을 때는 오후 10시 반이 되어갈 무렵이다. 두 시간이 넘도록 이야기를 하면서 만찬을 먹은 것이다. 이윽고 식사를 마친 아말이 냅킨으로 입을 닦으면서 물었다.

"강, 회사 이름은 지었나?"

"예?"

숨을 들이켠 강우진이 오영주를 보았다. 그 생각은 하지 못했다. 오영주도 당황한 표정이 되었다. 그때 아말이 빙그레 웃으면서 말했다.

"우진 컴퍼니라고 짓지 그래?"

"아, 예."

강우진이 엉겁결에 대답했을 때 아말이 말을 이었다.

"내일 회사 등록을 해. 그래야 오더를 보낼 것 아닌가, 우진 컴퍼니로."

다음 날 오전 강우진은 '우진상사' 회사 등록을 마쳤다. 은행에 들러 주거래 은행도 정하고 회사 명함까지 박았다. 회사 주소는 그대로이고 대표이사는 강우진. 법률 대리인한테 부탁했더니 일사불란하게 처리되었다.

오후 3시, 강우진이 호텔에서 기다리던 아말에게 등록서류를 내밀었다. 그리고는 서류 옆에 새로 박은 명함까지 내려놓았다. 강우진이 한글로 만들어진 서류를 손가락으로 짚으면서 설명했다. 설명을 들은 아말이 고개를 끄덕이더니 강우진에게 말했다.

"내가 이 주소로 신용장을 오픈하지. 2개월 후부터 수출하는 조건이면 되겠지?"

그때 옆에 앉아있던 오영주가 강우진을 향해 고개를 끄덕였다. 된다는 표시다.

"예, 아말 씨. 됩니다."

강우진이 대답했다. 아말이 다시 묻는다.

"지금까지 월간 10만 불 기준으로 수출했는데 15만 불도 되나?"

"예, 가능합니다."

이제는 강우진이 바로 대답하자 아말이 정색했다.

"그럼 내가 내일 1년분 신용장을 오픈하지. 월 15만 불씩 180만 불이네."

"감사합니다."

"2, 3개월 지나고 나서 생산과 품질이 안정된다면 물량을 늘릴 수 있어."

"최선을 다하겠습니다."

"나도 자네를 만난 것이 다행이야. 서로 필요한 상대를 만난 것이지."

아말이 얼굴을 펴고 웃었다.

"앞으로 미스터 백하고는 단절이야."

"전화 연결되었습니다."

최기문이 전화기의 송화구를 손바닥으로 막고 말했다. 발리의 '프리마' 리조트 응접실이다. 강영진이 손을 뻗어 전화기를 받아 들었다. 오후 1시 반, 한국은 오후 3시 반이다.

"아, 엄마?"

강영진의 목소리를 들은 최경애가 쏟아붓듯 말했다.

"무슨 돈이 그렇게 필요한 거야? 1주일 전에 15만 불 가져갔잖아. 그런데 또 30만 불이라니? 요즘이 어떤 세상이라고 돈을 물 쓰듯이 써? 아버지가 아시면 어쩌려고 그래? 이 미친놈아!"

최경애의 첫 단어가 터질 때부터 전화기를 멀찍이 떼어놓고 있던 강영진이 목소리가 안 들릴 때 전화기를 귀에 붙였다.

"다 끝났어?"

"이 망할 놈이 네 나이가 몇이야? 너 때문에 회사 이미지가 얼마나 실추됐는지 알기나 해? 네가 한 번만 더 사고를 일으키면….."

"아, 그만!"

마침내 강영진이 버럭 소리쳤다. 눈을 치켜뜬 강영진이 전화기에 대고 말을 잇는다.

　"돈 안 보내주면 사고 일어날지 몰라. 그러니까 딴소리 말고 이곳 법인에다 50만 불만 보내. 내가 최 과장 시켜서 찾아갈 테니까."

　"뭐? 50만 불? 30만 불이라면서."

　"사고 안 칠 테니까 50만 불 보내. 보내지 않으면 바다에 뛰어들어서 자살할지도 몰라."

　"아이구, 이 나쁜 놈아!"

　"내일 찾을 수 있도록 알아서 해!"

　그러고는 강영진이 전화기를 내던졌다. 옆에 서 있던 최기문이 서둘러 전화기를 집더니 제대로 내려놓는다. 강영진이 가운 차림으로 소파에 앉아 두 다리를 길게 뻗었다. 가운 앞쪽이 풀어져서 볕에 탄 비대한 상반신이 드러났다. 머리는 헝클어졌지만 곧은 콧날, 짙은 눈썹에 섬세한 윤곽의 미남이다. 용모는 어머니를 닮았다.

　"최 과장, 그럼 요트 예약해."

　"예, 부장님."

　최기문이 고분고분 대답했다.

　"클럽 아가씨들은 몇 명을 데려갈까요?"

　"일곱 명만 해."

　"예, 부장님."

　"요트는 10일만 빌리고. 2주는 질릴 것 같다."

　"알겠습니다. 그런데…."

　"돈을 안 보내줄 것 같다고 말할 작정이냐?"

　"아닙니다. 그것이…."

"내일 자카르타에 갔다 와."

"예, 부장님."

머리를 숙여 보인 최기문이 몸을 돌렸다.

"50만 불이다."

응접실에서 나온 최기문이 현관 밖에 서 있던 양수남에게 말했다. 양수남은 사원으로 최기문과 함께 강영진을 수행하는 역할을 맡았다. 동성그룹 비서실 소속으로 회장 사모님의 지시를 받은 비서실장 고재성이 조치를 한 것이다. 힐끗 응접실에 시선을 준 최기문이 말을 이었다.

"어이구, 이제 50만 불을 받아내는군. 저 친구가 2세 경영자가 되면 동성그룹은 망할 거다."

최기문은 비서실 경력 7년 차로 계열사로 간다면 부장급이 될 것이다. 동기보다 3년쯤 빠르다. 그래서 어떻게든 비서실 경력을 늘리면서 회장 가족들과 인연을 맺는 것이 유리한 것이다. 최기문이 금방 말을 그렇게 했지만, 강영진의 수행비서로 발탁되어 발리까지 온 것은 행운이다. 노름판에서 8땡쯤 쥔 것이다.

"난 내일 아침에 자카르타에 가서 돈 찾아올 테니까 넌 여기서 요트하고 여자들 계약해."

"예, 과장님."

양수남은 28세, 경비실의 경호팀 소속으로 파견되었다. 3년 차인 양수남도 회사에서의 출셋길을 아는 것이다. 최기문이 목소리를 낮췄다.

"우린 지시받은 대로만 하면 돼. 내가 내일 다녀올 동안 저 양반 카지노에서 사고나 나지 않게 잘 지켜."

강영진의 일과는 오후 3시부터 리조트 건너편 호텔의 카지노에서 '노는' 것이다. 대충 하루에 2만 불 정도를 뿌리는데, 그것은 엄청나게 절제를 한 결과다. 처음에는 10만 불도 잃었다. 지금까지 발리에서 12일간 노는 동안에 강영진은 75만 불을 썼다. 카지노에서 35만 불을 잃었고 이곳 프리마 리조트 별장의 숙박비가 1일 4천 불이다. 거기에다 클럽에서 뿌린 돈이 10여만 불, 요트를 이틀간 대여해서 논 비용이 10만 불, 여자들 팁과 기타 비용이 10여만 불이다. 그야말로 물 쓰듯이 돈을 썼기 때문에 '회계' 업무까지 겸하고 있는 최기문은 이제 돈이 돈처럼 보이지도 않는다. 그리고 이제 하루 사용료가 1만 5천 불인 30인승 요트를 빌려 클럽 아가씨 일곱 명과 함께 10일간 여행을 가려는 것이다. 요트 임대료만 15만 불, 기타 비용이 5만 불쯤 들 것이고 아가씨는 하루 2천 불씩이니 2만 불, 7명이면 14만 불이다. 그것만 해도 34만 불. 최기문이 쓴웃음을 짓고 말했다.

"야, 우리는 선택된 인간들이야. 이렇게 돈 쓰면서 사는 사람이 이 세상에 몇 명이나 될 것 같냐? 같이 즐기자고."

전화벨이 울렸으나 모르는 번호다. 벨이 6번 울릴 때까지 놔두었던 강우진이 핸드폰을 귀에 붙였다.

"여보세요."

"나다."

굵은 목소리. 순간 강우진이 숨을 멈췄다. 아버지 강석규다. 지금까지 강석규와의 통화는 다섯 손가락을 꼽아도 남을 정도다. 그러나 그 목소리는 잊을 수가 없다. 지난번 전번을 받았지만, 핸드폰에 저장시키지 않았다.

"예."

아버지 소리는 나오지 않는다. 오후 5시 10분, 회사에서 나와 오영주를 먼저 보내고 택시 정류장으로 가던 중이다. 그때 강석규가 물었다.

"너 지금 어디냐?"

"시청 근처인데요."

"그럼 나하고 저녁이나 먹자. 한국호텔 17층의 일식당으로 오너라."

강우진이 대답도 하기 전에 강석규가 말을 이었다.

"6시 반까지. 내 이름으로 예약해 놓겠다."

그러고 나서 전화가 끊겼다.

17층 일식당 입구 안에 서 있던 지배인이 다가온 강우진에게 물었다.

"예약하셨습니까?"

"아, 강석규 님."

"예, 회장님 말씀이지요?"

와락 긴장한 지배인이 몸을 돌리면서 앞장섰다.

"안내해 드리지요."

붉은색 양탄자가 깔린 복도 끝 쪽 방 앞으로 다가간 지배인이 문을 열고 비켜 섰다.

"들어가시지요. 곧 오실 겁니다."

정중한 태도다. 안으로 들어선 강우진은 숨을 들이켰다. 10평쯤 되는 방에 둥근 탁자가 놓였고 벽에는 대형 TV가 붙어있다. 커튼이 젖혀진 창밖으로 어둠이 덮이는 서울 시가지가 보인다. 강우진은 탁자 끝자리에 앉은 후 심호흡을 했다. 원탁 주위에는 의자가 4개 놓여 있다. 벽시계가 오후 6시 15분을 가리키고 있다. 15분 빨리 왔다.

10분 후인 6시 25분에 문이 열리더니 강석규가 들어섰다. 혼자다. 자리에서 일어선 강우진을 보자 강석규가 고개를 끄덕였다.

"일찍 왔구나."

"예."

강우진이 고개를 숙여 절을 했다.

"응, 앉아라."

눈으로 자리를 가리킨 강석규가 앞쪽에 앉더니 뒤쪽에 선 지배인에게 말했다.

"회하고 소주 한 병."

"예, 회장님."

고개를 숙여 보인 지배인이 소리 없이 방을 나갔다. 방에 둘이 되었을 때 강석규가 강우진을 보았다.

"고 실장이 준 계좌 확인해보았냐?"

"아직 안 했습니다."

"안 했어?"

강석규가 눈썹을 모으더니 눈빛이 강해졌다.

"전화번호까지 적어 놓았는데 전화만 하면 될 건데, 안 했단 말이냐?"

"네."

"왜?"

"그냥요."

"그냥?"

다시 시선을 주었던 강석규의 얼굴에 천천히 웃음이 떠올랐다.

"관심이 없더냐?"

"네."

"왜?"

"그냥요."

"그런 대답은 하지 말고."

강석규가 눈썹을 좁혔다. 그러나 목소리는 무겁지 않다.

"제대로 표현해봐라."

"관심이 없었거든요."

"왜?"

"일하고 번 돈이 아니어서요."

"그래서?"

"저한테는 가치가 없습니다."

"순진한 놈 같으니."

강석규가 말을 이었다.

"그 계좌에는 미화로 1억 5천만 불이 들었다. 한화로 1천5백억이 조금 넘을 거다."

강우진이 저절로 숨을 들이켰다. 그때 종업원들이 요리를 가져왔기 때문에 둘은 말을 멈췄다. 다시 방에 둘이 남았을 때 강석규가 젓가락을 들면서 말했다.

"자, 먹으면서 이야기하자."

"네."

"네 어머니한테 남겨줄 유산이었다. 그것을 대충 정리해서 너한테 넘긴 건데."

"…."

"네 어머니가 사진을 보면서 가고 싶다던 곳이 있었지. 스코틀랜드의 초원. 험하고 추운 땅, 넓은 목초지, 그곳에 단단하고 큰 집을 짓고 살고 싶다더구나. 외딴 곳에 말이다."

"…."

"나하고 그리고 너까지 셋이서 말이다."

"…."

"태국의 풍경도 좋아했다. 모두 TV에서 본 그림이지만."

"…."

"베트남도, 특히 다낭과 그 근처의 풍경을 좋아해서 내가 넓은 땅과 별장을 사놓았어. 데려다준다고 했는데 결국 가보지도 못하고 죽었구나."

회를 한 점 집어 입에 넣은 강석규가 눈짓을 했다.

"먹어라."

"예."

잔에 소주를 따른 강석규가 생각이 난 것처럼 강우진의 잔에도 술을 채워주고 나서 말을 이었다.

"네 엄마는 나하고 같이 있을 때 함께 그런 곳을 보는 것을 좋아했다. 미리 그곳들을 녹화해두었다가 나한테 보여주면서 우리가 그곳에 있는 것처럼 말을 했어."

슬쩍 고개를 든 강우진이 강석규의 눈동자가 흐려져 있는 것을 보았다. 먼 곳을 보는 것 같다.

"스코틀랜드, 태국, 베트남의 바닷가와 골짜기. 그곳의 생활을 쉴 새 없이 이야기했는데 나는 건성으로 듣는 척했지만 그때가 참 좋았다."

"…"

"시간이 지날수록 네 엄마가 그립구나."

"…"

"다시 더 시간이 지나면 잊게 되겠지만 그것을 생각하면 더 가슴이 아프다."

"…"

"내가 한 번이라도 그곳에 같이 가줬어야 했는데…"

"…"

"그 회사에 계속 다닐 생각이냐?"

불쑥 강석규가 물었기 때문에 강우진이 긴장했다. 강석규의 시선을 받은 강우진이 대답했다.

"예, 다녀야 합니다."

"직원 두 명짜리 회사에?"

"예."

"다녀야 한다니, 회사하고 무슨 계약이라도 했어?"

"아뇨."

"그럼 뭐냐?"

"제가 회사를 인수했거든요."

강우진이 똑바로 강석규를 보았다. 나도 사장이다, 회장은 못 되지만. 그때 강석규가 젓가락을 내려놓았다.

"회사를 인수해?"

"예."

"어떻게?"

"그냥요."

"또 그냥이야?"

강우진은 한숨을 쉬었다. 말을 못 할 것도 없지.

강우진의 이야기가 끝났을 때 강석규가 천천히 고개를 끄덕였다. 정색한 얼굴이다.

"그렇구나. 두 명짜리 회사란 말이지?"

"예."

"바이어가 지금 서울에 있다구?"

"예."

"오더 약속까지 받았단 말이냐?"

"오늘 1년분 신용장을 오픈한다고 했습니다."

"으음, 180만 불이라고 했냐?"

"예."

강석규가 술잔을 들더니 한 모금을 삼켰다. 옆쪽을 바라보는 눈동자가 흐려져 있다. 이윽고 고개를 든 강석규가 똑바로 강우진을 보았다.

"그래, 열심히 해라."

"예, 그럴 겁니다."

"그렇게 하나씩, 한 걸음씩 헤치고 나가는 거다. 나도 그렇게 시작했다."

강석규의 목소리가 가라앉아 있다.

"세상일이, 그리고 가족사도 다 뜻대로 되는 게 아니다."

"…"

"너는 내 자식이다. 나를 닮은 자식이야."

그러더니 강석규가 입을 다물었다.

오늘은 김미아를 간병하는 순서였기 때문에 김시아는 병실에서 전화를 받는다. 강우진의 전화다.

"응, 오빠."

김미아가 누운 채로 김시아를 보았다. 몸을 반쯤 돌린 김시아가 묻는다.

"지금 어디야?"

"시청 앞."

오후 9시 반, 늦은 시간이다.

"손님 만난 거야?"

손님이란 바이어다, 바이어가 왔다는 이야기를 들었으니까.

"응. 넌 병실이지?"

"응. 미아하고 같이 있어."

"미아 좀 어때?"

"나아가고 있어. 오빠, 잠깐만."

김시아가 힐끗 김미아를 보고 나서 자리에서 일어섰다. 복도로 나온 김시아가 벽에 등을 붙이고 섰다.

"오빠, 집에 갈 거야?"

"그럼 가야지."

"보고 싶어."

"나도."

"내일 오빠 집에 갈게."

"그래."

"병원에서 10시쯤 나오니까 우리 집에 들렀다가 오빠 집에 일찍 가서 청소도 하고 저녁도 준비할게."

"너, 쉬어야지."

"오빠 집에서 쉴 거야."

"그러든지, 내가 키를 경비실에 맡겨 놓고 갈 테니까 찾아가."

"오후 3시쯤 갈 거야."

"알았다."

통화를 끝낸 김시아가 병실로 돌아왔을 때 김미아가 물었다.

"무슨 비밀이 있어?"

이제 김미아는 얼굴에 화색이 돌고 혼자 화장실도 간다. 그래서 김시아의 사생활에 관심을 갖는 것이다.

"없어, 우리는."

김시아가 웃음 띤 얼굴로 말했다.

"숨긴 건 없다는 말야."

"언니 얼굴이 환해졌어."

"그래?"

"사랑하면 예뻐진대."

"그만. 소름 돋는다."

눈을 흘긴 김시아가 김미아의 베개를 고쳐주었다. 과연 얼굴이 환해져 있다.

"어디 있었어요, 고 실장도 모른다고 하던데?"

최경애가 묻자 강석규가 방으로 들어서며 대답했다.

"손님하고 저녁 먹었어. 왜? 무슨 일 있는 거야?"

"아니, 태진이가 와서 저녁 먹고 갔어요."

옷을 벗는 강석규의 뒤쪽으로 다가온 최경애가 말을 이었다.

"애들 데리고."

"…."

"태진이가 지금 상무급인데 전무로 올려줄 때가 되었지 않아요? 상무 2년 되었다던데."

강석규가 몸을 돌렸다.

"걔가 그래? 전무로 올려달라고?"

"아니, 직접 말한 건 아니고…."

"그런 눈치를 보여?"

옷을 갈아입은 강석규가 욕실을 나와 응접실에 앉았다. 최경애가 앞쪽에 앉더니 강석규를 보았다.

"대진그룹 김호준은 태진이하고 같은 나이인데 벌써 부사장이에요. 김호준하고 자주 만나는데 조금 창피하다고 합디다."

"…."

"김호준이는 몇 년 전에 마약 먹고 몇 달간 교도소도 갔다 왔지 않아요? 그런 애도 부사장인데…."

"내가 김남수하고 같나?"

강석규가 불쑥 물었다. 김남수는 대진그룹 회장으로 2세 회장이다. 강석규와 비슷한 연배지만 김남수는 선친 김병호로부터 대진그룹을 물려받은 것이다. 반면에 강석규는 20대에 창업, 40년 만에 동성그룹을 재계 2위의 그룹으로 성장시켰다. 김남수의 대진그룹은 재계 서열 6위, 부친인 김병호 시절에는 1위였다가 내려갔다. 그때 최경애가 말했다.

"아무리 그래도 상무로 머물고 있으면 무슨 문제가 있는 것 같다고 소문이 나요. 그래서 후계자 이미지에 치명타를 맞게 될 가능성이 있다구요. 너무 빨리 오르는 것도 문제지만 계속 그 자리에 묵혀 두는 건 더 문제예요. 특히 회사 내부 소문이 더 무섭지 않아요? 거기에다…."

"그만."

강석규가 소리쳐 말을 자르더니 눈을 치켜뜨고 최경애를 보았다.

"당신이 애들 교육을 잘못한다는 거 생각해 본 적이 있어?"

"무슨 말이에요?"

최경애가 강석규의 시선을 맞받았다. 어깨까지 부풀린 최경애의 모습은 싸움닭 같다. 날카로운 눈매, 앙다문 입술이 다시 열렸다.

"내가 교육을 잘못했다구요? 당신이 밖으로만 나돌면서 애들 자랄 때 제대로 얼굴이나 본 적 있어요? 당신이 그런 말 할 자격이 있다고 생각해?"

날카로운 목소리가 응접실을 울렸다. 주방과 옆쪽 식당, 거실에 있던 가정부, 고용원들은 숨을 죽이고 있을 것이다. 이제는 최경애가 반말로 쏘아붙였다.

"바깥에서 무슨 짓을 하고 돌아다니는지 내가 모르는 줄 알아? 그러니까 애들 교육에 소홀했지!"

"이 미친 여자가."

"네가 미친놈이야!"

최경애가 손가락으로 강석규를 가리켰다.

"넌 위선자야!"

"네 뜻대로 나하고 살 수 있을 것 같으냐?"

이제 강석규의 목소리가 가라앉았다. 분노가 절정에 이르렀다는 증거다. 그것을 알고 있지만, 최경애의 기세는 줄지 않았다. 최경애도 목소리를 낮추고는 냉소를 띠었다. 그러고는 코웃음을 쳤다.

"나한테는 안 통해. 나하고 갈라서면 동성그룹은 분해될 테니까."

이혼하면 재산의 절반이 최경애의 몫이 된다는 뜻이다. 강석규는 자리에서 일어섰다. 1년에 한두 번은 꼭 이런 상황이 일어난다. 강석규가 몸을 돌렸을 때 최경애가 등에 대고 마지막 비수를 꽂는다.

"내 앞에서 으스대지 마, 내가 당신 약점은 다 쥐고 있으니까."

밤 10시 반, 따로 잘 때 사용하는 2층 침실에서 강석규가 핸드폰의 진동음을 듣는다. 고재성이 문자를 보냈다.

'괜찮으시면 전화 주시기 바랍니다.'

이것은 사적(私的)인 문제, 즉 가정사에 관한 문제가 일어났을 때의 연락 방법이다. 창가의 의자에 앉은 강석규가 곧 버튼을 눌렀다. 신호음이 한 번 울리고 나서 곧 고재성이 응답했다.

"회장님."

"무슨 일이야?"

"예, 영진이 일로 말씀드릴 것이 있어서요."

강석규가 숨을 들이켰다. 나쁜 소식이다. 회사 직원이나 누구를 통틀어서 강영진을 영진이라고 부르는 사람은 고재성이 유일하다. 모두 '강 부장님' 등 존칭을 쓴다. 그때 고재성이 말을 이었다.

"영진이가 지금 발리에 있지 않습니까?"

"그래."

그것까지는 보고를 받았다. 제 놈이 무슨 거짓말로 속이건 동성그룹 비서실의 정보망을 피할 수는 없다. 고재성이 장악한 비서실 정보력은 국가정보국 수준이다. 그때 고재성이 말을 이었다.

"자카르타 법인장이 보고를 해왔습니다."

"…."

"사모님이 법인장한테서 50만 불을 인출시켰다고 합니다. 법인장은 법인 비자금으로 영진이가 보낸 수행 과장한테 현금으로 건네주었는데 지금까지 영진이가 인출해 간 자금이 80만 불입니다."

"…."

"발리에 체크해봤는데 요트 여행, 기타 카지노, 유흥비로 쓰는 것 같습니다."

"10일간 유흥비인가?"

"예, 회장님."

"영진 에미가 자카르타로 직접 전화를 했단 말이지?"

"예, 두 번째입니다. 처음에는 20만 불이고 어제는 50만 불…."

"좋아, 내일 다시 얘기하자."

"죄송합니다. 법인장은 어쩔 수 없었을 것입니다. 사모님이 회장님께는 비밀로 하라고 당부하셨다는데요."

"알았다."

전화기를 내려놓은 강석규의 얼굴이 일그러졌다. 조금 전에 최경애가 자식 교육을 잘못시켰다고 했더니 길길이 뛰었던 것이 떠올랐기 때문이다.

"나 내일 베트남에 갈 거야."

밤, 침대에 나란히 누운 강우진이 김시아에게 말했다. 김시아가 눈만 크게 떴고 강우진이 말을 이었다.

"사업 때문에."

"출장?"

"응, 베트남 공장에."

"베트남 어디?"

"다낭."

"가봤어?"

"아니, 처음이야."

우진이 김시아의 허리를 당겨 안았다.

"하지만 처음 같지가 않아."

"무슨 말?"

"우리 엄마가 거기 좋아하셨다는 거야."

"누가?"

"우리 엄마가."

"글쎄, 그 말을 누가 했는데?"

"엄마 아는 사람이."

그때 김시아가 꾸물거리면서 강우진의 가슴에 얼굴을 묻었다.

"오빠, 엄마 생각나?"

"…."

"다낭에 엄마가 가 보셨어?"

"아니."

강석규한테서 들었다고 할 생각은 없다. 어머니가 좋아했다는 다낭, 그 떨림이 압구정동 신성 아파트에 남아 있는지 모르겠다. 다낭으로 출발하기 전에 거기가 어딘지 보고 가야지. '아버지'가 구입해 놓았다는 땅과 별장은 어디일까? 그때 강우진의 가슴에 얼굴을 붙이고 잠자코 있던 김시아가 고개를 들었다.

"언제 와?"

"일주일쯤 있을 거야."

"일주일이나?"

"금방이야."

"뭐가 금방이야?"

"시간이 빨리 간다구."

김시아의 머리끝에 턱을 붙인 강우진이 말을 이었다.

"석 달이 지났네, 벌써."

"뭐가?"

"그냥."

어머니가 돌아가신 지 석 달이 된다. 그때 고개를 든 김시아가 말했다.

"그렇구나, 우리가 만난 지 석 달이 되었네."

그렇구나. 어머니 장례식을 치르고 돌아왔을 때 김시아를 만났다. 비, 빌딩 처마 밑에 나란히 서 있을 때, 그때 보이던 김시아의 비에 젖은 낡은 운동화. 그런데 우리는 그날을 각각 다르게 떠올린다. 비 오는 오후의 흐린 날씨는 같았지.

다음 날 오전, 회장실에서 강석규와 고재성이 마주 앉아있다. 오전 10시 반, 고재성이 건네준 자료를 훑어본 강석규가 고개를 들었다.

"이 자식은 15일 동안에 120만 불을 뿌리고 다녔군."

고재성이 시선을 내린 채 굳어 있다.

"누구는 일 년분 오더 백몇십만 불을 받으려고 뛰어다니고 말야."

"…"

"그게 누군지 아나?"

그때 고개를 든 고재성의 눈동자가 흔들렸다. 딴생각을 하고 있었던 것 같다.

"모르겠는데요, 회장님."

"우진이야."

"예?"

고재성의 시선을 받은 강석규가 얼굴을 일그러뜨리며 웃었다.

"그놈이 사우디 바이어한테서 1년분 오더 180만 불을 받았다는 거야."

"…"

"참, 그놈이 사장 된 것은 아나?"

"사장요?"

그때 강석규의 얼굴에 '진짜' 웃음이 떠올랐다. 얼굴이 환해진 것 같다.

"그놈이 돈 떼먹고 도망간 사장 대신에 오더를 받은 거야."

이제 반쯤 입만 벌리고 있는 고재성에게 강석규가 말하기 시작했다. 목소리가 열기를 띠었고 얼굴까지 상기되었다. 강석규의 그 얼굴을 보면서 고재성은 이런 분위기는 오랜만이라는 것을 깨달았다. 강석규를 모신 지 22년이다. 가만 생각하니 이런 분위기는 처음인 것 같다. 이윽고 강석규가 말을 마쳤을 때 고재성이 한숨부터 쉬었다. 강영진이 10여 일 동안 카지노와 유흥비로 낭비한 돈이 1백만 불이다. 얼마나 극명한 대조인가? 그때 강석규가 목소리를 낮췄다.

"이봐, 고 실장."

"예, 회장님."

"그 여자를 조심해."

그 여자가 누구겠는가? 금방 감을 잡은 고재성에게 강석규의 목소리가 더 낮아
졌다.

"내 약점을 쥐고 있다고 떠들고 있어."

5장. 참혹한 전쟁

압구정동 신성아파트, 오전 7시 반, 강우진이 소파에 앉아 TV를 보고 있다. 집에 있던 어머니의 USB를 찾아낸 것이다. 버튼을 누르자 곧 화면에 남국의 풍경이 펼쳐졌다. 베트남의 다낭이다. 다낭의 풍경에 대한 앵커의 설명이 울렸는데 어머니가 편집한 것이다. 어머니 서미연이 강석규에게 보여주기 위해서 만든 자료. 우두커니 그것을 보던 강우진의 눈이 충혈되었다. 어머니는 저곳에서 살고 싶었다, 자신과 함께 셋이서. 어머니는 아버지와 둘이서 저 장면을 보면서 꿈을 꾸었다. 그러나 결국 그것은 성취되지 못했다. 녹화가 끝났을 때까지 TV를 보던 강우진이 이윽고 버튼을 눌러 화면을 껐다. 오후에 베트남으로 떠나야 한다, 저곳으로.

이미 회사 등록도 마쳤고 사무실도 재계약을 했다. 백동문이 싸질러놓고 도망간 '오물'인 원부자재 업체의 부채도 강우진이 다 갚아주었다. 무려 1억 8천만 원이다. 그러고 나서 바이어의 신용장까지 받아놓았다. 이제는 '우진상사'가 가뿐하게 시작할 수 있는 상황이다.

공항으로 가기 전에 먼저 사무실에 들렀다. 기다리고 있던 오영주가 반겼다. 오전 9시 10분, 비행기는 오후 2시 출발이니 시간은 넉넉하다.

"공항에 유상수 씨가 나온다고 했어. 일단 그 사람부터 만나봐."

서류봉투를 건네준 오영주가 말을 이었다.

"공장은 얼마든지 있다고 했으니까 잘 다녀와, 이곳 걱정은 말고."

고개를 끄덕인 강우진이 가방에 서류를 챙기면서 웃었다.

"알았어. 백 사장이 내가 간 줄 알면 깜짝 놀라겠다."

"그 사기꾼 이야기는 꺼내지도 마."

오영주가 눈까지 흘겼다.

"나쁜 놈. 1억 8천을 우리한테 뒤집어씌우고는 지금까지 전화 한 통 안 해."

"아마 알고 있을지도 몰라."

"하지만 업체들이 고소는 풀지 않았으니까 그놈은 한국에 오면 교도소에 가야 돼."

강우진이 업체의 부채는 대신 갚았지만 백동문에 대한 고소는 해지시키지 않은 것이다. 업체들은 백동문한테서 기어코 돈을 받아 강우진에게 돌려준다고 했다.

공항으로 가는 택시 안에서 강우진과 김시아의 통화.

"갔다 올게."

"응. 오빠, 전화해."

"알았어. 동생은 어때?"

"나아지고 있어."

"잘됐다."

"오빠, 보고 싶어."

"헤어지는 연습도 해야 돼."

"해봤어?"

"다시 연락할게."

그냥 지나가는 내용이지만 당사자한테는 한 마디, 한 자가 다 새롭고 충만하다는 사실. 그래서 이제는 강우진이 먼저 절제를 한다.

그 시간에 동성그룹의 인도네시아 법인장 안택수가 그룹 비서실장 고재성의 전화를 받는다.

"예, 실장님."

고재성은 비서실장으로 불리지만 계열사 사장급이다. 거기에다 회장 최측근인 최고 실세다. 안택수의 목소리가 굳어 있다. 고재성이 말했다.

"앞으로 강영진한테는 1달러도 지급하지 말 것. 회장님 특별지시야."

"예, 실장님."

"사모님의 지시가 있어도 그렇다. 회장님 지시 사항이라고 말씀드리고 1달러도 내놓지 마라."

"예, 실장님."

큰일 났다는 생각에 안택수의 이마에 땀방울이 돋아났다. 고재성이 확인하듯 한마디씩 힘주어 말했다.

"회장님이 직접 하신 말씀을 전하니까 참고하도록."

그래 놓고 3초쯤 뜸을 들이고 나서 말을 이었다.

"만일 그놈이 발리에서 경찰에 구속되거나 교통사고로 죽었다고 해도 동성법인은 나서지 마라. 나섰다면 내가 법인을 해체하겠다."

이제는 숨도 안 쉬는 안택수의 귀에 고재성의 목소리가 울렸다.

"회장님 말씀이니까 머리에 새겨놓도록."

오후 4시. 서울 파라다이스 호텔의 로비 라운지 끝 쪽 밀실 안. 최경애가 앞쪽에 앉은 사내를 응시하고 있다. 50대 중반쯤으로 날카로운 눈매가 최경애를 닮았다. 바로 최경애의 동생 최광수다. 최광수는 동성제철의 사장으로 동성그룹의 10인방 안에 들어가는 거물. 회장의 하나밖에 없는 처남이었으니 2인자 역할을 할 때가 많다. 3류대를 졸업하고 알루미늄 새시 외판사원이었던 최광수다. 최경애의 부탁으로 데려온 최광수를 25년 만에 그룹 5대 계열사 중 하나인 동성제철의 사장으로 출세시킨 것이다. 최광수가 번들거리는 눈으로 최경애를 보았다.

"누님, 서둘지 마요. 서둘다가 매형이 눈치를 채면 큰일 납니다."

"병신 같은 놈."

최경애가 눈을 흘겼다.

"너 아직도 내가 보통사람 같으냐?"

"아뇨, 그게 아니라…."

최광수가 쩔쩔매면서 시선을 내렸다.

"누가 누님이 보통사람이랍니까? 누님 같은 여장부가 어디 있어요?"

"어떻게든 강석규를 끌어내려야 돼. 그래야 우리가 산다."

"누님."

"왜 그런 눈으로 쳐다보는 거냐?"

"누님 아직 시간이 좀…."

"이러다가 다 죽어, 이 병신아."

목소리가 컸기 때문에 최광수가 둘이 있는 방이지만 주위를 둘러보았다. 그때 최경애가 어깨를 부풀리며 말을 잇는다.

"넌 25년이나 그 인간하고 같이 일하면서 그 인간 성격을 모르냐?"

"좀 압니다. 하지만."

"이놈아, 그 인간은 냉혈동물이야. 피가 찬 뱀이라고, 그것도 독사야."

최경애의 두 눈이 번들거렸고 입가에 거품이 일어났다.

"그놈이 손을 쓰기 전에 처리해야 돼. 그래야 태진이, 영진이 그리고 내가 몫을 차지하게 된단 말이다."

"누님, 매형 여자 때문에 그럽니까?"

마침내 최광수가 물었다. 조심스러운 표정이다. 그때 최경애가 호흡을 고르고 나서 말했다.

"내가 어떤 년이 있다는 걸 안 지 10년이 넘었다."

"내가 누님한테 그 여자 이야기 들은 지도 10년이 넘었습니다."

"시끄러, 이 병신아!"

"아니, 또 왜…."

"너한테 그년 찾아내 보라고 말한 지도 10년이야!"

"저도 돈 많이 썼습니다. 그런데 안 되는 걸 어떻게 해요?"

"다 고재성 때문이야. 그놈이 방해했기 때문이라고. 그놈도 같이 죽여야 돼."

"아니, 죽이다니요?"

"매장시켜 버려야 된단 말이다."

"누님, 여자가 있기는 할까요?"

"시끄러!"

다시 소리친 최경애가 최광수를 노려보았다.

"그놈이 태진이 전무 승진을 시키지 않는 것도 이유가 있어! 영진이가 왜 비뚤어졌는데? 그놈이 아예 영진이를 보지도 않으려고 했기 때문이야!"

"…."

"내가 그놈하고 각방을 쓴 지 지금이 15년째야. 더 이상 시간 끌지는 않을 거다."

최광수가 숨을 들이켰다. 최경애로부터 이런 말까지 듣는 것은 처음이다. 처음에 여자 이야기를 꺼냈을 때는 대수롭지 않게 여겼고, 회장 뒷조사를 시켰을 때도 건성으로 넘겼던 최광수다. 사업가들과 여자와의 스캔들은 비일비재한 데다 자신도 마찬가지였기 때문이다. 그런데 점점 심해지더니 이제는 아예 '이놈 저놈' 해대면서 아예 사생결단을 내려는 것 같다. 심각해진 것이다. 그때 최경애가 목소리를 낮추고 말했다.

"광수, 너도 잘 들어. 그놈이 마음만 먹으면 너도 하루아침에 거지가 돼. 그러니까 우리가 계획을 세워야 한단 말이다. 우리한테는 태진이 영진이가 있어, 알아들었어?"

그로부터 2시간 후인 오후 6시 반. 동성그룹 회장 집무실 안쪽 휴게실에서 강석규와 고재성이 마주 보고 앉아있다. 이곳은 강석규가 피곤할 때 쉬는 방으로 안쪽에 야전 침대가 놓였고 샤워실도 갖춰졌다. 고재성이 탁자 위에 놓인 녹음기의 버튼을 누르자 곧 최광수의 목소리가 울렸다.

"누님, 서둘지 마요. 서둘다 매형이 눈치를 채면 큰일 납니다."

"너 아직도 내가 보통사람 같으냐?"

최경애의 날카로운 목소리. 고재성이 둘의 밀담을 녹음해온 것이다. 물론 고재성이 고용한 전문가들이 한 것이다. 밀담이 이어지는 동안 강석규는 의자에 등을 붙인 채 눈을 감았고 고재성은 녹음기만 내려다보았다. 이윽고 녹음이 끝났을 때 강석규가 눈을 떴다. 차분한 표정이다.

"날 죽인다는 걸까?"

그때 고재성이 고개를 들었다. 이쪽도 차분한 표정.

"그럴 가능성도 있습니다, 회장님."

"넌 웃지도 않고 말하는구나."

"그러고 싶습니다만 현실이 너무 냉혹합니다, 회장님."

어깨를 늘어뜨린 고재성이 강석규를 보았다.

"회장님, 왜 이렇게까지 만드셨습니까?"

"허."

놀란 듯 눈을 크게 떴던 강석규가 곧 얼굴을 일그러뜨리며 웃었다.

"너한테서 이런 말까지 듣다니."

"이젠 제 문제도 되었습니다."

"하긴 너까지 죽인다고 하는군."

"회장님, 심각합니다."

"안다."

강석규가 눈썹을 찌푸리면서 어깨를 늘어뜨렸다. 입도 조금 벌어져서 평소에 한 번도 보지 못한 표정이 되었다. 바보 같은 모습이다. 강석규가 말을 이었다.

"그래, 20년 가깝게 되었어."

"…"

"각방을 쓴 지는 15년쯤 되었나?"

"…"

"싫어지니까 저 여자가 낳은 두 자식도 싫어지더라. 아무리 노력해도 안 돼. 자식들도 제 어미를 닮았어."

"…"

"그랬더니 저 여자가 두 놈한테 나에 대한 반감을 심어 주는 것이 느껴져."

"…"

"두 놈이 겉으로는 나한테 순종하는 것처럼 보이지만 머릿속은 아니다. 저 여자의 자식이야."

"회장님."

"난 내 회사를 저놈들, 저 여자, 저 여자의 피붙이한테 넘겨주지 않을 거다."

강석규의 두 눈이 번들거렸다.

"우진이한테 넘겨주고 나머지는 사회에 다 기부한다."

"회장님."

이제는 절박한 표정이 된 고재성이 똑바로 강석규를 보았다.

"준비를 단단히 하셔야 합니다. 사모님은 보통 상대가 아니십니다."

"만들어라"

강석규가 상반신을 세우고 고재성의 시선을 맞받았다.

"방심하지 말고, 모든 상황에 대비한 팀을, 그리고 새 동성그룹의 청사진을."

"어서 오십쇼."

입국장에서 기다리던 유상수가 강우진을 맞았다. 오후 6시. 유상수하고는 서울에서 한 번 만난 사이다. 공항 밖으로 나온 둘은 유상수가 대절한 택시에 타고 시내로 향했다.

"전에 다니던 동문상사를 그만두셨다고 했지요?"

유상수가 물었다. 30대 중반쯤의 유상수는 다낭에서 원단 장사를 한다. 지난번 유상수가 원단을 사러 서울에 왔을 때 원단 공장에서 만난 것이다.

"예, 사장이 지금 다낭에 있어요."

강우진이 유상수를 보면서 물었다.

"만나신 적 있습니까?"

"아니요, 그 사람은 '에이스'라는 공장만 들락거린다는 말은 들었어요."

에이스는 지금까지 동문상사가 봉제를 맡겨온 공장이다. 원부자재를 모두 한국에서 갖다가 봉제만 해서 수출하는 터라 딴 곳에 다닐 필요도 없을 것이다.

"근데, 강 사장님은 어느 회사 일로 오신 겁니까?"

유상수한테 연락해서 안내를 부탁했지만, 어느 회사라고 말하지는 않았다. 백동문과의 관계도 말하지 않은 것이다. 강우진이 웃음 띤 얼굴로 유상수를 보았다.

"내가 회사를 차렸어요."

"아, 그러시군요."

유상수가 놀란 표정을 지었는데 믿기지 않는 것 같다. 강우진이 말을 이었다.

"대가는 드릴 테니까 잘 좀 부탁합니다."

대가 없는 일은 없다고 봐야 한다. 그것이 지금까지의 짧은 직장 생활에서 얻은

교훈이다.

　다낭과 서울 간 시차는 2시간이다. 오후 8시 반이면 서울은 10시 반, 늦은 시간이었지만 강우진이 전화를 했다. 신호음이 세 번 울리더니 김시아가 전화를 받았다.

　"오빠, 도착했어?"

　"응. 세 시간쯤 되었어."

　호텔 방 안. 강우진은 방금 유상수와 호텔 식당에서 저녁을 먹고 돌아온 참이다. 강우진이 말을 이었다.

　"이렇게 전화할 사람이 있어서 좋네."

　"자주 전화해."

　김시아의 목소리가 웃음기를 띠고 있다.

　"아무 때나."

　"여긴 더워."

　강우진이 어둠이 덮이는 창밖을 내다보면서 말했다. 바닷가 호텔이어서 바다가 보인다.

　"내가 사진으로 본 장면하고는 다른데."

　"그래? 어떤 사진인데?"

　"거긴 숲과 초원, 골짜기도 있었는데."

　어머니가 녹화했던 장면이다. 눈을 가늘게 떴던 강우진이 말했다.

　"너하고 같이 찾아보고 싶다."

　엉겁결에 나온 말이다.

　"덥네."

손수건으로 이마의 땀을 닦은 강우진이 쓴웃음을 지었다.

"후덥지근해서 그런가요?"

"요즘 우기라서."

유상수가 웃음 띤 얼굴로 강우진을 보았다.

"비가 내리고 나면 시원해요."

"견딜 만해요."

둘은 지금 공장 한 곳을 둘러보고 나온 길이다. 오전 11시 반. 대절한 택시로 다가가면서 유상수가 말했다.

"공장 수준은 비슷해요. 다만 오더가 있고 없고에 따라서 계약 조건에 차이가 나죠. 오더가 있으면 아무래도 봉제 단가를 좀 높게 부를 겁니다."

"없을 때 경우를 생각해야죠."

택시에 타면서 강우진이 말을 받는다.

"난 1년 오더를 줄 테니까요. 공장 측에서 나 같은 바이어 만나기가 꿈일걸요?"

"맞는 말입니다."

쓴웃음을 지으면서 유상수가 동의했다. 다음 목적지인 공장 위치를 운전사한테 알려준 유상수가 강우진을 보았다.

"솔직히 우진상사의 연간 오더를 받는 공장은 장땡을 잡게 되는 것이지요."

그렇다. 공장에는 바이어가 왕인 것이다.

오후 2시, 강우진이 두 번째 공장을 보고 나서 호텔로 돌아왔을 때다. 로비로 들어섰던 강우진이 놀라 걸음을 멈췄다. 백동문이 앞에 서 있었기 때문이다. 눈만 크게 뜬 강우진에게 백동문이 다가와 섰다. 얼굴에 일그러진 웃음이 떠올라 있다. 강우진을 따라온 유상수가 주춤거리다가 옆으로 조금 비켜섰다. 그때 백동문이 말했다.

"회사 차렸다면서?"

강우진은 시선만 주었고 백동문의 목소리가 조금 굵어졌다. 얼굴의 웃음기도 금방 지워졌다.

"야말 오더도 가져갔더군."

"…."

"내가 내수 사업 정리하고 야말 오더에 집중하고 있는걸 알면서도 내 등을 쳤어."

"…."

"네가 이곳에서 제대로 일을 할 수 있을 것 같냐?"

이제는 백동문의 얼굴이 붉게 상기되었다. 로비에는 에어컨이 돌아가고 있지만, 이마에 땀방울도 솟아났다. 비대한 체격인 데다 다혈질이다. 그때 강우진이 고개를 끄덕이면서 말했다.

"그냥 놔두려고 했는데 아주 악질이군."

"뭐?"

"너."

강우진이 한 발짝 다가섰기 때문에 손을 뻗으면 닿을 거리가 되었다. 키가 커서 백동문을 내려다보아야 했다.

"1억 8천이야. 네가 떼어먹고 도망간 돈이 말이야."

백동문이 숨을 들이켰을 때 강우진이 말을 이었다.

"원부자재 업체 중 부도가 난 곳도 있어. 널 만나면 포를 떠서 죽인다고 했는데 지금도 이를 갈고 있어."

이제는 백동문이 입만 딱 벌렸고 강우진이 말을 이었다.

"그 돈 내가 대신 갚았다는 말도 들었겠구나. 내가 채권자들 위임장을 받아놓고 있다는 건 안 들었어? 검찰에 당신이 사기로 고발되어서 지금도 수배 중이라는 것도 알고 있겠지?"

강우진이 눈을 치켜떴다.

"내가 베트남 경찰에다 여기 한국에서 수배 중인 놈이 와 있다고 고발을 해야겠
어. 그럼 어떻게 되나 보자."

"이, 이 자식이…."

겨우 그렇게 말한 백동문의 입술 끝이 떨렸다. 이마의 땀방울이 더 커졌고 얼굴
은 누렇게 굳어지고 있다. 그때 강우진이 옆을 지나는 호텔 종업원에게 소리쳤다,
영어로.

"경찰 불러! 여기 범인이 있어!"

그때 백동문이 몸을 돌리더니 호텔 현관을 향해 발을 떼었다. 다리가 꼬여서 휘
청거렸다.

"폴리스!"

그 뒤를 향해 강우진이 소리치자 로비의 모든 시선이 모였다.

"폴리스!"

다시 외쳤을 때 백동문이 이제는 달음질로 호텔 현관문을 빠져나갔다. 병신.

"시원합니다."

방으로 따라 들어선 유상수가 어깨까지 부풀리며 말했다.

"내가 오늘부터 교민들, 공장 사람들한테 아까 이야기를 다 하겠습니다."

강우진은 쓴웃음만 지었고 유상수가 말을 이었다.

"그거, 베트남하고 범죄자 인도 협정이 아직 체결되지 않았지만, 공안한테 뇌물
만 먹이면 가능할 겁니다."

백동문을 베트남 경찰이 구속시킬 수가 있다는 말이다. 현지 교민들한테 배울
점이 많다.

같은 시간, 발리섬 오른쪽의 플로레스 해협에 회색 요트가 떠 있다. 바다는 호수처럼 잔잔했고 하늘은 맑다. 120톤급 요트 마들렌호는 엔진은 꺼 놓고 떠 있었는데 선상에서 파티가 진행 중이다. 알몸 파티다. 선원 6명은 아예 선실 밖으로 나오지 않았고 강영진의 수행원인 최기문과 양수남도 휴게실에 있었기 때문에 갑판의 파티장에는 강영진이 유일한 남자다. '하인'들은 출입금지인 것이다. 갑판 복판에는 넓은 테이블이 펼쳐졌고 술과 온갖 산해진미가 차려져 있다. 그리고 7명의 여자는 모두 알몸이다. 실오라기 한 올 걸치지 않았다. 강영진도 알몸으로 벤치에 누워 술잔을 쥐고 있다. 양쪽 옆에는 백인 여자와 혼혈로 보이는 황갈색 피부의 여자가 누워있는데 여자 세 명은 바다로 뛰어들어 헤엄치는 중이고 둘은 깔깔거리며 갑판 위를 뛰고 있다. 한낮이지만 모두 술과 약에 취했다. 강영진이 발리에서 코카인을 5만 불어치나 구해 온 것이다. 발리 클럽에서 잘빠진 여자들만 골라 7명을 선발했고 1인당 하루 2천 불로 고용한 것이다. 지금 열흘 일정의 나흘째 환락 파티를 즐기는 중이다.

휴게실 안. TV를 보던 양수남이 고개를 돌려 최기문에게 말했다.

"이번 여행 끝나면 경비가 남는 게 없습니다. 어떻게 할까요?"

"경비 걱정할 것 없어."

쓴웃음을 지은 최기문이 힐끗 계단 위쪽을 보았다. 여기서는 보이지 않지만, 여자들의 웃음소리는 들린다. 아래쪽 선실에서도 들릴 것이다. 그쪽은 창이 있으니까 보이기도 하겠지. 그때 최기문이 생각이 났다는 표정을 짓고 말했다.

"너도 이 기회에 즐기도록 해."

"어, 어떻게 말입니까?"

"마음에 드는 여자를 골라서 밤에 만나란 말이다."

양수남이 외면했다. 최기문은 출항한 다음 날부터 혼혈여자 쟌느를 밤마다 만나고 있는 것을 알고 있기 때문이다. 여자들은 산전수전 다 겪은 요물들이어서 돈 계산을 최기문이 한다는 것은 아는 것이다. 최기문이 포주 역할쯤 된다.

"저는 돈도 없는데…."

주저하면서 양수남이 말했을 때 최기문이 '픽' 웃었다.

"누가 마음에 드냐? 내가 말해주지."

"저야…."

"수당 지급은 내가 해. 내가 말하면 되니까 말해."

"그, 금발에 키 크고…."

"러시아 계집애 말이지, 소냐?"

"예, 과장님."

"내가 이따 말해줄게. 오늘 밤부터 만나게 될 거다."

"감사합니다."

"이렇게라도 우리가 즐겨야지."

최기문의 얼굴에 쓴웃음이 번졌다.

"떡고물 없는 장사를 어떻게 한단 말이냐?"

세 번째로 찾아간 공장을 둘러보고 나서 강우진이 마음을 굳혔다. 근로자 400명 규모의 공장이다.

"다음 달이면 오더가 끝납니다."

사장 카오가 열심히 말했다. 마른 체격, 작은 키, 검은 얼굴, 흰색 셔츠에 검은색 바지, 타이어 조각으로 만든 샌들을 신었다. 카오가 말을 이었다.

"오더를 주신다면, 기대에 어긋나지 않겠습니다."

2개월 후부터 매월 15만 불 오더가 1년간 이어진다면 '뉴월드상사'는 그야말로 대박이다. 공장 측에서는 계속되는 동일 오더가 가장 바람직하다.

"곧 계약 단가를 협의합시다."

자리에서 일어서면서 강우진이 말했다. 뜸을 들여야 한다. 그쯤은 강우진도 아는 것이다. 1달러라도 줄여야 순이익이 남는다. 내일 다시 만나기로 하고 강우진이 공장을 나왔다.

"시아 씨, 잘 지내?"

최수영이 물었다. 오후 4시. 김시아는 병원 복도에서 전화를 받는다.

"네, 선배."

"선배란 말 들으니까 서먹하네."

웃음 띤 목소리다. 그럼 어쩌란 말인가.

"별일 없으시죠?"

"나야 별일 없지. 지금도 알바 다녀?"

"지금은 좀 쉬어요."

"그렇군."

잠깐 쉰 최수영이 말을 이었다.

"나하고 술 한잔할까?"

"요즘 바빠서요."

김시아는 이제 최수영을 정리해야겠다는 마음을 먹는다.

"죄송해요."

"아니, 뭘. 근데 무슨 일로 바쁜데?"

"이것저것 하느라고요."

"그렇군."

할 말이 없어진 최수영이 입맛 다시는 소리를 냈다.

"나는 직장 이야기를 하려고 했는데."

"고마워요. 이제 신경 쓰지 않으셔도 돼요. 죄송합니다."

"알았어."

김시아의 분위기를 완전히 눈치챈 최수영의 목소리도 가라앉았다.

"잘 지내."

"네, 그럼 안녕히…."

저쪽에서 전화를 먼저 끊었기 때문에 김시아는 길게 숨을 뱉었다. 그 순간 강우진의 얼굴이 떠올랐다. 선명하게.

"너, 정신 똑바로 차려."

최경애가 말하자 강태진이 놀란 목소리로 대답했다.

"항상 긴장하고 있어요, 어머니."

"네 지분이 5.5퍼센트지?"

"예, 작년에 결정되었지요."

"내 지분이 5.5퍼센트니까 11퍼센트야."

"어머니, 무슨 말씀을 하시려고 그래요?"

"기타 일반주가 14퍼센트."

"아버지가 42퍼센트니까 난공불락입니다, 어머니."

강태진의 목소리가 웃음기를 띠었다.

"어머니 기분은 아는데요, 진정하세요."

"만일에 말이다."

최경애의 목소리가 낮아졌다.

"네 아버지의 유고 시에는 어떻게 될 것 같으냐?"

"어머니."

강태진의 목소리는 아직도 가볍다.

"아버지는 저보다 더 건강하세요."

"만일의 경우 말이다."

"그럴 일 없어요, 어머니."

그때 최경애가 불쑥 말했다.

"그놈한테 자식이 있다."

"네? 누군데요?"

강태진이 건성으로 다시 묻는다.

"그놈이 누군데요?"

"네 애비 말이다."

최경애의 말이 이 사이로 새 나오는 것 같다. 강태진이 입을 다물었고 최경애의 말이 이어졌다.

"그놈이 자식을 낳았단다."

"자식요?"

"그래, 내가 이제야 알았어."

"…"

"꼬리가 길면 잡히는 법이야. 내가 그놈이 다른 년한테서 낳은 자식이 있다는 것을 이제야 알았다."

최경애의 목소리가 높아졌고 말끝이 떨렸다.

"그놈이 이제 스물대여섯쯤 되었을 거라는구나. 5, 6년쯤 전에 스물 안팎이었다고 했어."

"…"

"내가 이번에 마음을 먹고 네 외삼촌 시켜서 그놈 주변을 뒤졌더니 운전사로 있었던 박철수가 털어놓았다는 거야."

"박철수요? 나도 기억나는데."

"그놈, 네 애비 전용 운전사였다가 7, 8년 전에 그만둔 놈이야."

"아."

"박철수가 그년 집에 자주 그놈을 데려다주었다는구나. 그때 그놈이 싸질러 놓은 자식도 봤다는 거야."

"집도 안대요?"

"방배동이라고 해서 네 외삼촌이 사람들을 시켜서 찾았더니 그 집은 팔렸다고 한다. 딴 사람이 살아."

"…"

"이제 알았으니까 이대로 놔두면 안 돼."

"…"

"그년하고 자식 놈한테 다 넘어가."

"…"

"그러니까 고재성부터 없애고 그다음 순서는 그놈이야."

그때 고재성이 손을 뻗어 녹음기의 정지 버튼을 눌렀다.

고개를 든 고재성이 강석규를 보았다. 고재성의 얼굴에 씁쓸한 웃음기가 번졌다.

"회장님, 아직까지는 저희가 한 걸음 빠른 상황입니다."

강석규는 흐린 눈으로 쳐다만 보았고 고재성이 말을 이었다.

"저쪽도 전력투구하고 있습니다. 최 사장이 용역업체 3곳을 동원하는 데다 이미 계열사 임원들의 포섭 작전을 시작했습니다."

"…"

"이 사건 이야기는 하지 않고 자기편으로 끌어들이려는 작전이지요. 회장님의 처남이고 주요 계열사의 사장인 실세가 접근하는데 거부할 임원은 없습니다."

그러고는 고재성이 고개를 저었다.

"심각합니다, 회장님."

그때 강석규가 흐린 눈동자의 초점을 잡았다.

"이게 업보인가, 아니면 악연인가?"

계약했다. 3개월에 한 번씩 재계약을 하는 조건으로 우선 3개월분 오더 계약을 한 것이다. '윈윈'이라고 사람들이 듣기 좋은 말로 하지만 실제 당사자들은 피가 마르는 현실이다. 내가 양보해야 상대가 득을 보는 엄연한 현실. 서로 좋다는 윈윈은 서로 양보해야 한다는 턱도 없는 탁상공론이다. 강우진은 장기 오더임을 강조해 계약 단가를 낮췄고 카오는 결국 사인을 했다. 그러나 크게 손해를 본 것은 아니다. 욕심을 버렸기 때문에 장기 오더를 얻었다. 결국 윈윈이다. 서로 욕심을 버린 윈윈.

호텔로 돌아왔을 때는 오전 11시 40분. 사흘 동안 강행군을 했기 때문에 지친 강우진이 낮잠을 자고 일어났을 때는 오후 3시 무렵. 강우진이 핸드폰을 집어 들고 김시아에게 전화를 했다.

"오빠."

신호음이 세 번 울리고 나서 바로 울리는 김시아의 목소리, 맑고 밝다.

"어디야?"

"호텔. 낮잠을 자고 일어났어."

"밥 먹었어?"

"아직."

"거기 몇 신데?"

"오후 3시."

"여긴 오후 5신데. 점심도 안 먹었단 말이야?"

"응."

"배 안 고파?"

"아직. 이따 저녁 같이 먹어야지."

이런 일상 대화를 이렇게 길게 한 적이 없다는 생각이 떠오른 강우진의 얼굴에 웃음이 떠올랐다. 그런데 질리지 않다니 웬일인가? 강우진이 말을 이었다.

"너 지금 어디야?"

"미아가 요구르트 먹고 싶다고 해서 편의점에 가는 길."

"미아는 어때?"

"다음 주 퇴원."

"잘됐다."

"응. 오빠 덕분."

"그런 말 말고."

"엄마하고 미아도 오빠 만나야겠대."

"그래. 천천히."

"언제 와?"

"내일하고 모레는 어디 좀 갔다가 사흘 후쯤에."

"어디 가는데?"

"어머니가 가보고 싶었다는 곳."

"어디?"

"사진에 나온 데 있어."

"아."

김시아에게 그 이야기를 해주었던가? 핸드폰을 고쳐 쥔 강우진이 문득 그곳을 김시아하고 같이 가면 좋겠다는 생각을 했다.

"보고 싶다."

그래서 말이 불쑥 그렇게 나왔다.

"너하고 같이 있고 싶어."

"오빠, 며칠만 참아."

김시아가 달래듯이 말하더니 길게 숨 뱉는 소리를 냈다.

"나도 보고 싶어, 오빠."

4시가 조금 못 되었을 때 강우진은 핸드폰의 벨 소리를 들었다. 샤워하고 막 밖으로 나왔을 때다. 발신자를 보았더니 강석규다. 핸드폰을 손에 쥔 채 호흡을 고른 강우진이 귀에 붙였다.

"여보세요."

"지금 어디냐?"

강석규가 대뜸 물었다.

"다낭인데요."

"뭐 하러 나간 거지?"

"공장 계약하려요."

"아, 공장."

잠깐 침묵했던 강석규가 다시 물었다.

"지난번 오더 받았다는 거 말이냐?"

"예."

"계약했어?"

"예."

"180만 불이라고 했던가?"

"예."

"언제 돌아오냐?"

"며칠 있다가요."

"왜? 계약 끝났다면서?"

"좀 들러볼 데가 있어서요."

"어디?"

"그냥요."

"그냥?"

"예."

그때 잠깐 침묵했던 강석규가 다시 입을 열었다.

"내가 내일 오전에 다낭에 갈 테니까 너 지금 어느 호텔에 있는 거냐?"

숨을 들이켠 강우진에게 강석규가 덮어씌우듯이 말했다.

"말해."

"비서실의 윤경태가 사모님한테 제의를 받았습니다."

오후 7시. 조선호텔 VIP 라운지. 고재성이 강석규에게 말했다. 강석규가 고개만 들었을 때 고재성이 굳은 얼굴로 마주 보았다. 윤경태는 비서실의 그룹 기획조정실 재무팀 부장이다. 경력 17년. 그룹 기조실 재무팀장이면 계열사 이사급보다 서열이 위이며 3년만 더 지나면 이사급이 되고 곧 계열사 전무나 부사장으로 전출될 수도 있다. 물론 명문대 출신. 고재성이 말을 이었다.

"사모님이 최 사장을 시켜 부른 후에 장래를 보장해줄 테니까 태진이를 위해 일해 달라고 부탁했다는 것입니다."

"…"

"당황한 윤경태는 일단 충성 맹세를 한 후에 저한테 보고한 것입니다."

"경솔한 것들."

물잔을 쥔 강석규가 쓴웃음을 지으며 눈빛이 강해졌다. 둘뿐이었지만 강석규가 목소리를 낮췄다.

"그만큼 급하다는 분위기 같은데 머지않아 우진이의 정체도 드러날 거야."

"예. 최 사장을 시켜서 전방위로 인력을 동원하고 있으니까요. 자금도 무제한으로 푸는 것 같습니다."

"이런 숫제 전쟁이군."

"더 치열하고 험악합니다, 회장님."

고재성의 얼굴이 심각해졌다. 고개를 저은 고재성이 말을 이었다.

"마치 결사적으로 덤비는 것 같습니다."

"발악을 하는 거야."

"큰일 났습니다."

"추잡한 싸움이지."

"회장님."

눈동자의 초점을 잡은 고재성이 똑바로 강재규를 보았다.

"이렇게 확산되면 안 됩니다."

고재성의 눈동자가 번들거렸다.

"제가 책임을 지고 손을 쓰겠습니다. 회장님께선 모르시는 일이 됩니다."

"…."

"모두 회사를 위한 일입니다. 저는 조금도 가책을 받지 않습니다."

그러고는 고재성이 자리에서 일어섰다.

그때 강석규가 말했다.

"이봐, 고 실장."

고개만 돌린 고재성에게 강석규가 말을 이었다.

"나 내일 다낭에 가야겠어."

고재성이 시선만 주었고 강석규가 말을 이었다.

"우진이가 거기서 제 엄마의 흔적을 찾고 있는 모양이야. 그래서 나도 함께 찾아보려고."

그때 고재성이 입을 벌렸다가 이윽고 고개만 끄덕였다. 눈이 번들거리고 있다.

"이 병신 같은 놈."

최경애가 소리쳤다. 저택의 방 안. 방음장치가 된 데다 2층의 침실 옆 옷장 방에는 최경애 혼자뿐이다. 어깨를 부풀린 최경애가 다시 소리쳤다.

"정신 똑바로 차리고 내 말 들어라. 듣고 있는 거냐?"

"예, 어머니."

강영진의 목소리가 조금 또렷해졌다.

"말씀하세요."

"지금 어디냐?"

"배를 타고 있는데요."

"배? 어디서?"

"발리 근처요."

"어디 가는 건데?"

"옆쪽 섬으로."

"웬 여자들 웃음소리가 들려?"

"배에 탄 손님들인데요."

"너, 네가 아주 네 아버지 눈 밖에 난 거 알고 있지?"

"그거야."

강영진의 목소리에 웃음기가 섞여졌다.

"세상 사람들이 다 아는 일 아닙니까? 그 양반이 날 아들 취급 안 한 지도 오래되었잖아요."

225

"병신 같은 놈."

"어머니, 자꾸 병신, 병신, 하지 마요."

강영진이 버럭 소리쳤다.

"날 믿지 못하는 사람한테 억지로 맞출 생각 없으니까 그만 말합시다."

"너, 네 애비가 딴 여자를 두고 그년한테서 자식 낳은 거 알고 있어?"

그 순간 강영진은 듣기만 했고 최경애의 목소리가 낮아졌다.

"정신 차리지 않으면 그 연놈한테 다 빼앗기게 된다, 이놈아."

"……"

"너나 나, 그리고 네 형까지 다 쪽박 차게 된단 말이야, 이놈아."

"……"

"그러니까 당장 돌아와. 돌아와서 엄마를 도와야겠다. 알았어?"

"예, 어머니."

강영진의 목소리가 선명하게 울렸다.

"내일 돌아갈게요."

강영진이 바보는 아니다.

"아니, 고 사장님, 웬일이십니까?"

오후 8시 반, 일식당 '후쿠오카'의 홀 안. 지배인이 누가 찾는다면서 방에 있던 문정구를 홀로 불러낸 것이다. 그런데 홀에서 기다리는 사람이 바로 고재성이었으니 놀랄 수밖에. 고재성은 그룹 비서실 및 기조실 실장으로 사장급. 계열사 사장보다 서열이 위다. 회장의 분신이나 같은 최측근, 동성그룹의 제2인자다. 문정구는 계열사인 동성제철의 부사장이다.

"이봐, 지금 바쁜가?"

불쑥 고재성이 묻자 문정구는 고개를 저었다.

"아닙니다. 거래선과 회식 중이라서요."

제철의 거래선이란 도매상이다. 도매상이 주로 제철업체에 로비하는 것이다. 오늘도 도매상 중 하나가 문정구에게 로비하려고 접대 중이다. 아마 가방에 돈 봉투가 들어있겠지. 아직 봉투를 받기 전이지만 문정구의 얼굴은 굳어 있다. 그룹 기조실은 감찰 권한까지 있기 때문이다. 걸리면 당장 교도소행이다. 고재성이 고개를 끄덕이며 말했다.

"그럼 거래선에는 바쁜 일이 생겼다고 말하고 나하고 나가지."

그러고는 덧붙였다.

"나 만난다는 소리는 안 하는 게 좋을 거야."

20분쯤 후. 근처의 카페 안. 둘은 밀실에 들어가 마주 앉았는데 옆에 사내 하나가 동석했다. 기조실의 박상호 부장이다. 문정구는 박상호를 본 순간에 똥을 삼킨 얼굴이 되었는데 간부들에게는 악마 같은 존재였기 때문이다. 간부들의 비리를 감사해온 박상호는 지금까지 30명이 넘는 '범죄자'를 교도소로 보냈다는 소문이 났다. 박상호는 간부들을 3초만 쳐다봐도 '얼마 먹었는지' 금액까지 알아맞힌다고 했다. 공식석상에 거의 모습을 나타내지 않는 터라 간부들은 귀신이라고도 부른다. 흰 얼굴, 금테 안경알 안의 눈이 충혈되었기 때문에 그렇게도 보인다. 주문한 맥주가 놓였을 때 고재성이 힐끗 박상호를 보았다. 그때 박상호가 말했다.

"지금까지 각 도매상, 외국의 수출업체로부터 착복한 돈이 한화로 125억 정도 되는군요."

안경테를 손끝으로 밀어 올린 박상호가 술술 말했다. 수첩이나 메모지도 보지 않는다.

"도매상 5개 업체, 수출업체 21개, 공사현장 18개, 원자재 업체 9곳을 절반 정도 조사했는데 협조적입니다. 끝나면 그 3배 정도의 자금이 될 것 같습니다."

박상호가 이를 드러내고 웃었다.

"잘 아시겠지만 우리는 사전 사후 합의까지 다 해놓습니다. 이렇게 말씀드릴 때는 내일 당장 구속시킬 증빙자료가 다 갖춰졌고 회사의 이미지 문제까지 다 보완할 준비가 되어있다고 보셔도 됩니다."

문정구는 숨도 안 쉬고 시선만 주었다. 머릿속이 텅 비어 있는데 당연했다. 머릿속이 제대로 운용된다면 미치거나 울거나 둘 중 하나일 테니까. 그때 박상호가 말을 이었다.

"동성제철 사장님한테 상납한 55억은 별도로 치고 계산한 것입니다. 물론 동성의 최 사장님은 부사장님의 횡령액 내막은 모르고 있지요. 리베이트 액수를 조작하는 것은 쉬운 일이니까요."

박상호가 다시 안경테를 올렸다.

"물론 우리는 부사장님이 횡령한 자금, 해외 계좌까지 압류할 준비도 다 해놓았습니다."

그때 고재성이 입을 열었다.

"이봐, 문정구. 네가 살 길이 있어. 그래서 여기로 데려온 거다."

문정구의 눈동자에 겨우 초점이 잡혔을 때 고재성이 뱉듯이 말했다.

"일단 서약서, 확인서까지 써라. 그래야 살길을 만들어 줄 테니까."

문정구가 숨을 쉬기 시작했고 고재성이 말을 이었다.

"다른 방법이 있다면 안 해도 돼."

다음 날 오전 11시 반, 방에 있던 강우진이 전화를 받는다. 방에 놓인 호텔 전화다.

"나다."

강석규의 목소리.

228

"나 지금 1401호실에 있다."

강석규의 목소리가 웃음기를 띠고 있다.

"이곳으로 오너라."

"예."

다낭에 도착해서 같은 호텔의 방까지 잡아놓고 오라는 것이다. 오전에 다낭에 도착한다고 해서 기다리고 있던 강우진이다. 강우진은 7층이어서 엘리베이터를 타고 올라갔더니 14층은 특실이다. 방이 복도 좌우로 2개씩뿐이었고 안쪽 1401호실 앞에는 사내 하나가 서 있다가 다가오는 강우진을 보더니 고개를 숙여 인사를 했다. 노크하자 곧 문이 열렸다. 문을 연 사람도 베트남인이 아니다. 경호원인 것 같다.

"어서 오너라."

안쪽 소파에 앉아있던 강석규가 웃음 띤 얼굴로 강우진을 맞는다. 다가선 강석규가 강우진의 손을 잡았다. 조금 딱딱하지만 따뜻한 손. 어색해진 강우진의 손에는 힘이 실려 있지 않다. 둘이 자리에 앉았을 때 방 안에 있던 사내가 연기처럼 사라져 버렸다. 그때 강석규가 말했다.

"내가 몰래 빠져나온 거다."

강석규의 얼굴에 웃음이 떠올라 있다.

"물론 출입국 사무소에 조회하면 알 수 있겠지만 그것도 손을 써서 막아놓았어."

"…."

"왜 그런지 아느냐?"

알 리가 없는 강우진이 눈만 껌벅였고 강석규가 남의 일처럼 가볍게 말했다.

"내가 지금 내 처라는 여자하고 전쟁 중이다."

그제야 외면한 강석규가 옆모습을 보인 채 말을 이었다.

"아주 더럽고, 잔인하고, 추한 전쟁. 그 목표는 내 재산. 내가 이룩한 기업 따위는 관심도 없고 그 재산 가치만 따지는 참혹한 전쟁.”

이제 강석규의 얼굴이 일그러졌고 목소리는 가라앉았다.

“이런 이야기는 내가 고 실장에게도 대놓고 말 안 했는데 너한테는 털어놓는구나.”

“…”

“미안하다. 내가 염치도 없고 너도 듣기 싫겠지만 부탁한다. 들어줘라”

“…”

“내가 그 여자한테서 자식을 셋 낳았는데 하나는 서른여섯, 하나는 서른넷, 그리고 딸이 하나 있구나. 서른하나짜리.”

“…”

“난 그놈들한테 재산은 물론 회사도 물려주지 않을 작정이다. 그래서…”

고개를 든 강석규가 번들거리는 눈으로 강우진을 보았다.

“너한테 하나씩 넘겨주마. 내가 지금까지 피땀 흘려서 이루어낸 기업을 말이다.”

“저기.”

마침내 강우진이 입을 열었다.

“저는 싫습니다.”

강석규의 시선을 받은 강우진이 고개를 저었다.

“능력도 없고 남의 것을 빼앗는 것 같아서 싫습니다. 아무리 그렇게 말씀하셔도요.”

이번에는 강석규가 입을 다물었고 강우진의 말이 이어졌다.

“저는 그만 내버려 두셨으면 좋겠어요. 전처럼 어머니하고…”

어머니가 죽었다는 것을 깨닫고 강우진이 말을 고쳤다.

“혼자 살게 해주세요.”

“…”

"지금까지 해주신 것만으로도 과분해요."

"…"

"그 사람들한테 주세요. 전 싫어요."

"그놈들이 날 죽이려고 하는데도?"

강석규가 부드럽게 되물었기 때문에, 강우진은 다른 말인 줄 알았다. 그러다가 2초쯤 지나서 깨닫고는 강석규를 보았다. 시선이 만났을 때 강석규가 고개를 끄덕였다. 슬픈 얼굴이다. 이런 얼굴은 처음 보았다.

"정말이다. 그 여자가 나를 없애려고 한단다. 지금 시작했어.

"…"

"그 자식들은 어미 따라서 같이 움직이겠지."

"…"

"네 엄마하고 네 존재를 알게 되었어. 그러니까 절박해진 것 같다."

"…"

"네 엄마가 죽은 것은 아직 모르는 것 같고."

"…"

"너에 대한 것은 곧 알게 되겠지. 온갖 수단을 다 동원할 테니까."

어깨를 부풀렸다가 내린 강석규는 눈동자가 깊게 들어간 것 같은 눈으로 강우진을 보았다.

"우진아, 미안하다."

"…"

"내가 너를 이 시궁창으로 끌어들였구나. 그러니까 너도 당하고 있을 수는 없단다."

"…"

"가만있다가는 네가 위험해. 네가 왜 당해야 하니?"

강석규가 고개를 저었다.

"이 애비하고 같이 헤쳐 나가자."

강우진은 입안에 고인 침을 삼켰다. 뭐라고 대답을 해야겠지만 머릿속이 하얘져서 입이 떨어지지 않는다. 그러나 심장박동이 빨라진 것은 알겠다. 피가 더워진 것 같기도 하다. 그리고 그 이유가 분노 때문이다. '내가 왜?'라는 분노. 그것은 조금 정리하면 내가 가만히 앉아서 당하지는 않겠다는 분(憤)이다. 그때 강석규가 불쑥 물었다.

"너 오늘 어디 간다고 했지?"

그러고 나서 바로 덧붙였다.

"같이 가자."

삼십 분쯤 평원을 달리던 승용차가 이제는 숲길로 들어섰다. 오후 3시. 햇살은 밝고 파란 하늘에는 구름 한 점 없다. 열어놓은 승용차의 창문으로 풀 냄새가 밀려들어왔다. 이곳은 다낭의 서북쪽 지역. 조금 전까지 사방이 논인 평야를 지나 지금은 숲길로 들어선 것이다. 승용차의 뒷자리에 강석규와 나란히 앉은 강우진의 눈동자에 초점이 잡혔다. 풍경이 낯익다. 나무숲, 앞으로 뚫린 비포장도로, 길가의 야자수, 상반신을 세운 강우진이 숨을 들이켰다. 그 이유를 알겠다. 베트남으로 떠나기 전에 아파트에서 보았던 어머니의 영상, 그곳이다. 그때 옆자리의 강석규가 앞쪽을 응시한 채 낮게 물었다.

"너도 본 거냐?"

"네."

엉겁결에 대답한 강우진의 얼굴이 굳어졌다. 이제 나까지 셋인가? 그때 강석규가 다시 물었다.

"어디까지 본 거냐?"

"저기…."

"숲을 지나서 언덕을 올라가지?"

"네."

"언덕 위에서 바다가 내려다보이고…."

"네."

그때 강석규가 입을 다물었기 때문에 강우진은 어금니를 물었다. 문득 어머니의 얼굴이 떠올랐다. 웃고 있다. 그때 강석규가 말했다.

"봐라."

언덕 위에 저택이 서 있다. 2층 저택, 흰색 벽, 황토색 지붕, 담장은 1미터쯤 높이의 나무 기둥. 그런데 집 앞에 사람들이 서 있다. 모두 이쪽을 주시하고 있었는데 베트남인이다. 거리가 1백 미터에서 점점 가까워지면서 더 선명하게 드러났다. 모두 6명. 단정한 옷차림, 하인들이다. 여자 넷, 남자 둘, 나란히 서서 주인을 맞는 것이다. 이쪽은 승용차가 2대다. 앞차에 강석규와 강우진이 탔고 뒤차에 경호원 둘이 타고 따라왔다. 차가 대문 안으로 들어가 넓은 마당을 지나 현관 앞에 멈춰 서자 하인들이 일제히 고개를 숙였다. 둘이 차 밖으로 나오고 나서야 허리를 폈다.

"칸, 별일 없지?"

강석규가 묻자 그중 나이 먹은 사내가 허리를 굽히면서 대답했다. 영어다.

"예, 주인님."

그때 강석규가 사내에게 강우진을 소개했다.

"칸, 내 아들이야. 이 집 주인이네."

"네, 주인님."

칸이 강우진에게 다시 고개를 숙이더니 늘어선 하인들을 소개했다. 이름은 흘려들었지만, 주방 하인, 집 안 담당, 정원사 등이다. 인사를 마친 강우진과 강석규는 집 안으로 들어섰다.

"네 어머니가 꿈꾸듯이 말하던 대로 집을 지었다."

아래층을 앞장서서 안내하면서 강석규가 말했다. 어느덧 하인들은 제자리로 돌아가고 경호원 둘은 마당의 벤치에 앉아있다. 승용차 2대는 운전사들이 옆쪽 차고에 세워 놓았는데 차고 안에는 승합차 한 대가 서 있다. 하인용인 것 같다.

"이곳이 응접실."

응접실로 들어섰더니 앞쪽이 바다로 트인 베란다. 유리문이 열려있어서 바다 냄새가 났다. 언덕만 내려가면 바다다. 완만한 경사의 언덕에는 잔디가 잘 가꾸어졌고 드문드문 야자수가 서 있다. 그림 같은 풍경이다. 바다와의 거리는 1백 미터 정도. 모래사장 옆쪽 바위에 선착장이 만들어졌는데 흰색 요트가 정박해 있다. 베란다로 나간 강석규가 눈으로 요트를 가리켰다.

"네 엄마가 꿈꾸듯이 요트 이야기를 했었다. 말을 한 것도 잊어먹었겠지만 내가 사 놓았지."

팔짱을 낀 강석규가 요트를 내려다보면서 말을 잇는다.

"다 만들어 놓고 나서 덜컥 네 엄마가 죽는구나. 네 엄마가 병원에 있을 때…."

숨을 들이켰던 강석규가 딸꾹질 소리를 냈다.

"내가 이렇게 만들어 놓았다고 차마 이야기를 못 했어. 왜 그런지 아니?"

"…."

"원통해할까 봐."

"…."

"안타까워하면서 떠나는 게 더 힘들 것 같아서 말이다."

남의 일처럼 가볍게 말했기 때문에 무심코 고개를 돌렸던 강우진이 어금니를 물었다. 강석규의 눈에서 눈물이 흘러내리고 있었기 때문이다. 강석규가 눈물을 닦지도 않고 말을 이었다.

"난 여기 이제는 다시 오고 싶지가 않다. 네가 여기 살아라."

"…."

"다낭에 왔을 때 여기서 지내면 좋을 거야. 다 네 명의로 해주마."

그러고는 강석규가 땀을 닦는 듯이 수건으로 꼼꼼히 눈물을 닦았다. 그러면서 또렷하게 말했다.

"어, 오늘 실컷 울었다."

꼭 뭘 실컷 먹었다고 한 것 같다.

오후 7시. 강석규와 강우진은 2층 식당에서 저녁을 먹는다. 저택은 건평이 300평쯤 되었는데 1층에는 연회용 대식당이 있고 2층 베란다에 식탁이 차려져 있다. 방이 하인방까지 모두 12개, 2층은 강석규와 강우진이 사용했고 하인들과 경호원, 운전사들은 아래층을 쓴다. 베란다에서는 바다가 한눈에 내려다보였기 때문에 둘은 베란다 유리문을 활짝 열어놓고 식사를 했다.

"내가 여기서 네 엄마하고 너까지 셋이 밥 먹는 것을 꿈꾸어 왔다면 믿겠냐?"

바닷가재 살점을 포크로 찍으면서 강석규가 물었다. 강우진은 스파게티를 씹기만 했고 강석규가 혼잣말처럼 잇는다.

"이 집 공사하면서 여러 번 왔다. 1년 동안 공사를 했는데 여기 들어오는 길의 야자수도 다 내가 골라서 심은 거야."

"…."

"홍콩, 대만, 싱가포르에 갔다가 여기 들르는 건 고 실장만 안다."

"…."

"그걸 다 네 엄마한테 말해줬어야 했는데…, 다 해놓고 놀래 주려고 했다가…."

그때 강석규가 쓴웃음을 지었다.

"내가 말하기가 어색해서 미뤘는지도 모른다. 내가 원체 그런 일에는 서투르니까."

그러더니 다시 바닷가재를 포크로 찍으면서 말했다.

"나하고 여기서 사흘만 지내자."

"찾았습니다."

최광수가 상반신을 기울이며 최경애를 보았다. 조선호텔 라운지의 회의실 안. 밀담을 나누기에는 적당한 장소다. 회의 탁자가 놓인 방이 크기는 하지만 완전히 외부와 차단되어있다. 오후 5시 반, 최경애의 시선을 받은 최광수가 입을 열었다.

"이름이 강우진, 26세, 명성대를 졸업하고 혼자 삽니다."

"혼자?"

최경애가 이글이글 타오르는 눈으로 최광수를 보았다.

"그년은 따로 사는 거야?"

"죽었습니다."

순간 숨을 들이켰던 최경애가 입술도 달싹이지 않고 물었다.

"언제?"

"석 달쯤 되었습니다."

"석 달?"

"예, 사망신고도 되었습니다."

"죗값을 받은 거지. 뭐로 죽었는데?"

"그건 잘 모르겠는데 집이 압구정동 신성아파트구먼요."

"비싼 곳인데, 그 개 같은 놈이…."

숨을 들이켰던 최경애가 다시 묻는다.

"강 누구라고?"

"강우진입니다."

236

"그놈이 이름도 돌림자로 지어줬구만. 지금 어디 있는 거냐?"

"집은 비워놓고 딴 데서 지내는 것 같습니다."

"찾아."

"그러지요. 그런데 누님."

최광수가 조금 흐려진 눈으로 최경애를 보았다.

"찾아서 어떻게 하시려고 합니까?"

"어떻게 하다니?"

최경애가 목소리를 높였다가 숨을 고르고는 낮게 말했다.

"없애야지."

"누님."

"그놈이 상속인 중 하나가 될 것 아니냐?"

"그, 그렇지만."

"그 암캐 같은 년의 뱃속에서 나온 놈이 내 재산을 빼앗아가? 절대로 안 되지."

"하지만…."

"돈 주면 못할 일이 어디 있냐? 얼마든지 찾을 수 있지 않아?"

"하지만 만일에…."

"조선족 해결사는 몇천만 주면 무슨 일이든지 한다고 하더라. 아니, 몇백만 줘도…."

"누님, 위험합니다."

"몇조, 몇십조가 날아갈 수 있어. 강석규 그놈이 그 암캐 아들한테 몽땅 떼어 줄 수도 있단 말이다!"

최경애의 입 끝에 게거품이 일어났다.

"내 자식들 몫뿐만 아니라 내 몫, 네 몫까지 날아갈 수도 있어!"

고재성이 녹음테이프의 버튼을 눌러 껐지만, 강석규는 옆쪽 벽을 응시한 채 한

동안 입을 열지 않았다. 오후 3시 반. 이곳은 그룹 회장실 안이다. 강석규는 오늘 오전에 귀국해서 바로 회사로 출근한 것이다. 그러고 나서 방금 고재성이 '팀'을 시켜서 녹음해온 최경애와 최광수의 밀담을 들었다. 조선호텔 라운지에서 나눈 밀담이다. 그때 강석규가 고개를 돌려 고재성을 보았다.

"고 실장."

"예, 회장님."

"내가 다 내려놓고 싶어."

고재성이 시선만 주었고 강석규가 말을 이었다.

"내가 처음에는 먹고 살려고 사업을 했어. 일단 가난에서 벗어나고 보자. 그래서 나, 내 식구 먹고살도록 해보자…"

"…"

"이렇게 시작했다가 회사가 좀 커지니까 욕심이 생기더라고. 더 크게, 더 많이. 그래서 직원들도 더 고용하고…"

"…"

"자장면 먹다가 갈비를 먹, 버스 타다가 택시를 타고, 나중에 자가용 타는 재미에 보람이 생겼지."

"…"

"그러다가 더 커지니까 국가, 국민을 생각하게 되더라고."

"…"

"그것이 20년쯤 걸렸어. 그러고 나서 국가, 국민을 염두에 두고 회사를 키워왔어. 내가 이 회사, 이 가치를 내 무덤으로 다 갖고 갈 수 있겠느냐?"

"회장님."

"난 이 회사가, 이 기업이 망하지 않게 넘겨줘야 해. 그래야 지금까지 이룩해놓은 내 보람이 무너지지 않는 거야. 내가 이만큼 국가와 사회, 국민에게 기여했다는 나 혼자만의 자긍심을 말이야.”

어느덧 강석규의 얼굴이 붉어졌고 눈이 번들거렸다.

“그런데 이 짐승들은….”

강석규가 손가락으로 탁자 위에 놓인 녹음기를 가리켰다.

“내가 이룩한 명예를 더러운 손으로 갈기갈기 찢어 나누려고 하는 거야. 그래서 제 욕심을 채우려는 거야. 국가와 국민은 염두에도 없어. 오직….”

“회장님.”

이제는 고재성이 목소리를 높이자 강석규가 입을 다물었다. 그때 고재성이 눈을 치켜뜨고 강석규를 보았다.

“회장님, 이렇게 놔두면 큰일 나겠습니다. 최광수와 사모님이 그 후에 다시 만나서 체계적으로 계획을 세웠습니다.”

강석규의 눈동자에 초점이 잡혔다.

“이때도 다시 조선호텔 라운지의 회의실을 예약했는데요. 이번에도 처음부터 끝까지 밀담 내용을 녹음했습니다.”

“….”

“이건 경찰에 제시할 수도 있지만, 그때는 세계가 들썩이는 토픽 뉴스가 되겠지요. 하지만 해결책은 아닙니다.”

“….”

“그런데 그들은 목표를 바꿨습니다.”

시선을 든 강석규를 향해 고재성이 얼굴을 일그러뜨리며 웃었다.

“회장님이십니다.”

그러고는 고재성이 다시 녹음기의 버튼을 눌렀다. 그러자 10초쯤 빈 테이프가 돌아가더니 최광수의 목소리가 울렸다.

“누님, 그 사생아 놈 없애면 문제가 더 일어날 겁니다. 태진이 아버지가 눈치를 채면 큰일이 날 것 아닙니까?"

대답 소리가 안 났고 최광수의 말이 이어졌다.

"이치가 그렇지 않습니까? 사고사로 죽여도 눈치를 챌 가능성이 커요. 그럼 당장 칼끝이 우리한테 겨누어질 겁니다. 그럼 끝장이오, 누님."

"그렇다면 할 수 없지."

최경애의 목소리가 울렸다.

"청산가리를 먹이든지 심장마비로 죽이든지 해야지."

"누님, 집에서 하시는 게 가장 안전합니다. 약을 먹이고 사망 진단확인서 받는 건 일도 아닙니다. 누가 시체 해부를 합니까? 가족 동의 없이는 못 해요."

최광수의 목소리가 활기를 띠었다.

"경찰이 수사할 때나 시체 해부를 하고 사망원인 조사를 하는 거죠. 태진이 영진이가 가만있는데 누가 의심합니까? 강석규는 고혈압약 먹고 있으니까 심근경색으로 죽었다면 아무도 의심 안 합니다."

"그놈이 집에 들어와야지."

"지금 홍콩 출장이니까 돌아오면 날짜 잡으세요."

"이제는 네가 서두르는구나."

"이렇게 지내다간 내가 숨이 막혀서 죽을 것 같아서 그럽니다."

"알았다. 너하고 다시 상의하마."

"그럼 강석규를 먼저 처리하는 것으로 합시다."

녹음기의 버튼을 누른 고재성이 고개를 들고 강석규를 보았다. 시선이 마주친 순간 강석규가 숨을 들이켰다. 고재성의 눈에 눈물이 가득 고여 있었기 때문이다. 그때 고재성이 말했다.

"회장님, 정말 이런 상황이 되다니 제가 가슴이 찢어지는 것 같습니다."

고재성의 목소리가 떨렸고 곧 두 줄기 눈물이 주르르 흘러내렸다.

"제가 알아서 처리해도 되겠습니까?"

강석규가 대답 대신 고개를 돌려 벽을 보았다. 우연인지 강석규의 시선이 벽에 걸린 태극기에 닿았다. 그때 강석규가 억양 없는 목소리로 말했다.

"알았다."

금방 돌아간다고 해놓고 최경애와 약속한 지 이틀 후에 강영진은 서울에 도착했다. 지금까지 밖에서 떠돌면서 살았지만, 이번에는 최경애의 강권으로 본가로 옮겨왔다. 싫었지만 어쩔 수 없다. 강석규가 홍콩 출장에서 돌아오지 않았기 때문에 집 안에는 최경애와 강영진 둘이 남았다. 물론 집에는 가정부가 셋, 부속채에는 경비원 둘과 정원관리사가 산다. 오후 8시 반, 저녁을 마친 강영진이 무료한 낯짝으로 제 방에 돌아와 TV를 쳐다보고 있을 때 노크 소리가 나더니 최경애가 들어섰다.

"너한테 할 말이 있어."

심각한 표정으로 다가온 최경애가 앞쪽 소파에 앉았다. 최경애는 전화로 심각한 이야기를 하고 나서 지금까지 꺼내지 않았기 때문에 강영진은 긴장했다. 최경애가 입을 열었다.

"네 아버지는 30년 가깝게 나를 속이고 가족을 배신하면서 살아왔어. 넌 그것을 명심해야 돼."

"사생아가 있다면서?"

강영진이 대뜸 물었더니 최경애가 한숨부터 쉬었다.

"올해 스물여섯이다. 이름도 강우진이라고 지었다는구나."

"바쁘구먼, 그 양반."

"개새끼지."

최경애의 성격을 아는 강영진이 쓴웃음만 지었다. 다시 최경애가 말을 이었다.

"너희들 셋은 이제 깡통 차게 될 거다. 그놈 성격으로는 너희들 몫은 남지 않게 될 테니까."

"어머니, 그게 말이나 돼?"

이맛살을 찌푸린 강영진이 최경애를 흘겨보았다. 아들 중 막내인 강영진만 최경애한테 이렇게 대한다. 큰아들 강태진이나 여동생 강현정은 둘 다 결혼해서 분가했기 때문에 자주 만나지도 못한다. 그때 최경애가 말을 이었다.

"다 그렇게 빼돌릴 수가 있는 거다. 너희들 지분이 몇 퍼센트 남았지만 죽기 전에 모두 재단에다 넘기거나 국가에 반납시켜버리면 너희들은 금방 깡통 차게 되는 거야."

"뭐? 재단? 국가에 반납?"

"나머지를 사생아한테 다 넘기고 말이다. 그놈이 넘기면 우리는 손을 댈 수가 없어. 내가 변호사한테 다 물어보았어."

그놈이란 강석규다. 강영진의 이맛살이 다시 찌푸려졌다. 강석규가 보유한 동성의 공식 지분은 42퍼센트다. 일반주는 14퍼센트, 최경애와 강태진은 각각 5.5퍼센트이고 나머지 33퍼센트는 '기관주'로 6개 기관이 각각 5퍼센트 정도로 보유하고 있으나 최경애의 예측으로는 그중 절반 이상이 강석규가 비밀약정을 맺어 강석규의 뜻대로 움직이게 되어있다. 강영진과 동생 강현정은 아직 주식 배분도 받지 못한 상태이다. 그때 최경애가 목소리를 낮췄다.

"내가 네 형하고는 이야기했어. 현정이는 아직 어리고 결혼한 지 2년도 안 되니까 그 이야기는 안 했는데…"

최경애가 번들거리는 눈으로 강영진을 보았다.

"우리가 이대로 당할 수만은 없다는 생각이 들었다."

"맞아."

강영진이 바로 대답했다.

"형은 뭐래?"

"내가 하라는 대로 따르겠단다."

"그럼 어떻게 할 건데?"

"네 생각부터 듣자."

"뻔하지. 그래서 내가 이렇게 달려온 거 아냐?"

"너도 당분간 자숙해야 해. 이목을 끌어서는 안 된단 말이다."

"글쎄, 나도 어린애가 아냐. 엄마가 어떻게 할 건데, 말해."

"내가 어떻게 하든 따를 테냐?"

"그런다니까?"

그때 최경애가 심호흡을 하면서 방을 둘러보는 시늉을 하고 나서 말했다.

"네 아버지를 보낼란다."

"어떻게?"

강영진이 아무렇지도 않은 표정으로 물었다.

"내가 도와줄 일 있어?"

"집에서, 약으로."

"어떤 거?"

"심장마비를 일으키는 약이 있대."

"구할 수 있어?"

"응."

"누가?"

"네 외삼촌이."

"그 양반 믿을 수 있어?"

"너 무슨 소리를 하는 거냐?"

"일 저지르고 우리 약점 잡아서 다 빼앗아 갈 수도 있지 않겠어?"

"피를 나눈 내 동생이야, 이놈아. 이 일도 네 삼촌이 도와주지 않으면 못 한다고!"

"그러니까 우리 몫을 다 빼앗아 갈 수도 있지 않겠어? 부자간에도 이러는 상황인데…."

"일단 네 아버지가 어떻게 되면 재산은 우리한테 온다. 그때 처리하면 돼."

"하긴 그래. 그 양반도 공모자, 아니 주모자가 될 테니까. 만일 그런다면 같이 죽는 거지."

"됐다."

최경애가 똑바로 강영진을 보았다.

"그럼 집에서 너하고 내가 일을 하는 거다. 알았지?"

"알았어."

강영진이 어깨를 부풀렸다가 내렸다.

"나도 이 생활이 지겨워. 그 사람이 내 앞에서 빨리 사라져야 돼."

그 사람이 누구인가.

다낭의 별장. 오후 4시 반. 서울은 오후 6시 반일 것이다. 강우진이 핸드폰을 귀에 붙이고 발신음을 듣는다. 한 번, 두 번, 세 번 만에 김시아의 목소리가 울렸다.

"오빠?"

"왜 늦게 받아?"

"응? 세 번밖에 안 울렸는데?"

"뭐 하고 있었는데?"

"오므라이스 만들고 있었어. 미아 갖다 주려고."

"맛있게 만들었어?"

"아니, 잘 안 돼."

"시켜 먹지 그래? 병원에는 배달 안 돼?"

"안 돼."

"너 여기 올래?"

"또."

"너하고 같이 있고 싶어서."

"다음에 가자고 했잖아."

그러다가 김시아가 서둘렀다.

"잠깐, 오빠. 10분 후에 다시 전화해. 오므라이스가 타."

"오케."

핸드폰을 귀에서 뗀 강우진이 한숨을 쉬었다. 이런 대화는 요구르트 맛이다, 소화촉진, 입가심. 맨날 일, 인생, 돈, 욕심 이야기만 하다가 김시아와 나누는 전혀 내용 없는 대화, 이것이 생(生)의 활력을 주는 것을 어쩌란 말이냐.

오므라이스가 탔기 때문에 다시 계란부터 꺼냈지만 김시아의 표정은 밝다. 지금쯤 병원에서는 저녁 식사가 끝날 시간이다. 김시아가 만드는 오므라이스는 김미아와 어머니가 간식으로 밤에 먹을 것이다. 이제 김미아는 이틀 후에 퇴원이다. 검사 기간이 길어져서 예정보다 일주일 더 넘게 병원에 있지만 오히려 더 개운하다. 결과가 좋다는 통보까지 받았기 때문이다. 이제 석 달에 한 번씩 체크하면서 일상생활을 할 수 있다. 그러다가 6개월에 한 번, 1년에 한 번씩으로 기간이 길어진다고 한다. 저도 모르게 콧노래를 부르던 김시아는 문득 이것이 강우진 때문이라는 생각을 한다, 김미아가 다 나은 것도 자신이 이렇게 행복한 것도 모두. 그런데 나는 강우진에게 뭘 해줬지? 내가 강우진을 행복하게 만들어 주었을까? 문득 손을 멈춘 김시아가 그것을 강우진에게 물어보고 싶어졌다.

감찰팀 박상호는 고재성의 심복이다. 이번 '가족사건'은 최극비에 해당하는 작업이었기 때문에 고재성은 믿을 만한 부장급 인원을 신중하게 선발했다. 재계 2위인 동성그룹의 생사(生死)가 걸린 과업인 것이다. 고재성과 박상호의 입장에서는 수천억 불의 사업보다도 이것이 더 중요하다. 사주(社主)이며 창업자이며 애국자이기도 한 강석규가 암살당하기 일보 직전이다. 그것도 가족, 처자식에 의하여 암살당하려고 한다. 더구나 재산을 빼앗기 위한 살인음모. 지금 둘은 탁자 위에 놓인 녹음기를 응시하고 있다. 방금 들은 녹음기에서 울리는 최경애와 강영진의 대화를 들은 것이다. 고재성은 박상호를 시켜서 이태원 저택 안에 녹음기와 CCTV를 장착했다. 저택의 자가발전 변압기를 교체하면서 기술자들이 저택의 곳곳에 20여 개를 설치해놓은 것이다. CIA보다 월등한 수준을 갖춘 기술자들이었다. 그때 고재성이 입을 열었다.

"자, 흥분하지 말자. 이것들은 인간이 아니다. 그저 적이야, 악마라고."

6장. 더러운 가족

"검찰에서 오셨는데요."

비서실장 서인호가 당황한 표정으로 최광수를 보았다. 오전 9시 반, 최광수는 방금 출근한 참이다. 동성제철의 사장실 안. 놀란 최광수가 의자에 앉지도 못하고 물었다.

"왜?"

그때 문이 열리면서 사내 셋이 들어섰다, 셋이나. 앞장선 사내가 주머니에서 접힌 종이를 꺼내 흔들면서 말했다.

"최광수 씨 맞죠?"

"어!"

대답도 아니고 그냥 놀란 외침, 입이 '빵' 벌어졌고 어깨가 늘어졌으며 눈의 초점이 흐려졌다. 최광수의 55년 인생에서 이런 일은 처음. 그때 다가온 사내가 말을 이었다.

"최광수 씨, 당신을 공금횡령, 사문서위조, 협박 및 외화 해외 밀반출 혐의로 체포합니다. 당신은 묵비권을 행사할 권리가 있으며…."

사장실 안에는 서인호 등 비서가 세 명이나 들어와 있지만 모두 얼어붙었다. 검찰청 수사관들이다. 최광수의 손목에 수갑이 채워졌고 등을 떠밀려 사장실을 나갔다. '압수수색영장'을 받아 온 터라 수사관 10여 명이 이제는 사장실을 뒤지고 있다. 최광수는 다리 힘이 풀려 현관 앞에 대기 중인 차에 다가갈 때까지 세 번이나 넘어질 뻔했다.

10시 정각의 TV 보도. 최경애는 강태진의 전화 연락을 받고 나서 동성제철에 확인하기도 전에 TV를 본다. 재빠른 보도다.

"동성제철 최광수 대표는 공금 355억을 횡령, 해외에 은닉한 혐의 외에도 사문서위조, 거래처 불법 선정, 협박 등 죄목이 8가지나 됩니다."

기자가 열띤 목소리로 말을 잇는 옆쪽에 최광수가 현관 앞에서 차에 타는 장면이 나오고 있다. 최경애는 입을 딱 벌린 채 소파에 앉아 TV만 응시하고 있다. 온몸이 굳어 있다. 저택의 응접실 안. 최경애는 실크 가운 차림이다. 다시 앵커가 힘차게 말을 잇는다.

"최광수 대표는 동성그룹 강석규 회장의 처남으로 그동안 재계에서 영향력을 행사해 온 인물이었습니다. 검찰은 최광수의 행적을 반국가사범 수준으로 간주하고 있습니다. 특히 355억 원 가까운 공금을 해외에 은닉시켜 놓은 것은 그동안 동성제철이 어떻게 운영되었는지를 극명하게 드러낸 증거일 것입니다."

"이런 개 같은!"

마침내 최경애의 입에서 비명 같은 외침이 터졌다.

"음모야! 저건 음모라고!"

최경애가 앞에 놓인 우유 잔을 들어 TV에 대고 던졌다.

"바싹!"

크리스털 잔이 초대형 TV에 정통으로 부딪치더니 뒤쪽에서 불꽃이 튀었다. 그 와중에도 놀란 최경애가 뒤로 물러섰을 때 연기가 피워 올랐다. 가정부가 달려왔다. 부서지는 소리를 들은 모양이다.

"불! 불!"

가정부가 소리치자 주방 아줌마가 달려왔다. 주방 아줌마가 외쳤다.

"소화기!"

그때 서재 쪽 복도에 있던 가정부까지 달려왔다. 집에는 가정부, 주방 아줌마까지 넷이 있다.

"어머니, 어떻게 된 거예요?"

강영진이 물었을 때는 30분쯤이 지난 후다. 둘은 최경애가 사용하는 뒤쪽 응접실에 마주 앉아있다. 1층에 방이 10개다. 1층 뒷부분이 독채 형식으로 최경애와 강영진의 방이 있는 것이다. 집주인 강석규는 2층 1백 평 정도를 쓴다. 어젯밤에도 집에서 술 마시고 늦게 일어난 강영진이 충혈된 눈으로 최경애를 보았다. 강영진도 제 방에서 TV를 본 것이다.

"음모야, 강석규가 손을 쓴 거다."

최경애가 이 사이로 말했지만, 목소리에 힘이 들어가지는 않았다. 최광수의 증거는 너무나 뚜렷한 반면에 강석규가 했다는 증거는 빈약했기 때문이다. 그때 강영진이 다시 물었다.

"그럼 그 계획도 미뤄지는 거요?"

"그 계획이라니?"

되물었던 최경애가 고개를 저었다.

"천만에. 이젠 더 서둘러야지."

지금 강석규는 울산의 자동차공장 준공식에 가 있다. 귀국하고 나서 집에 들르지도 않고 바로 울산공장에 간 것이다. 울산공장 준공식이 큰 행사이긴 했다. 10만 평 규모의 제4공장이 준공되었기 때문에 대통령까지 참석할 예정이다. 그런데 동성그룹 주력사 중 하나인 동성제철 사장이 구속되다니. 최경애가 외면한 채 말했다.

"그놈이 눈치챘는지도 몰라. 이젠 멈출 수 없어."

"아유, 빨리 끝냅시다."

강영진이 머리를 절레절레 흔들었다.

"난 정떨어진 지 오래야. 이대로는 더 견딜 수 없어."

울산의 동성자동차 회장실 안. 동성자동차에도 회장실을 만들어 놓아서 강석규가 고재성과 마주 앉아있다. 오후 1시 반, 최광수 사건 발생 4시간 후, 고재성이 입을 열었다.

"최광수 씨는 변호사를 셋 선임했지만 빠져나가기 힘듭니다. 아마 5년 형을 받고 횡령한 자금에다 벌금까지 내놓아야 할 것입니다."

강석규는 외면한 채 듣기만 했다.

"최광수가 회사 비리를 폭로한다는 식으로 자폭할 가능성도 없습니다. 그때는 부사장 문정구 등이 증인으로 나서서 최광수에게 형이 가중될 테니까요."

고재성이 번들거리는 눈으로 강석규를 보았다.

"언론에서는 계속해서 최광수의 비리를 터뜨리고 있습니다. 곧 사모님과의 비리도 터질 것입니다."

강석규가 고개를 끄덕이다가 혼잣소리로 말했다.

"내가 베트남에서 우진이하고 사흘을 함께 보냈어."

"…."

"우진이 엄마가 죽기 전에 그랬어야 했는데."

"…."

"이게 무슨 꼴인가?"

눈동자의 초점을 잡은 강석규가 고재성을 보았다. 그러자 고재성이 어깨를 부풀렸다가 내렸다.

"정리하셔야 합니다."

"오빠, 나 집이야."

김시아의 목소리는 밝다.

"미아하고 같이 있어."

미아가 퇴원했다는 말이다. 오후 1시 반, 서울은 오후 3시 반이다. 강우진이 전화기를 고쳐 쥐었다.

"나 오늘 오후에 출발이야."

"몇 시에 도착하는데?"

"그건 알 것 없고, 내가 도착하면 연락할 테니까"

김시아가 공항에 나올까 봐 그렇게 말한 것이다.

"글쎄, 비행기 도착 시간을 말해야 내가 준비하지."

"무슨 준비?"

"오빠 저녁밥."

"무슨, 밤 9시에 도착하는데."

"9시 도착이구나."

"공항 나오지 마. 귀찮아."

"내가 귀찮아?"

"말꼬리 잡을래?"

"오빠 마중 나올 사람 있어?"

"있어."

그때 김시아가 큭큭 웃었기 때문에 강우진이 어깨를 늘어뜨렸다. 김시아가 말을 이었다.

"알았어. 오빠, 도착하면 전화해."

"그래."

"오피스텔로 바로 올 거지?"

"응."

"그럼 내가 오피스텔에 가 있을게. 늦더라도 저녁 해놓을게."

통화가 끝났을 때 강우진의 얼굴에 웃음이 떠올랐다. 이곳은 다낭의 사무실 안. 전화도 설치했기 때문에 김시아한테 제일 먼저 국제전화를 했다. 이제 두 번째로 통화할 사람은 서울 우진상사의 오영주다.

오후 4시, TV 뉴스 시간. 눈에 익은 앵커가 다시 신바람이 난 얼굴로 방송을 시작했다.

"동성제철 최광수 사장의 계좌를 추적한 결과 5천만 불 정도의 달러가 입금된 것이 발견되었습니다. 그런데 그 입금자가 동성그룹 강석규 회장의 부인이며 최광수 사장의 누나인 최경애 씨인 것이 밝혀졌습니다."

그 순간 침실에서 TV를 보던 최경애가 들고 있던 커피 잔을 떨어뜨렸다.

"음모야!"

새파랗게 질린 최경애가 발악하듯 소리쳤다.

"이건 강석규의 음모야!"

그때 집에 있던 강영진이 뛰어 들어왔다. 강영진도 TV를 본 것이다.

"엄마! 어떻게 된 거야!"

강영진이 소리쳐 물었을 때 최경애는 이제 방에 놓인 기물을 집어 던지기 시작했다. 탁자 위에 놓인 골동품 꽃병이 벽에 던져져 부서졌다.

"엄마, 왜 그래!"

TV 내용보다 최경애의 발작에 짜증이 난 강영진이 소리쳤다. 가정부들이 모였지만 방으로 들어오지는 못했다.

252

"참 돈도 많은 집안이다."

TV를 본 이선옥이 감탄한 표정으로 말했다.

"5천만 불이면 한국 돈으로 얼마냐?"

"한 5백몇십억 될 거야."

김미아가 착실하게 대답했다. 김시아는 주방에서 토마토를 씻고 있다.

"아이고머니!"

이선옥이 놀란 탄성을 뱉었지만 건성이다. 실감하지 못했기 때문이다. 앵커가 신바람이 난 표정으로 말을 이었다.

"경찰은 곧 최경애 씨도 소환 조사를 할 예정입니다."

그때 토마토를 담은 그릇을 들고 김시아가 다가오며 말했다.

"나 오늘 저녁에 민경이 만나서 자고 올게."

"응, 그래라. 내일 오전에는 돌아와."

이선옥이 토마토를 집으면서 말했고 앵커의 목소리가 방을 울렸다.

"동성그룹 관계자의 말에 따르면 이번 사건은 개인의 일탈에 의한 범죄 행위이며 그룹 이미지의 손상은 입겠지만 사업 전반에 대한 피해는 없을 것이라고 말했습니다."

강석규가 소파에 기대앉아 앵커의 말을 듣고 나서 고재성에게 손짓을 했다. 고재성이 리모컨의 버튼을 눌러 TV를 껐다.

"기자들이 취재 요청을 했지만 이삼 일만 지나면 시들해질 것입니다."

자리에서 일어선 고재성이 외면한 채 말을 이었다.

"내일 준공식은 차질 없이 진행하겠습니다, 회장님."

공항버스를 타고 정류장에 내렸을 때는 밤 10시 15분. 택시로 오피스텔 앞에 도착했을 때는 10시 반이다. 강우진은 트렁크 2개를 끌고 로비를 건너 엘리베이터를 탔고 다시 복도를 걸어 방문 앞에 섰다. 오피스텔 현관에서 이곳까지 오는 것이 다 낭에서 인천까지 비행기 타고 오는 것보다 더 긴 것 같았다. 열쇠를 꺼내 문을 열었을 때 와락 덮쳐오는 냄새, 김치찌개, 기름에 튀긴 소시지, 그때 눈앞에 김시아가 나타났다. 활짝 웃는 얼굴, 노란 바탕에 붉은 꽃무늬가 박힌 원피스, 머리는 뒤로 묶었고, 어라? 화장을 했다. 루주를 바른 붉은 입술이 벌어져 있다. 트렁크를 내려놓은 강우진이 두 팔을 활짝 벌렸더니 다가오던 김시아가 주춤했다. 눈을 흘긴다. 부끄러운 표정. 그러나 걸음은 멈추지 않고 속도를 줄인 채로 덥석 안겼다. 강우진이 굵은 '개'처럼 입으로 김시아의 얼굴을 쑤셨다. 비볐다고 해야 하나? 김시아가 부끄러운지 목은 움츠리고 고개를 비틀었기 때문이다. 그러나 두 팔로 강우진의 허리를 단단히 감은 자세, 곧 찾았다! 강우진의 입이 김시아의 입술을 찾았다는 말이다.

"아!"

탄성인지 숨이 막힌 비명인지 외침이 김시아의 입에서 울렸고 발에 걸린 트렁크가 현관 앞에서 넘어갔다.

11시 15분, 침대에서 상반신을 일으킨 최경애가 자기 전에 먹는 수면제 1알을 입에 넣고 잔에 물을 따랐다. 그러고는 세 모금을 삼키고 나서 잔을 내려놓았다.

"빨리 와."

침대에서 강우진이 세 번째 소리쳤을 때 욕실 문이 열리더니 가운 차림의 김시아가 나타났다. 물기에 젖은 머리를 수건으로 감았지만, 한쪽이 무너져서 곧 풀어질 것 같다. 강우진에게 눈을 흘긴 김시아가 먼저 벽으로 다가가 전등 스위치를 내렸다. 방이 어두워졌지만, 강우진의 머릿속에 김시아의 맨다리와 한쪽 발에만 걸

254

친 슬리퍼까지 영상으로 남았다. 그때 어둠 속에서 김시아가 다가왔다. 강우진도 다시 두 팔을 벌려 김시아를 맞는다.

그 시간에 강영진과 강태진은 통화 중이다. 강태진이 강영진에게 전화를 한 것이다. 형제간 사이가 좋은 편은 아니었지만, 요즘은 비상시국이다. 최경애의 조언 때문이기도 해서 둘은 하루에 한 번 정도는 연락하고 있다.

"어머니 분위기 어떠냐?"

강태진이 묻자 강영진은 혀부터 찼다.

"어쩌긴 최악이지. 물건이 몇 개나 박살 났어."

"지금 뭐하셔?"

"자겠지. 그나저나."

어깨를 부풀렸다가 내린 강영진이 말을 이었다.

"나한테 빈대 노릇을 하더니 삼촌한테 5천만 불이나 송금했더군."

"…"

"이거 어머니도 잡혀가는 거 아냐?"

"이런 상황인데도 그 양반 자동차 준공식에 가 있겠다는 거야?"

그럼 어쩌란 말이냐? 하는 소리가 나와야 정상인데 둘은 어머니 아들이다. 그냥 화가 날 뿐이다.

최경애의 시체는 아침 8시경에 발견되었다. 아침 식사를 가져간 하녀가 침대에서 자는 것처럼 죽어있는 최경애를 발견한 것이다. 당장 집에는 난리가 났고 시체는 서울대 병원으로 옮겨졌지만, 돈을 컨테이너로 갖다 줘도 시체를 일어나게 할 수는 없다. 119에서 시체를 실어갔기 때문에 119 대원들이 침실 주변 상황을 먼저 보았고 경찰까지 와서 일단 '약물 과다복용'으로 추정했다. 울산에서 자동차공장 준공식에 참석하려던 강석규는 모든 일정을 취소하고 병원으로 달려왔다. 병원에서 강태진, 영진, 현정까지 자식들을 만난 강석규가 가장 먼저 한 말은 이것이다.

"부검해서 사인을 명확히 밝혀야겠다."

강석규가 핏발이 선 눈으로 자식들을 차례로 보았다.

"먼저 왜 죽었는지부터 알아야겠다."

태진, 영진, 현정이 거들 말이 있을 리가 없다. 강석규가 옆에 선 고재성에게 지시했다.

"진행해."

최경애의 사망 소식은 언론에도 보도되었는데 대부분은 자살로 추정했다. 경찰이 '약물 과다복용'이라고 추측 발표를 한 데다가 현장에서 다량의 수면제가 들어 있는 통을 발견했기 때문이다. 어떻게 수면제를 모았는지 치사량의 5배가 넘는 양이었다. 외화 밀반출 증거까지 노출되는 바람에 충격을 받고 자살했다는 추정이 나오는 이유다.

"넌 어떻게 생각하냐?"

최경애하고 한 지붕 밑에 있었던 강영진에게 강태진이 물었다. 이곳은 병원 영안실 앞 복도. 둘은 어수선한 복도 구석에 서 있다. 동생 강현정은 울어대다가 어디로 사라졌다. 오전 11시 반. 영안실은 아직 준비되지 않았다. 시신은 곧 부검하러 보내야 하기 때문이다. 그때 강영진이 목소리를 낮췄다.

"왜 우리가 작업을 시작하기 직전에 이런 일이 일어나지?"

강영진이 눈썹을 모으고는 강태진을 노려보았다.

"이상하지 않아?"

"부검할 거잖아?"

"부검해보나 마나지."

"그럼 엄마가 살해되었단 말이냐? 누가? 누굴 시켜서?"

"엄마는 전혀 그런 낌새를 보이지 않았어. 펄펄 뛰면서 복수한다고 했다고."

"그러다가 약을 먹었을지도 모르지. 엄마 성격이 '욱' 하잖냐?"

"아냐."

강영진이 고개를 저었다.

"그런 일로 자살했을 엄마가 아냐."

"이 자식아. 그렇다면…."

"저 사람 끌고 가면 우리가 다 물려받는 거 아냐?"

"얀마, 쉽게 생각 마."

강태진이 벽에 등을 붙이더니 길게 숨을 뱉었다.

"엄마는 죽었어, 어쨌든."

"강석규가 죽였다고."

"야, 시끄러."

"내가 떠들 거야."

"엄마가 먼저 손을 쓰려 했다고 떠들래? 아버지한테 청산가리 먹이려 했다고?"

"그 증거는 없어."

강영진이 핏발 선 눈으로 강태진을 보았다.

"엄마가 저렇게 되었으니까 난 이미 끝난 거야. 이젠 죽기 살기라고, 가만있다 가는 나도 죽을 테니까."

우진상사 사무실 안. 여긴 사장실 칸막이를 트고 쇼룸으로 만들어서 공간이 커 보인다. 낮 12시 10분, 강우진이 옆쪽 자리에 앉은 오영주에게 물었다.

"내가 원단 보내놓고 퇴근할 테니까 다른 일 없지?"

"없어. 하지만…."

고개를 든 오영주가 강우진을 보았다.

"사원 하나 더 채용하면 좋겠어. 우리 회사가 동문상사 때보다 더 낫잖아? 실적이나 순이익까지."

"아직 나 혼자서 뛸 만해."

강우진이 오영주에게 물었다.

"일이 많아? 많으면 영주 씨가 조수를 하나 쓰든지."

"나도 혼자 감당할 수 있어, 아직은."

"그럼 당분간 둘이서 하자, 베트남 사무실에도 월급 줘야 하니까."

"알았어, 짠돌이 사장님."

"네가 부사장 해."

자리에서 일어선 강우진이 웃음 띤 얼굴로 오영주를 보았다. 오영주가 없었다면 우진상사가 태어나지도 않았다.

오후 1시 반, 아침도 안 먹었기 때문에 병원 근처의 한식당에서 설렁탕을 먹고 나온 강태진이 영안실 옆 대기실로 들어섰다. 특실이어서 상주 대기실에는 칸막이가 쳐졌고 간이침대도 3개나 놓였다. 강영진은 보이지 않았고 그룹 비서실 직원이 대기실을 치우고 있다가 서둘러 나갔다. 최경애의 시신은 국과수로 넘겨졌는데 오늘 중 결과가 발표될 것이었다. 빠른 검사결과다. 영안실 준비는 다 되었다. 시신 없는 영안실이지만 수많은 곳에서 온 조화가 가득 찼고 안쪽의 장미가 가득한 제단에는 최경애의 웃음 띤 영정이 놓여 있다. 강태진이 대기실의 소파에 앉았을 때다. 40대쯤의 사내 하나가 곧장 다가와 앞에 섰다. 처음 보는 사내다. 시선이 마주쳤을 때 사내가 목소리를 낮추고 말했다.

"전 최 사장님 지시를 받고 일해 온 동성제철 비서실 이국찬 부장입니다."

사내가 번들거리는 눈으로 강태진을 보았다.

"최 사장님이 구속되시고 사모님까지 안타깝게 되셨기 때문에 저도 숨어 있을까 했습니다만 아무래도 상무님한테는 말씀드려야 할 것 같아서요."

사내가 말하는 동안 이마에서 땀이 배어났다. 강태진이 주위부터 둘러보았다. 이국찬 부장은 외삼촌 최광수의 지시를 받고 움직인 아군일 것이었다. 외삼촌과 어머니가 연합해서 작전을 진행 중이라는 것을 알고 있는 요원이다. 그리고 강태진 강영진 두 형제도 같은 통속이라는 것도 안다. 고개를 끄덕인 강태진이 자리에서 일어섰다. 빈 영안실을 지킬 필요는 없다.

"나갑시다."

같이 나가도 되겠지.

10분 후, 둘은 호텔 지하 주차장에 주차된 강태진의 승용차에 들어가 앉아있다. 운전사를 내보내고 둘이 뒷좌석에 앉아있는 것이다. 이국찬이 입을 열었다.

"저는 사장님 지시를 받고 강우진 씨를 추적했습니다. 그러다가 이런 상황이 벌어진 것입니다."

이국찬이 번들거리는 눈으로 강태진을 보았다.

"사장님이 체포되시기 직전에 저한테 지시하셨습니다. 앞으로는 사모님한테 보고하라고요."

"…."

"그런데 사모님까지 이렇게 되시는 바람에…."

숨을 들이켠 이국찬이 말을 이었다.

"저는 사장님의 심복입니다. 아니, 사장님의 신임을 받고 지금까지 커 왔기 때문에 끝까지 책임을 다하겠습니다."

그때 강태진이 불쑥 말했다.

"앞으로는 나한테 보고해요, 지금까지 조사한 정보나 또 다른 일도."

"예, 상무님."

목이 메었는지 이국찬이 숨을 들이켰다.

"먼저 강우진에 대해서 보고 드리겠습니다."

강태진의 시선을 받은 이국찬이 말을 이었다.

"대림동에 20평짜리 사무실에서 우진상사라는 직원 2명짜리 무역회사를 운영하고 있습니다."

"운영하고 있다고 했어요?"

"네, 상무님."

"누가 차려준 거요? 말하자면 회장님이…"

"그건 모르겠습니다만."

이국찬이 고개를 비틀었다.

"그럴 가능성도 있지요."

"직원이 둘?"

"예, 본인까지 둘입니다."

"가봤어요?"

"아닙니다. 옆 사무실 직원한테 물어보았습니다."

"…"

"며칠 전에 베트남에 다녀왔더군요."

"얼마 전에 걔 어머니가 죽었지?"

"예, 그렇습니다. 그건 전에 보고 드렸지요."

"강우진이란 애에 대해서 말해 봐요."

"군에 갔다 왔고 명성대를 졸업했습니다. 올해 26살이 되었군요."

"지금 사는 집은?"

"압구정동의 아파트에서 어머니하고 같이 살았는데 지금은 비어 있습니다. 매물로도 나와 있지 않고요."

"거기로 자주 갔겠군."

"네?"

"회장님이 말이오."

"아."

"지금은 비었다고?"

"예, 회사 근처인 대림동의 오피스텔에 전세로 들어가 삽니다."

"돈을 많이 준 모양이군."

"…"

"회사도 차려준 모양이야. 벌써부터 사장을 만들어 놓았군, 26살밖에 안 된 놈에게."

"…"

"이제야 나하고 영진이한테 남의 자식처럼 대한 이유를 알겠군."

강태진이 외면한 채 말하더니 이국찬을 정색하고 보았다.

"앞으로는 나한테 보고해요. 오더도 내가 줄 테니까."

오후 4시 반. 공장에서 싣고 온 원단을 운송업체 사무실에 내려놓은 강우진이 승합차에 올라 핸드폰 버튼을 눌렀다.

"오빠야?"

곧 김시아의 목소리가 울렸다.

"응. 넌 어디야?"

강우진이 먼저 물었다.

"지금 압구정동."

"응? 거긴 왜?"

"면접 보고 가는 거야."

"무슨 면접?"

"편의점 알바."

김시아의 목소리가 웃음기를 띠었다.

"내일부터 출근. 오후 3시부터 12시까지."

"…."

"일해야 돼, 오빠."

"…."

"곧 정상적인 일 찾을 수 있을 거야. 물론 편의점 알바도 비정상적인 일이 아니지만."

"너 오늘 시간 있어?"

"오빠 몇 시에 끝나는데?"

"지금 끝났어."

"난 오늘 일찍 들어간다고 했는데…."

그때 강우진은 김시아의 집에 찾아가기로 마음먹었다.

"내가 거기로 갈게."

일단 그쪽으로 간다고 하자.

소파에 등을 붙이고 앉은 강석규의 표정은 어둡다. 입을 꾹 다물었다. 시선은 창밖으로 향해있고 초점이 멀다. 동성그룹 회장실 안이다. 오후 6시 반, 퇴근 시간이 지났지만, 강석규는 회장실에 앉아있다. 그때 안으로 고재성이 들어섰다. 고재성도 머리칼이 부스스했고 다가오는 걸음이 허청거리는 것 같다. 그러나 눈동자의 초점은 잡혀 있다.

"회장님, 방금 국과수 결과가 나왔습니다. 사인은 수면제 과다복용입니다."

앞쪽에 선 고재성이 말을 이었다.

"사모님이 수면제를 다량 섭취하고 사망하신 것으로 결론이 났습니다."

"…"

"30분쯤 후에 발표가 있을 것입니다."

아직도 창밖을 응시하고 있는 강석규의 옆얼굴에 대고 고재성이 열심히 말했다.

"오늘 밤 안에 시신을 영안실로 모시겠습니다. 지금 직원들을 보냈으니까 좀 쉬셨다가 가시지요."

"애들한테 연락했나?"

"예, 비서실에서 통보했습니다."

애들이란 강태진, 강영진, 강현정을 말한다. 강태진은 처와 6살짜리 아들 하나가 있고 강현정은 3살짜리 딸이 하나, 강영진은 미혼이니 며느리, 사위 포함해서 가족이 7명이다. 고개를 돌린 강석규가 고재성을 보았다. 이제는 눈동자의 초점이 잡혀 있다.

"애비를 죽이려고 모의했던 놈들이야."

고재성이 숨을 들이켰을 때 강석규의 얼굴에 일그러진 웃음이 떠올랐다.

"그놈들은 국과수의 결과를 믿지 않을 거야, 그렇지?"

"믿어야지 어쩌겠습니까?"

"간발의 차이로 당했다는 생각을 할 거야. 그놈들이 내 시선을 피하고 있었어."

"회장님."

고개를 든 고재성이 강석규를 보았다.

"다 예측하고 준비하고 있습니다."

고재성의 두 눈이 번들거리고 있다.

길가에서 기다리라고 했기 때문에 승합차는 양재동 길가에 서 있는 김시아 앞에 멈춰 섰다. 타라고 하기도 전에 강우진을 발견한 김시아가 냉큼 옆자리에 오른다. 퇴근 시간이다. 차를 발진시킨 강우진이 김시아에게 물었다.

"배고파?"

"아니."

김시아가 강우진에게 되물었다.

"오빠는?"

"우리, 집에 가기 전에 뭐 먹고 갈까?"

"응?"

무슨 말인지 잘 못 들은 김시아가 강우진을 보았다.

"어디 가?"

"네 집에."

"왜?"

"엄마한테 인사도 하고 미아도 봐야지."

김시아가 강우진의 시선을 받은 채 멍하니 있다 어깨를 늘어뜨렸다.

"오늘?"

이렇게 묻는 건 저절로 나온 소리다. 그러나 강우진은 의지를 담고 대답했다.

"응. 오늘."

"안 돼."

"왜?"

"준비 안 됐어."

"무슨 준비?"

"오빠 만날 준비."

"그때는 보고 싶다고 했다면서?"

"그땐 고마워서 정신없었을 때니까."

"정신없을 때나 나를 보는 거냐? 나를 보려면 미쳐야 해?"

그때 김시아가 갑자기 울상을 지었기 때문에 강우진이 얼른 말을 바꿨다.

"그래, 밥 먹고 술 먹자."

장례식이 치러졌다. 이젠 언론의 관심도 사라졌기 때문에 가족만 모인 장례식이 끝나고 일상으로 돌아왔다. 강석규는 저택으로 들어갔는데 강영진은 도망가다가 잡혔다. 아예 보따리를 싸 들고 오피스텔로 가려다가 비서실 직원에게 잡힌 것이다. 물론 강석규가 보낸 직원과 저택에서 잠깐 실랑이가 있었지만, 강영진은 결국 제 방으로 돌아왔다. 장례식을 치른 오후에 일어난 사건이다. 물론 최경애가 살아 있다면 강영진은 그냥 들어갔을 것이다. 그날 오후 8시, 저택에는 3남매가 다 모였다. 2층 응접실에 모인 직계는 4명, 강석규와 강태진, 강영진, 강현정이다. 며느리와 사위, 손자는 아래층에 있다. 강석규의 지시다. 강석규가 앞쪽 소파에 앉은 셋을 둘러보았다. 긴 소파에 강태진과 강현정이 정면으로 나란히 앉았고 강영진은 왼쪽에 따로 앉았다. 역시 '삐딱한 놈.' 강석규가 입을 열었다.

"가슴이 아프겠지만 견디어라."

강석규가 말을 이었다.

"너희들도 이미 성인이니까 스스로 절제할 수 있으리라고 믿는다."

"…"

"내가 너희들한테 아버지로서의 의무는 다할 것이다."

셋의 표정은 제각각이다. 강태진은 강석규의 가슴께에 시선을 둔 채 멍한 표정이고 강영진은 외면하고 있다. 둘 다 굳은 얼굴이다. 강현정만 흐린 눈으로 강석규의 시선을 받는다. 그때 강석규가 길게 숨을 뱉었다.

"태진이, 영진이는 무슨 말인지 잘 알겠지. 너희들에게 한 가지만 부탁하자."

강석규의 얼굴이 일그러졌지만, 목소리는 한 마디씩 분명했다.

"천륜은 버리지 마라."

그러고는 고개를 끄덕여 말이 끝났다는 시늉을 했다.

2층에서 내려온 강영진이 강태진의 팔을 끌고 구석으로 데려갔다. 강현정과 사위 유문수가 시선을 주었지만 아랑곳하지 않았다.

"가만있을 거야?"

불쑥 강영진이 묻자 강태진이 이맛살을 찌푸렸다.

"그럼 어쩌겠다는 거야?"

"어머니를 죽이지 않았느냐고 물어봐야지."

"미친놈, 네가 하지 왜 날 시켜?"

"형도 공모했잖아."

"뭘?"

"강석규 죽이는 거."

그때 눈을 치켜뜬 강태진이 바짝 다가섰다. 입술 끝이 떨리고 있다.

"너 죽고 싶어?"

"이판사판이야."

"죽으려면 너 혼자 죽어, 이 약쟁이야."

"넌 형 노릇이나 제대로 해."

마침내 강영진이 이 사이로 말했다.

"난 끝까지 엄마 복수를 할 테니까."

"넌 미친놈이야."

강태진이 강영진에게서 비켜서며 말했다.

"엄마도 너 때문에 죽었어. 네놈 마약값 대느라고."

눈을 부릅뜬 강영진이 입을 딱 벌렸지만, 강태진이 등을 돌린 후였다. 옆쪽에서 강현정 부부가 쳐다보고 있었기 때문에 강영진은 말을 뱉지 못했다.

　고재성도 저택에 있었다. 정원 왼쪽의 손님과 고용원들 숙소인 별관에 있다가 비상계단을 통해 본관 2층으로 올라왔다. 고재성은 비상구의 키도 가지고 있다. 응접실로 들어선 고재성이 소파에 우두커니 앉아있는 강석규 앞으로 다가가 섰다. 사장급 비서실장 고재성이 명목을 내걸 필요는 없다. 가면 가는 것이지. 오늘은 저택에 고립된 상황인 강석규를 보호하려는 목적이 크다.

　"회장님, 조금 전에 영진이가 짐을 싸서 나갔습니다."

　고재성이 낮게 말을 이었다.

　"비서실 직원 둘을 따라가게 했습니다. 오피스텔로 갈 것 같은데요."

　"…"

　"아래층 태진이, 현정이 가족도 곧 떠날 것 같습니다."

　"…"

　"영진이는 당분간 오피스텔에서 지내도록 하는 것이 낫겠습니다."

　"…"

　"석 달 가깝게 건설의 자재부장 자리를 비웠는데요. 제가 영진이한테 연락해서 며칠 쉬었다가 출근하도록 조치하겠습니다."

　"그놈들이 날 죽이려고 모의했어."

　강석규가 입술도 달싹이지 않고 말했지만, 고재성은 들었다. 시선을 내린 고재성에게 강석규가 말을 이었다.

　"내가 아까 천륜을 버리지 말라고 했어. 그게 어떤 말인지 알아들었을까?"

　"우리가 알고 있는지는 모를 것입니다."

　"영진이보다 태진이가 위험해."

　고개를 든 고재성에게 강석규가 쓴웃음을 띤 얼굴로 말을 이었다.

"그놈은 속으로 꽁하는 기질이 있어. 음모가야. 내 치밀함과 제 어머니의 잔인함을 절반씩 품고 있는 놈이지. 그 대신 큰 것은 못 보고 작은 것에 집착하고 오래가는 성품이야."

"…"

"영진이는 방만하고 절제가 없는 데다 감정적이고 욱하는 성격이지. 전혀 내 단점도 닮지 않은 놈인데 아무래도 내 자식 같지가 않아."

"그럴 리가 있습니까?"

"어쨌든 태진이 주변을 조사해보도록. 그놈 주변에 최광수의 잔존 세력이 꼬일 가능성이 있으니까."

"알겠습니다."

"우진이."

불쑥 말을 내놓은 강석규가 어느덧 충혈된 눈으로 고재성을 보았다,

"내가 10년만 더 살면 좋겠는데."

"충분하십니다, 회장님."

고재성이 서둘러 말을 받았다. 강석규가 어떤 생각을 하는지 아는 것이다.

둘이 근무하는 터라 한 명이 외부에서 일하면 한 명은 꼭 사무실에 남아야 한다. 사무실 문을 잠그고 둘 다 나갈 수는 없다. 우편물, 원단 샘플, 갖가지 부자재가 시도 때도 없이 들어오기 때문이다.

"짜증 나."

사무실에서 오영주가 전화기를 내려놓으면서 말했다.

"오후 2시에 라벨이 온대. 난 2시까지 세무서에 서류 내러 가야 하는데."

강우진은 오후에 성수동의 폴리백 공장에 가야 한다.

"라벨 공장이 어디에 있지?"

"장안평."

"그럼 내가 거기 들러서 라벨 찾아서 폴리백 공장에 갈게. 여기 오지 말라고 해."

"하이고."

오영주가 혀를 찼다.

"그러지 마. 내가 세무서에 내일 가면 돼."

그러더니 오영주가 눈을 흘겼다.

"우리 직원 하나 더 쓰는 대신 월급 올리자. 이게 뭐야, 정신없이."

"그래."

강우진이 고개를 끄덕였다.

"이번 달부터 30퍼센트씩 올리자."

"농담이야!"

오영주가 와락 소리쳤다.

"절약하자면서! 절약해서 빌딩 사고 회사 상장해야지!"

성수동 공장으로 달리는 승합차 안에서 강우진이 핸드폰을 받는다. 오전 10시 반, 김시아의 전화다.

"오빠, 어디야?"

"공장가는 중."

리시버를 귀에 꼈기 때문에 두 손으로 핸들을 쥔 채 강우진이 말을 잇는다.

"넌 어딘데?"

"난 집이야. 미아하고 같이 있어."

"미아는 이제 동네 돌아다닌다며?"

"응. 오늘 아침에도 한 바퀴 돌았어."

지난번에는 김시아 집 근처까지 가서 술 마시고 그 근처 모텔에서 잔 것이다. 김시아 어머니와 김미아를 만나지 못했다, 지금까지. 그때 김시아가 말했다.

"오빠, 미아가 바꿔 달래. 인사하겠대."

"어, 그래?"

차의 속력을 줄인 강우진이 눈을 크게 떴다. 미아하고는 첫 통화다. 김미아의 목소리가 울렸다.

"안녕하세요."

"응, 미아구나. 반갑다."

강우진이 말했을 때 김미아가 큭큭 웃었다.

"상상했던 목소리네요."

"어떻게 상상했는데?"

"굵고 약간 저음."

"내가 목소리 조금 깐 거야."

"높여 봐요."

"미아야, 사랑해."

강우진이 목소리를 일부러 높여 말했고 김미아가 다시 웃었다.

"키 크다면서요?"

"카톡 사진 보내줄까?"

"아유 됐어요. 언니가 질투해."

"저번 날 엄마랑 널 만나려고 했더니 언니가 못 들어가게 했어."

"언니가 늦게 들어온 날?"

"그래."

"언니한테 이야기 들었어요. 집 근처에서 잤다고."

"그날 늦은 시간이라…. 언제 엄마랑 널 보러 가지?"

"아무 때나 좋아요."

"너 목소리 예쁘다."

"땡큐."

"목소리 들으니까 다 나은 것 같군."

"참."

김미아의 목소리에서 웃음기가 지워졌다.

"정말 고맙습니다. 이 인사부터 먼저 드려야 되었는데."

"내가 전화를 빨리 끊었어야 했는데."

"꼭 은혜 갚을게요."

"괜찮아. 이제 그만."

"언니 바꿔 드릴게요."

그러더니 곧 김시아가 나왔다.

"오빠, 미아 얼굴이 빨개졌어."

"왜?"

"그냥."

강우진은 심호흡을 했다. 이게 가족인가 보다. 언니, 동생, 형부, 엄마, 그리고 또 없나? 이런 게 행복인가?

"실장님의 지분만으로도 약 천억 원 가치가 있지요."

변호사 이만섭이 조심스러운 표정으로 말을 잇는다.

"그리고 돌아가신 사모님의 지분 5.5퍼센트 중에서 장남인 실장님이 약 30퍼센트를 상속받게 되십니다. 그 가치가 약 3백억쯤 될 것입니다."

동성상사 기조실장실 안, 오전 11시 반. 강태진은 그룹 외주 변호사 중 하나인 이만섭과 마주 앉아있다.

"그건 자동으로 상속되는 겁니까?"

강태진이 묻자 이만섭이 고개를 끄덕였다.

"그렇습니다."

"회장님이 회수할 수는 없는 거죠?"

"회장님도 사모님이 그렇게 되셨기 때문에 5.5퍼센트에서 30퍼센트쯤 돌려받으실 수 있습니다. 하지만 그 이상은…."

"강영진은요?"

"30퍼센트쯤 되겠네요. 조금 적을라나?"

그럼 3백억이 조금 못 된다. 고개를 든 강태진이 이만섭을 보았다. 이만섭은 주식 전문가다. 그래서 강태진이 개인적으로 주식거래를 할 때 이용해왔다. 물론 강석규한테는 비밀로 해온 일이다.

"그, 일반주 14퍼센트 말인데요."

"예, 실장님."

40대 중반의 이만섭은 동성그룹의 장남 강태진의 고문 변호사 역할을 맡은 것에 대해서 자긍심을 갖고 있다. 동성그룹에는 그룹 비서실 소속으로 법률지원단이 있고 변호사 50여 명이 분야별로 근무하고 있다. 그런데 이만섭은 그들과는 다른 '고문 변호사'다. 마치 대통령의 주치의와 같다. 강태진이 머지않아 동성그룹의 회장이 될 테니 그때는 회장 주치의다. 그때 강태진이 물었다.

"그 일반주 소유자 명단을 볼 수 있을까요?"

"그것이…."

고개를 기울였던 이만섭이 강태진을 보았다.

"전(全) 명단을 보려면 수십만 명이 될 텐데요. 그걸 다 뽑기가…."

"강우진을 뽑아 봐요."

"네?"

"강. 우. 진."

강태진이 한 글자씩 끊어 말하고는 똑바로 이만섭을 보았다.

"강우진 한 사람의 주식만."

"아, 네."

이만섭이 수첩을 꺼내 메모를 하자 강태진이 말을 이었다.

"한 사람 더. 서미연."

"예, 서미연."

"그 사람은 다섯 달쯤 전에 죽었는데 주식이 있었는가, 그 주식이 어떻게 이동되었는가를 알 수 있겠죠?"

"예, 이 정도면 가능할 것 같습니다."

수첩을 접은 이만섭이 고개를 들었을 때 강태진이 깊숙해진 눈으로 시선을 주었다.

"이 일은 나하고 이 변호사님만 아는 비밀로 합시다."

"무슨 말인지 알 거다."

고재성이 그렇게 말하고는 길게 한숨을 쉬었다. 앞에 앉은 두 사내는 그룹 비서실 재무팀장 윤경태와 감찰팀장 박상호다. 그룹의 가장 핵심 3인방이 다 모인 셈이다. 이곳은 소공동 백제호텔의 밀실 안. 셋은 오렌지 주스 잔만 앞에 놓고 앉아 있다. 낮 12시 반이다.

"우리 셋이 회장님의 뜻을 받드는 3인방이라고 생각하면 된다."

지금까지 고재성은 강석규 일족의 얽힌 사연을 종합해서 말해준 것이다. 그 사연 중에 윤경태와 박상호가 따로 작업을 한 부분이 있었기 때문에 같이 듣게 한 것이다. 고재성이 말을 이었다.

"회장님은 직접 입으로는 말하지 않으셨지만, 강우진을 후계자로 삼으실 것 같아. 그것을 위해 우리는 전력투구를 해야 한다는 거다. 알겠지?"

"알겠습니다."

이구동성으로 둘이 말했을 때 고재성이 말을 이었다.

"회장님이 독살되실 수도 있었던 상황이었어. 회장님을 구한다는 건 곧 동성을 살려낸다는 의미야. 동성이 '똥개' 밥상이 되어서는 안 된다는 말이지."

고재성의 목소리에 분노가 섞여 있다.

"너희들 둘이 핵심이야. 예산이 얼마가 됐든 팀을 꾸려서 계획을 실현해야 한다. 첫째, 강태진을 주목하도록."

이제 시작인 것이다.

"집이 어디라고?"

강태진의 목소리를 들은 순간 고재성이 긴장했다. 오전 10시, 동성그룹 비서실장실 안. 앞에는 그룹 기조실 감찰팀장 박상호가 앉아있다. 탁자 위에 놓인 녹음기에서 다시 울리는 목소리.

"대림동 일신 오피스텔 1104호입니다."

"몇 평인데?"

"25평형으로 그 오피스텔에서 가장 큽니다."

이 목소리는 동성제철의 비서실 이국찬 부장이다. 강태진과 이국찬은 고려호텔 817호실에서 만나 밀담을 나누고 있다. 그것이 어제 오후 7시 반이다. 그때 강태진의 목소리.

"얼마짜린데?"

"전세 1억 5천입니다."

"안 샀어?"

"예, 산 게 아니고 전세입니다."

"혼자 살아?"

"예, 누가 들어가지 않았습니다. 용역회사에서 24시간 감시하고 있거든요."

"알았어."

강태진의 목소리가 낮아졌다.

"여기 경비야. 지금은 넉넉하게 댈 테니까 비밀을 철저하게 지키도록."

"감사합니다, 상무님."

"내가 당신을 비서실로 끌어들일 수는 있지만, 그룹 비서실장이 눈치를 채면 복잡해져. 그러니까 당분간은 거기서 지내도록 해."

"알겠습니다, 상무님."

"부사장이 잘하고 있나?"

부사장은 사장 최광수가 수감된 터라 사장 대행을 맡은 문정구를 말한다.

"예, 하지만…."

"하지만 뭐야?"

"문 사장이 전(前) 최 사장님의 측근들을 하나씩 한직으로 발령내고 있습니다."

"…."

"저도 언제 밀려날지 모르겠습니다."

"…."

"배은망덕한 사람이라는 평이 쫙 깔렸습니다."

"알았어."

강태진의 목소리가 굳어 있다.

"기다려. 시간은 결국 우리 편이니까."

녹음기의 버튼을 누른 박상호가 고재성을 보았다.

"이국찬이 현재 강태진의 심복 노릇으로 용역회사를 고용하고 있습니다."

"가볍게 볼 일이 아냐."

고재성이 고개를 저었다.

"막 나가고 있어. 이국찬한테 얼마나 경비를 줬나?"

"파악 못 했습니다만 상사에서 인출하지는 않았습니다, 실장님."

"이렇게 오래 끌면 끌수록 문제가 커지겠다."

"그렇습니다. 그리고 강태진이 별도의 팀을 구성해놓고 있는지도 모릅니다. 이 정도면 회장님이나 우리 측도 겨누고 있을 것 같습니다."

고재성이 고개를 끄덕였다. 이쪽은 더 규모가 크고 팀워크도 완벽하지만 한계가 있는 것이다. 그리고 팀을 확대할수록 정보가 누출될 가능성이 크다. 그때 고개를 든 박상호가 물었다.

"실장님, 우진 군한테 이 상황을 알려주는 것이 낫지 않겠습니까?"

"안 돼."

고재성이 정색하고 고개까지 저었다.

"우진이 걔는 이런 재산 상속 같은 건 거들떠보지도 않는 애야. 제 의붓형들이 이런 난리를 치고 있다는 걸 알면 기가 막힐 거야."

"하지만 실장님, 그놈들이 무슨 짓을 할지 모르지 않습니까?"

박상호는 아예 태진 영진 형제를 그놈들이라고 했다. 눈썹을 세운 박상호가 말을 이었다.

"주의를 시키지 않으면 무슨 일을 당할지 모릅니다. 저놈들은 제 아버지도 살해하려는 음모를 꾸민 놈들이란 말입니다."

"그래도 안 돼."

고재성이 말을 이었다.

"경호를 늘려. 그것도 우진이 모르게 말이야."

"저쪽 용역회사 놈들하고 부딪힐 수도 있겠습니다."

"그러니까 고급 인력을 쓰라는 거 아닌가? 절대로 우리 꼬리를 밟히면 안 된다."

고재성이 강조했다.

"팀을 강화해."

오후 9시 반, 동성상사의 거래선인 미국인 아놀드 씨와 저녁을 마친 강태진이 호텔 현관 앞에서 아놀드와 헤어졌다. 호텔 식당에서 저녁을 먹은 것이다. 호텔 투숙객인 아놀드가 안으로 들어서자 강태진이 앞쪽에서 기다리고 있는 자신의 승용차로 다가갔다.

"김 기사, 내가 들어갔다가 1시간 후에 나올 테니까 기다려."

그러고는 몸을 돌려 다시 호텔 안으로 들어섰다.

"할 이야기가 남은 모양이지."

김덕수가 오영곤에게 말했다.

"차 그대로 대기시켜."

김덕수가 타고 온 차는 강태진의 차에서 네 번째 떨어진 차고 그 옆쪽의 승용차에도 2명이 타고 있다. 강태진을 따라 차 2대가 온 것이다.

"내가 호텔 안에 들어갔다 올게."

김덕수가 발을 떼며 말했다. 강태진은 막 현관 안으로 들어서고 있다.

로비로 들어선 강태진은 바로 오른쪽으로 꺾어 지하 계단으로 내려갔다. 계단 위로 소음이 올라오고 있다. 이쪽 지하 1층은 나이트클럽이다. 이미 클럽 안은 손님들로 가득 차 있다. 어둑한 클럽 안으로 들어선 강태진의 앞으로 사내 하나가 다가와 섰다. 강영진이다. 강영진이 잠자코 강태진에게 눈짓하더니 안쪽 자리로 다가갔다. 테이블 빈 곳이 두어 개밖에 남지 않았지만 둘은 바의 앞쪽 자리에 나란히 앉았다. 그때 강영진이 쓴웃음을 지으면서 말했다.

"이렇게 간첩 접선하듯이 만나야 돼?"

소음이 컸기 때문에 강영진이 얼굴을 바짝 붙이고 있다.

"나도 계집애 방에다 놓고 내려온 거야. 이만하면 첩보원 수준이지?"

"내가 미행당하고 있어."

강태진이 어둠 속에서 번들거리는 눈으로 강영진을 보았다.

"내가 당하면 너도 마찬가지일 거다."

"누가 미행한다는 거야?"

"강석규가 시킨 놈들이지 누구야?"

강태진이 이를 드러내며 웃었다.

"내가 용역회사를 고용해서 내 신변 경호를 맡기고 있다는 걸 강석규는 모르고 있을 거야."

"정말이야?"

"뭘?"

"강석규가 형을 미행하고 있다는 말."

"내가 증거를 잡았다니까 그러네. 내 용역회사 애들이 그랬어."

"강석규가 미행을 시켰다고?"

"날 미행하는 놈들이 있다는 거야. 그럼 그게 누구겠냐?"

강태진이 번들거리는 눈으로 강영진을 보았다. 그때 강영진이 물었다.

"날 보자고 한 이유는 뭐야?"

"너 당분간 행동 조심해."

얼굴을 바짝 붙인 강태진이 말을 이었다.

"현정이는 이 게임에서 빠진 애고 이 세상에서 의지할 사람은 나하고 너, 둘뿐이라는 걸 명심하란 말이다."

"졸지에 형제간 우애가 좋아졌군."

"농담할 상황이 아니다. 회사 착실하게 나가. 약 같은 건 절대 하지 말고."

"그건 끊었어."

"잘됐다. 강석규한테 약점 잡히지 마."

"어떻게 하겠다는 거야?"

"나하고 상의하도록 하자. 어차피 우린 강석규 아들이야. 동성에 지분이 있다고."

강태진의 두 눈이 번들거렸다.

"난 지분 5.5퍼센트에 어머니 지분도 나눠 받게 돼. 너도 나눠 받게 될 거다."

"내 지분은 왜 떼어주지 않는 거야?"

"그건 강석규 마음이니까 당분간 기다리라는 말이다."

"강석규가 심장마비로 죽기나 하면 내 지분이 떨어지겠지?"

"그건 당연하지. 강석규 지분 42에서 넌 30퍼센트는 갖게 돼. 그럼 13퍼센트쯤 된다."

"형은?"

"상속법에 따르면 40퍼센트쯤 되겠지."

"그거 불공평하군."

"잠깐."

강영진의 어깨를 손으로 쥔 강태진이 서두르듯 말했다.

"그 첩의 아들놈 말이야."

"누구?"

강영진이 눈썹을 모았다.

"아, 그놈. 왜?"

"내가 그놈 때문에 널 만나자고 한 거다."

강태진이 번들거리는 눈으로 강영진을 보았다.

"일단 쉬운 일부터 처리해야겠다. 강석규가 그놈한테 회사 지분, 재산을 빼돌리고 있는 것 같다."

"…."

"그래서 일단 쉬운 일부터 처리하도록 하자. 그놈을 없애버려서 강석규의 재산
이 새는 것을 막자는 말이야."

"어떻게 처리하자는 건데?"

"없애는 거지."

"내가?"

"네가 왜? 사람을 시키는 거지."

"시키면 형이 하지 왜 날 시켜?"

"난 감시받고 있다고 했잖아?"

"나도 감시받는지 모른다며?"

"넌 나보다 덜 할 테니까."

"젠장. 다 나한테 뒤집어씌우려고."

"너 그럴래?"

강태진이 눈을 치켜떴다.

"내가 너밖에 없다는 거 몰라? 어머니가 우리 둘을 내려다보고 계신다."

강태진의 두 눈이 번들거렸다.

"이게 나만의 일이냐? 네 일이기도 하단 말이다, 이 자식아."

"나 돈도 없어."

"내가 너한테 내 비자금 1백억을 줄 테니까 그것으로 경비를 써."

"그 돈은 어떻게 만든 건데?"

"만일의 경우를 대비해서 모아 놓은 거야."

"젠장. 뭐야, 나는?"

"너는 그동안 실컷 썼잖아. 잔말 말고."

손목시계를 내려다본 강태진이 주머니에서 쪽지를 꺼내 강영진의 재킷 주머니에 넣었다.

"이건 계좌번호하고 비밀번호다. 그 밑에 용역회사 사장 이름하고 전번이 적혀 있다."

강태진이 말을 이었다.

"그놈하고 연락해, 그놈이 진행할 테니까. 대포폰을 쓰고."

"어이쿠!"

원단 뭉치를 들어 올리던 강우진이 허리가 삐끗하는 바람에 신음을 뱉었다. 반쯤 들어 올렸던 원단이 털썩 떨어졌고 허리를 세우면서 강우진이 다시 신음했다. 손바닥으로 허리를 누른 강우진에게 진만섬유 김 사장이 다가왔다.

"저런. 강 사장, 허리 삐었어?"

"아이고, 좀."

허리가 시큰거렸기 때문에 강우진이 비틀거리며 걸어가 공장 구석의 플라스틱 의자에 앉았다.

"가만. 내가 파스 가져올게."

김 사장이 서둘러 사무실로 다가갔다. 원단 뭉치는 비닐로 싸였는데 70킬로이다. 오늘은 70킬로 뭉치 15개를 베트남 공장에 보내야만 한다. 사무실로 들어갔던 김 사장이 파스를 들고 나왔다.

"옷 올려봐, 내가 붙여줄게."

50대 중반의 김 사장은 원단공장을 30년째 운영하고 있다. 20년쯤 전까지만 해도 대전에서 기계 3백 대에 1백 명 가까운 직원을 거느렸지만, 지금은 자카드 기계 3대를 혼자 돌리고 있다. 사장 겸 공장장 겸 잡부이고 부인은 경리 겸 청소부다. 김 사장이 강우진의 허리에 손바닥만 한 파스를 2장이나 붙이더니 혀를 찼다.

"강 사장, 자네나 나나 마지막 무사야."

"무슨 말씀입니까?"

"딴 놈들은 기관총을 가지고 댕기는데 우리는 칼을 들고 뛴다는 말이지."

"그럼 어떻습니까? 일단 착실하게 하면 되지요."

"내 공장은 강 사장 하나 바라보고 돌리고 있네."

"오더 늘어나면 기계도 더 늘리고 기술자도 쓰셔야죠."

"그려. 같이 살자고."

김 사장의 진만섬유 생산량은 다 우진상사가 가져가는 것이다. 김 사장으로서는 매달 말에 어김없이 현금 결제를 해주는 우진상사가 하느님 같다고 할 정도다. 지금까지 중소기업 주문을 받아 왔다. 결제는 대부분이 3개월 어음인 데다 그것도 다시 어음을 연장하는 경우가 많아서 월말 결산일이면 피가 말랐다. 파스를 붙였더니 화끈거렸지만 조금 나아진 것 같아서 강우진이 자리에서 일어섰다. 오후 2시 반, 운송업체에 들러서 원단을 내려줘야만 한다. 김 사장과 함께 남은 원단을 마저 싣고 공장을 나왔을 때는 3시. 강우진이 차에 속력을 내었을 때 전화벨이 울렸다. 운전석 앞쪽 전화 케이스에 찔러 넣은 핸드폰에 발신자가 떴다. 김시아다. 강우진이 수신 버튼을 눌렀다.

"시아냐?"

"오빠, 어디야?"

김시아가 대뜸 묻는다. 언제나 그런다.

"차 안. 원단 싣고 가는 중."

"언제 끝나는데?"

"5시쯤 되겠네."

"그럼 일로와."

"어디로?"

"우리 집."

"진짜?"

"엄마가 오래."

"나 이발도 해야 되는데."

"안 해도 돼."

"나 작업복 차림인데."

"옷 안 갈아입어도 돼."

그러더니 덧붙였다.

"뭐 사 오지 마. 바로 와. 몇 시까지 우리 집 앞에 도착할 수 있어?"

"차 막힐지 모르니까 가다가 전화할게."

"오케이. 저녁 준비하고 있어, 우리가."

우리란 세 식구겠지. 통화가 끝나고 강우진의 머리는 '멍'했다. 들떠서겠지.

"고마워요."

인사를 마치고 소파에 앉았을 때, 겨우 정신을 차린 후라고 할까. 그제야 제대로 사물이 보이기 시작했을 때, 김시아의 어머니 이선옥이 그렇게 말했다. '진짜 인사'다. 이선옥의 좌우에는 김시아와 김미아가 시녀처럼 붙어 앉았고, 이선옥이 정색하고 말을 잇는다.

"이렇게 눈 딱, 마주하고 인사를 해야겠다고 벼르고 별렀다니까. 정말 고마워요. 은혜 잊지 않겠어요."

"아닙니다."

강우진은 외면한 채 대답했다.

"당연한 일이라고 생각하고 있었습니다. 그러니까 이제는…."

"말도 안 돼요, 그것이 당연하다니."

이선옥이 정색이 지나쳐 놀란 표정까지 짓는 바람에 분위기는 더 악화.

"우리는 언젠가는 꼭 그것을 갚는다는 각오를 하고 있어요. 그렇게 말하면 안 돼요."

"네."

강우진도 놀라서 엉겁결에 그렇게 대답했다. 피차 한 바탕씩 충격을 주고받고 나서야 양측 분위기가 진정되었다. 부드러운 분위기를 타고 김미아가 강우진에게 꼬리를 쳤다.

"난 뭐라고 불러요?"

그러자 강우진이 기다렸다는 듯이 대답했다.

"선생님."

"기가 막혀."

김미아가 입을 쩍 벌렸을 때 김시아는 깔깔 웃었고, 이선옥은 주방으로 갔다. 강우진이 정색했다.

"먼저 태어났으니까 선생님이야. 학교 선생님도 선생님이고."

"그럼 우리 엄마도 선생님이라고 불러야겠네, 선생님이 말이야?"

"너 슬슬 말 내릴래?"

"아뇨, 선생님."

"이따 알려줄게."

"뭘요?"

"날 부르는 것."

"에이. 그냥 지금부터 형부라고 부를게."

"얘는."

김시아는 눈을 흘겼지만, 강우진은 고개를 끄덕였다.

"좋아. 듣던 대로 넌 머리가 좋구나."

"그럼요, 형부. 언니보다 내가 나아."

"뭐 필요한 거 있으면 말해."

그때 주방에서 이선옥이 고개만 돌리고 강우진을 보았다, 웃음 띤 얼굴로.

"돼지갈비에 김치찌개 했어, 괜찮지?"

"네, 어머니. 10인분은 먹습니다."

이선옥이 활짝 웃었다.

"어쩌나, 6인분밖에 안 샀는데."

강우진은 집 안에 가득 밴 고기 냄새보다 분위기에 취했다. 이게 가정이구나. 어머니하고 둘이 살 때도 이런 장면을 가져본 적이 없다. 이게 가정인가 보다.

김시아의 집을 나왔을 때는 오후 10시가 넘었을 때다. 집 앞에 주차한 승합차까지 따라 나온 세 식구가 강우진을 배웅했다. 세 식구가 손을 흔들었고 운전석에 앉은 강우진도 손을 흔들면서 떠났다. 그리고 1백 미터쯤 달려 모퉁이를 꺾어지자마자 승합차를 세웠다. 이곳은 성남 교외여서 차량 통행도 드물다. 가로등도 저만큼 떨어져서 어둡다. 강우진이 핸드폰의 버튼을 누르고는 귀에 붙였다. 신호음 세 번이 울리고 나서 김시아가 응답했다.

"응, 오빠."

"나 모퉁이에 서 있어."

"왜?"

"내가 어디 외국 가냐?"

"무슨 말이야?"

"무슨 월남전 참전하러 가는 사람 환송하는 것 같네."

"웬 월남전?"

"나 그냥 이렇게 혼자 보낼 거야?"

그때 김시아가 목소리를 낮췄다.

"오빠 잠깐만."

아마 김시아는 가족과 함께 있다가 떨어지는 모양이다. 곧 김시아가 말을 이었다.

"내가 엄마한테 말하고 나갈 테니까 잠깐만 기다려."

강우진은 김시아가 자신의 전화를 기다리고 있었다는 느낌을 받는다.

기다림의 종류는 여러 가지다. 온갖 종류의 기다림이 있지만, 오늘 밤 백미러로 뒤쪽을 보면서 기다리는 강우진의 기다림은 특별하다. 만족, 안정, 그리고 설렘. 그것의 바탕은 말할 필요도 없지. 이제는 김시아를 데리고 어디로 갈 것인지 생각도 안 한다. 오늘 밤 둘이 승합차 안에서 지내도 된다. 이곳에서 대림동 집까지는 차로 한 시간 반쯤 걸리겠지. 그때 번쩍, 강우진의 머릿속에 떠오른 생각.

"오빠, 어디 가?"

차가 강남대로에서 우측으로 꺾어졌을 때 김시아가 물었다. 밤 11시 10분, 강우진이 힐끗 김시아를 보았다.

"우리 집."

"대림동 가는 길 아니잖아."

"응."

"근데 왜 이리 가?"

"여기에 진짜 내 집이 있거든."

그러고는 강우진이 입을 다물었다.

압구정동 신성아파트. 알 만한 사람은 다 안다, 이곳이 대한민국에서 최고 부자들이 사는 동네라는 걸. 그사이에 집값이 또 올라서 강우진 명의로 되어있는 63평형 아파트가 50억이 넘었다. 승합차로 아파트 짐을 몇 번 옮길 때 차 번호를 등록했기 때문에 차단봉은 '쓱' 올라갔다. 지하 주차장에 순조롭게 진입한 후에 엘리베이터를 탔다. 엘리베이터 안에서도 김시아는 강우진의 옆에 딱 붙어서 입을 열지 않았다. '쫄'았겠지, 이런 아파트는 처음이니까. 엘리베이터도 최고급 호텔 수준이다. 60평대는 이탈리아산 대리석 복도에 로비는 양탄자까지 깔려 있다. 강우진이 김시아의 손을 잡았다. 김시아가 손을 맞잡는다. 엘리베이터 안에 돼지갈비 냄새가 풍겨 나와서 계면쩍게 느껴졌다, 여기서는 최소한 소갈비 냄새가 나야 하는데.

"여기서 엄마하고 살았어."

소파에 김시아를 끌어당겨 앉힌 강우진이 차분해진 얼굴로 말했다.

"둘이."

"둘이?"

되물은 김시아가 강우진을 보았다. 그러다가 곧 시선을 돌리더니 일어섰다.

"집 구경해도 돼?"

"응."

"문 다 열어봐도 돼?"

"응."

"옷장이랑 다?"

"저쪽 안방 옷장하고 서랍은 안 돼."

"오케이."

몸을 돌린 김시아가 집 구경을 시작했다. 집 안에 둘뿐이었지만 조심스럽게 움직여서 슬그머니 들어갔다가 나온다. 소파에 등을 붙이고 앉은 강우진이 리모컨으로 TV를 켰다. 집 안에 TV 소음이 번지면서 조금 활기가 일어났다. 김시아가 입을 반쯤 벌린 채로 왔다 갔다 하는 것이 집 안 공기를 휘저었다. 12시가 넘어가고 있다.

"여기가 오빠 방이구나."

방을 들여다본 김시아가 탄성을 내질렀다.

"청소해야겠네."

강우진은 안방도 청소해야겠다고 생각했다. 어머니 옷장도 정리해야 하지 않을까? 아버지 옷도 옷방에 가득 쌓여 있는데, 김시아가 그건 못 봤겠지.

벽시계의 야광 침이 오전 4시를 가리키고 있다. 강우진이 가슴에 얼굴을 붙이고 잠이 든 김시아를 내려다보다가 이마에 붙은 머리칼을 쓸어 올렸다. 김시아가 꿈틀거리더니 길게 숨을 뱉었다. 사지가 서로 엉켜서 함께 움직인다. 김시아는 알몸에 강우진의 셔츠 하나만 걸쳤는데 그것도 가슴 단추가 다 풀어졌다. 시트는 무릎 위를 겨우 덮었을 뿐이다. 그때 김시아가 다시 길게 숨을 뱉더니 눈을 떴다. 방의 불은 껐지만 김시아의 흰자위에 박힌 눈동자가 또렷하게 드러났다.

"오빠, 안 자?"

목소리도 또렷한 것이 금방 깬 것 같지 않다. 강우진이 김시아의 허리를 당겨 안았다.

"너도 안 잤어?"

"오빠가 머리 건드려서 깼어."

"자는 시늉했군."

"좋아서 가만있었어."

"집 안에 냄새가 밴 것 같지 않냐?"

"아니. 좋은 냄새만 나던데."

"무슨 냄새?"

"향수 냄새. 아마 어머니 향수인가 봐."

288

"난 모르겠는데."

"코에 익숙해져서 그렇지."

김시아가 고개를 들고 강우진을 보았다. 그래서 턱이 가슴에 닿았다.

"어머니 사진 없어?"

"치웠어."

"보여줘."

"내일."

"내일 집 청소할까?"

"놔둬."

"오빠 방이라도."

"괜찮아."

"이 집, 이대로 둘 거야?"

"여기서 살래? 엄마하고 미아 데리고 와서."

"미쳤어?"

깜짝 놀란 김시아가 턱을 떼었다. 눈이 둥그레져 있다.

"엄마가 까무러치겠다."

"왜?"

"엄마한테 이 집, 말 못 해."

"왜?"

"놀랄 거야. 자꾸 오빠 새로운 모습을 말해주는 것도 싫고."

김시아가 다시 얼굴을 강우진의 가슴에 붙였다.

"엄마는 오빠 어머님 돌아가신 이야기 꺼내지도 못했어. 괜히 미안하고 가슴 아프다면서…"

"…."

"그런데 이런 집 말하면 오빠하고 거리감만 생길 거야."

"…."

"나는 오빠가 그냥…."

"그만."

말을 자른 강우진이 김시아의 입을 입으로 막았다. 그랬더니 김시아가 두 팔로 강우진의 목을 껴안더니 다리로도 하반신을 휘감는다.

오전 8시, 신성아파트 주차장에서 나온 승합차가 압구정동 택시 정류장 앞에서 멈춰 섰다.

"바로 집에 가."

"응, 오빠. 이따 연락해."

차에서 내리면서 김시아가 강우진의 어깨를 툭 쳤다.

"밥 챙겨 먹고."

아파트에서 아침을 먹지 못하고 나온 것이다. 강우진이 냉장고를 싹 비워버렸기 때문에 먹을 것은 물뿐이었다. 김시아를 내려준 강우진이 차에 속력을 내었을 때 핸드폰의 벨이 울렸다. 발신자를 보았더니 고재성이다. 수신 버튼을 누른 강우진이 대답했다.

"예, 실장님."

"너 오늘 오후에 나 좀 보자."

고재성이 대뜸 말했다.

"오후 1시에 소공동 극동호텔 1층 라운지로 나와라."

"제가 오늘…."

"나와야 돼. 중요한 일이다."

고재성의 목소리는 낮았지만 무겁게 느껴졌다. 이제는 무조건 피하고 거부할 상황이 아닌 것을 아는 터라 강우진이 심호흡을 했다.

"예, 실장님."

"택시 타고 와, 차는 두고."

"예."

통화가 끊겼을 때 강우진은 문득 아버지의 얼굴을 떠올렸다. 다낭에서 헤어지고 나서 연락도 못 했다. 그동안 엄청난 일이 아버지 주변에서 일어난 것을 언론을 통해서 알고는 있다. 그렇다면 아버지 주변에는 자식들뿐인가? 물론 공인된 자식들.

사무실에 들어섰더니 오영주가 대뜸 말했다.

"카오한테서 전화가 왔어. B4 스타일의 원단을 잘못 잘랐대. 그래서 화이트 원단 5백 킬로를 다시 보내야 돼."

"지기미."

강우진의 입에서 저절로 욕이 터졌다. 원단 재작업보다도 선적이 늦어지면 클레임이다. 화이트 원단 5백 킬로를 재생산해서 보내려면 최소한 20일. 이번 달 오더는 망한 것이나 같다.

"이 자식 첫 오더부터 사고야?"

"배상하겠대. 임가공비에서 공제시켜 달라는데."

"웃기고 있네."

그렇게 되면 적자를 줄이려고 어떻게든 원단을 빼돌리고 작업이 어렵다면서 임가공비를 올려달라고 한다. 그러다가 가불을 요구하는데 안 들어줄 수가 없다. 처음부터 꼬이기 시작하면 계속 끌려다니게 되는 것이다. 백동문 옆에서 노상 임가공업체와의 '전쟁'을 보아온 강우진이다. 그러나 이미 작업은 시작되었다. 이쪽은 코가 꿰인 상태인 것이다. 자리에 앉은 강우진이 사고 보고서를 체크하기 시작했다.

　오후 1시, 강우진이 극동호텔 라운지로 들어섰을 때 주머니에 넣은 핸드폰이 진동했다. 꺼내 보았더니 고재성이다. 강우진이 핸드폰을 귀에 붙였다.

　"예, 실장님."

　그때 고재성이 말했다.

　"거기서 오른쪽 커피숍으로 들어가라."

　"예, 실장님."

　"커피숍으로 들어가면 안쪽에 화장실이 있어. 그 화장실 오른쪽에 주방이 있고 주방 옆에 비상구가 있다."

　"…."

　"비상구를 나오면 바로 후문이고 후문 앞에서 누가 널 기다리고 있을 거다. 그 사람하고 같이 오너라."

　이게 무슨 꼴인가? 그때 통화가 끊겼기 때문에 핸드폰을 주머니에 넣은 강우진이 오른쪽 커피숍으로 들어섰다. 안쪽에 과연 화장실 마크가 보인다. 화장실 쪽으로 꺾어 다가간 강우진이 주방 옆에 비상구가 있는 것을 보았다. 곧장 비상구로 나왔더니 후문, 후문을 향해 계단을 내려왔을 때 사내 하나가 다가와 말했다.

　"저 차를 타실 겁니다. 같이 가시죠."

　일방통행로 앞쪽에 승용차 한 대가 서 있다.

7장. 청산하다

차가 멈춰 선 곳은 극동호텔에서 사거리 두 개를 건넌 작은 건물 앞이다. 이곳까지 안내한 사내가 건물 입구를 눈으로 가리키며 말했다.

"2층에서 기다리고 계십니다."

차에서 내린 강우진이 작은 현관 안으로 들어섰을 때 2층 계단 위에 서 있던 고재성이 웃음 띤 얼굴로 말했다.

"어때? 스릴 있었냐?"

'스릴은 개뿔.'

목구멍까지 그 소리가 나왔다가 들어갔다.

"아닙니다."

대답을 그렇게 하고 계단을 올라간 강우진이 고재성과 함께 2층 사무실로 들어섰다, 문패도 없는 사무실. 복도 좌우로 방문이 두 개씩 있는 작은 2층 건물이다. 방은 모두 빈 것처럼 조용하다. 10평쯤 되는 사무실은 비었다. 소파 1개와 책상 3개가 놓였을 뿐이다. 고재성과 강우진은 소파에 마주 보고 앉았다.

"너한테 할 말이 있어서."

고재성이 옆쪽을 바라보고 있다가 말을 이었다.

"너한테 걱정을 시키지 않으려고 했지만 말해야겠다."

"…"

"아버지한테 여쭤보았더니 너한테 말하는 것이 낫다고 하시더구나."

"뭔데요?"

"네 형 두 놈이 널 해코지하려고 해."

"그게 무슨 말씀인데요?"

"말 그대로다. 두 놈이 너를 해치려고 구체적인 계획까지 세웠다."

"왜요?"

"왜요라니? 네가 방해물이라고 생각하기 때문이지."

"왜요?"

"아버지 유산을 네가 물려받을까 봐 그러는 거다."

"미친놈들."

강우진이 대번에 헛웃음을 짓고 말했다.

"진짜 미친놈들이네."

"네 말이 맞다."

"왜 가만히 있는 나를 건들죠?"

"글쎄. 미친놈들이라니까."

말해 놓고 나서 화가 나는지 고재성이 덧붙였다.

"다 그 어미 자식이니까."

"네?"

"그 어미를 닮았단 말이다."

고재성이 똑바로 강우진을 보았다.

"그놈들이 해결사를 돈 주고 고용할 계획이야. 지금 알아보고 있어."

"…"

"사고사로 널 처리한다는 거야."

"그럼 내가 그놈들 둘을 먼저 죽여야 되나요?"

"아니, 그럴 건 없고."

이럴 땐 웃어야 하는데 고재성의 얼굴이 울상이 되어버렸다. 고재성이 그 얼굴로 손을 저으며 말했다.

"그놈들이 네가 대림동 일신 오피스텔에 사는 것도 알아. 1104호실이지?"

"…"

"거기서 옮겨야겠다. 그리고."

고재성이 지그시 강우진을 보았다.

"너 오늘부터 둘하고 같이 다녀. 아버지 지시다."

"예? 누구하고요?"

"경호원."

"아, 싫어요."

"이거 장난 아니다. 객기 부릴 일도 아니고. 내 말 들어."

눈썹을 모은 고재성이 한마디씩 힘을 주어 말을 이었다.

"생명이 걸린 문제야. 너를 죽이려고 네 배다른 형이라는 놈들이 중국인 해결사를 고용할 거야. 아버지도 그걸 알고 계시지만 경찰에 고발하면 어떻게 되겠냐? 그래서 당분간 그것을 막고 해결 방법을 찾으려는 거야."

"…"

"그때까지만 내 말을, 아니 아버지 말씀인데 따르도록 해라."

그러더니 고재성이 핸드폰을 쥐더니 버튼을 눌렀다.

아마 복도에서 기다리고 있었던 것 같다. 통화한 지 10초도 안 되어서 문을 열고 두 사내가 들어섰다. 둘 다 정장 차림. 강우진보다 더 고급 양복을 입었다. 그중 하나가 강우진을 이곳까지 안내한 사내다.

"거기 앉아."

둘에게 옆쪽에 나란히 앉도록 해놓고 고재성이 강우진에게 말했다.

"오피스텔은 일단 비워놓고 우리가 구해놓은 대림동의 단독주택으로 옮겨라.

방 4개짜리 이층집인데 담장에 고압선 깔아놓고 CCTV도 주변에 6개 설치해놓았다."

고재성이 둘을 눈으로 가리켰다.

"이 둘은 특공대 출신의 전문가들이야. 오늘부터 너하고 24시간 함께 행동할 거다."

그때 둘이 앉은 채로 강우진을 향해 머리를 숙여 인사를 했다. 고재성이 왼쪽에 앉은 사내를 손으로 가리켰다.

"이 친구가 네 경호원 4명의 지휘자야."

그러자 사내가 일어났다.

"최영진입니다."

다른 사내도 일어나 인사를 했다.

"장채용입니다."

그때 강우진이 고재성에게 물었다.

"넷이라고 하셨어요?"

"그래. 둘은 지금 네 오피스텔에서 짐을 옮겨놓고 새집에 있을 거다. 집 지키는 사람도 필요하고 번갈아서 경호를 해야지. 둘로는 힘들다."

입을 딱 벌렸던 강우진이 오피스텔 문은 어떻게 열고 짐을 옮겼느냐고 묻지는 않았다. 얼마든지 따고 들어갈 수 있겠지.

오후 3시 반, 강우진은 진만섬유에서 원단 재고를 체크하고 있다. 진만섬유 김 사장은 재고 원단이 필요하다는 말을 듣고 반색을 하고 창고를 뒤지는 중이다. 강우진도 함께 원단 더미를 헤치고 있다,

"여기 한 통 있네!"

김 사장이 소리쳤는데 한 통은 50킬로를 말한다. 테이프로 묶어서 둥글게 만들

어 놓았다. 강우진이 가 보았더니 60킬로쯤 되었다. 5백 킬로가 모자라니 3시간 전부터 기계 2대를 돌리고 있지만, 하루 생산량이 1백 킬로 정도다. 5백 킬로면 5일. 일단 60킬로는 채웠다. 이곳은 10평쯤 되는 창고인데 원단이 뒤죽박죽이어서 강우진의 머리칼에도 먼지가 가득 덮였다. 원단을 뒤적이던 김 사장이 불쑥 물었다.

"저기, 차 안에 있는 둘, 회사 사람이야?"

경호원 최영진, 장채용을 말한다. 고재성과 헤어지고 나서부터 둘이 붙어 다니고 있다. 셋이 같이 회사로 돌아왔다가 승합차를 끌고 바로 이곳으로 온 것이다. 둘은 지금 승합차 안에서 기다리고 있다. 김 사장한테는 회사 직원이라고만 말했으니 어리둥절했겠지, 우진상사가 2인 회사인 줄 알고 있으니까. 강우진이 대답을 했다.

"예. 같이 일하고 있지만, 사장님은 신경 쓰지 않으셔도 돼요."

원단은 60킬로밖에 못 찾고 결국 나흘 동안 잔량을 생산하기로 했다. 5일 후에 생산을 끝내고 가공하는 데 2일, 비행기로 실어 보내지만 찾는 데까지 사흘은 걸릴 테니까 10일 후에 공장 도착. 어차피 20일은 늦는다. 회사로 돌아가는 차 안에서 최영진이 말했다.

"사장님, 우리를 직원으로 대하시지요. 그게 자연스럽지 않겠습니까?"

운전석에 앉아있던 장채용도 백미러에 대고 말했다.

"일도 시켜 주시고요. 월급 달라고는 하지 않겠습니다."

"아니. 그럴 필요는 없어요."

쓴웃음을 지은 강우진이 말을 이었다.

"내가 죄지은 것도 없는데 이렇게 지내지는 않을 테니까요."

둘이 입을 다물었고 강우진이 말을 이었다.

"나도 군대 갔다 왔습니다. 해병대 출신이란 말입니다."

해병대하고는 상관없는 일이지만 해병대 이야기가 나오면서 강우진의 목소리가 격해졌다.

"가만두지 않을 겁니다."

그러고는 입을 뚝 다물었기 때문에 차 안은 정적이 덮였다.

최영진이 핸드폰 버튼을 누른다. 곧 신호음이 울리더니 응답 소리가 들렸다.

"무슨 일이야?"

고재성이다. 최영진이 상반신을 세우고 말했다.

"예, 보고드릴 일이 있어서요."

"뭔데?"

"사장님하고 공장에 다녀오다가 들었는데 말씀입니다."

"사장님이라니?"

금방 고재성이 말을 이었다.

"아, 그래. 계속해. 강 사장이 뭐래?"

"가만두지 않을 거라고 말씀하십니다."

"뭐? 뭐를?"

놀란 듯 고재성의 목소리가 굳어졌다.

"뭘 말이야?"

"내가 죄지은 것도 없는데 이렇게 지내지는 않을 것이라고 하셨습니다."

"…"

"해병대 출신이라고 하시면서 가만두지 않을 거라고 하셨습니다."

"누구를?"

"상대는 말하지 않으셨습니다."

더 캐지 않아도 뻔하다. 배다른 형제 강태진, 강영진이 아니겠는가. 고재성한테서 그 두 놈이 자신을 없애려고 한다는 말까지 들은 강우진이다. 그래서 이렇게 경호원을 달고 다니지 않는가. 그때 고재성이 앓는 소리처럼 말했다.

"감시 잘해. 경거망동하게 두지 말고."

"예, 실장님."

"수시로 보고하고."

고재성이 서두르듯 통화를 끊는다.

"네, 동성상사입니다."

교환의 부드러운 목소리. 왜 이렇게 호텔 교환, 114, 회사의 교환 목소리는 똑같을까? 긴장감 속에서도 강우진의 머릿속에 떠오른 생각이다.

"예, 거기 강태진 씨 전화번호가 어떻게 되지요?"

강우진이 묻자 교환이 2초쯤 가만있었다. 당황한 것 같다. 그러더니 물었다.

"실례지만 누구시죠?"

"시골 친척인데 전번을 잊어먹어서 그래요."

미리 생각해 둔 대로 말했더니 교환이 차분하게 대답했다.

"기조실로 바꿔 드릴게요."

"잠깐만요."

강우진이 불렀다.

"강태진 씨가 기조실에 계세요?"

"기조실장님이세요."

"아, 그럼 기조실장 바꿔 달라면 되겠네요. 그렇죠?"

"네."

"그럼 나중에 다시 걸게요."

그리고는 강우진이 핸드폰을 귀에서 떼었다. 강태진이 동성상사에서 근무한다는 말만 들었기 때문에 지금은 확인차 전화를 한 것이다. 기조실장이구나. 굉장히 높은 직책이겠지. 더구나 아버지가 그룹 회장이니까 황태자 대우를 받겠구나. 그런데도 나를 죽여? 내가 제 몫을 빼앗아갈까 봐서? 개새끼.

　　그 시간에 저녁 약속 시간에 맞추려고 자리에서 일어섰던 강석규가 방으로 들어서는 고재성을 보았다. 강석규의 시선을 받은 고재성이 바로 입을 열었다.

　　"우진이가 뭘 하려는 것 같습니다."

　　그렇게 말을 꺼낸 고재성이 최영진한테서 들은 내용을 보고했을 때 강석규가 한숨부터 쉬었다.

　　"큰일 났는데."

　　정색한 강석규가 고재성을 보았다.

　　"어떻게 생각하나?"

　　"우진이 말대로 우진이는 병역을 마친 사내입니다. 더구나 해병대 출신이지요."

　　"나도 육군 병장 제대야."

　　"저도 그렇습니다."

　　따라 대답했던 고재성이 얼른 입을 다물었다. 태진, 영진은 군 미필자인 것이다. 어머니인 최경애가 손을 써서 태진은 무릎 관절 이상으로, 영진은 허리 디스크로 병역 면제를 받았다. 그때 강석규가 말했다.

　　"우진이한테 주의를 줘, 절대 그놈들과 부딪치면 안 된다고."

　　"예. 바로 연락하겠습니다."

　　그때 발을 뗀 강석규가 다시 한숨을 뱉었다.

　　"이렇게 보낼 수는 없어. 우진이 말이 맞아."

　　"…"

　　"모두 내 책임이다. 내가 처음부터 잘못한 거야."

그 처음이 최경애와의 시작을 말하는 것이다.

그 시간에 강태진은 사무실에서 전화를 받는다. 기획실장 집무실이어서 방에는 혼자다. 외부 전화였기 때문에 교환이 말했다.

"강우진이라고 하는데요, 먼 친척 된다고 하십니다."

"누구?"

놀란 강태진이 엉겁결에 되물었다. 눈이 크게 떠졌고 숨이 막혔기 때문에 심호흡을 했을 때 교환이 다시 말했다.

"강우진입니다. 먼 친척이라고 하셨습니다."

"날 찾아?"

"예, 실장님을…."

"왜?"

"그건 여쭤보지 않았습니다만."

"난 그런 친척 없어."

마침내 강태진이 그렇게 말하고는 전화기를 내려놓았다. 숨이 가빠져서 가쁜 숨을 몰아쉬다가 강태진이 전화기를 노려보았다. 전화기가 흉기처럼 느껴졌고 이쪽으로 덤벼들 것처럼 보여서 강태진은 벌떡 일어섰다.

"강우진?"

마치 뱀 이름을 말하는 것처럼 강영진이 되묻더니 강태진을 보았다. 밤 10시 10분, 둘은 식당 주차장에 주차한 차 안에 나란히 앉아있다. 강태진의 차다. 강태진이 강영진에게 전화해서 불러낸 것이다.

"그 자식이 형에게 전화를 했다고?"

"그래. 오늘 오후에."

강태진이 어깨를 부풀렸다가 내렸다.

"교환을 통해서."

"그놈하고 통화했어? 직접 말을 했냐고?"

"안 받았어."

"왜?"

"왜는 무슨."

강태진이 눈을 치켜떴다.

"내가 그 새끼 전화를 왜 받냐?"

"왜 전화했냐고 물어나 보지."

"왜 물어봐?"

강태진이 버럭 화를 냈다.

"내가 그 새끼 존재를 의식해야 하냐고? 그놈이 지금 나한테 부담을 주고 있는 게 아니냐고!"

"아, 그거야."

쓴웃음을 지었던 강영진이 강태진을 보았다.

"그 새끼한테 물어보지는 않았지만, 형도 궁금하니까 날 불러낸 것 아냐?"

"화가 나서 그런다."

다시 강태진이 소리쳤다.

"어머니가 돌아가신 것도 따지고 보면 그 새끼 때문 아니냐."

"어? 그래?"

눈썹을 모았던 강영진이 고개를 끄덕였다.

"말이 되네."

"그거 어떻게 되었어?"

"뭘?"

조심하듯 강영진이 차 안을 둘러보는 시늉을 했다.

"내가 약 사 왔던 소매상 놈한테 조선족 해결사를 부탁했어."

"조선족이야? 국적이 뭐냐고?"

"중국."

"그래. 중국이어야 돼. 한국 국적으로 바뀐 놈이면 한국에서 오래 볼 테니까."

"그것도 아냐, 형."

"어쨌든 어떻게 되었는데?"

"내일 만나기로 했어."

"내일?"

"그래, 두 놈을."

"사기꾼이 많다는데 괜찮겠어, 뒤가 말이야? 괜히 약점 잡혀서…, 그놈들이 중국 놈들이라고 해도 말이야."

"내 아이큐가 두 자리야?"

"어떻게 할 건데?"

"조기용을 시킬 거야. 조기용이 해결사를 만난다고."

"음."

"조기용 알지?"

"알지, 그 약쟁이."

"그놈이 내 친구야, 약쟁이라고 해도."

"그놈이 죽을 때까지 약 대줘야 되냐?"

"형."

"하긴 약 안 먹었을 때는 정신이 멀쩡한 놈이니까."

"배신하고 내 등을 찌를 놈은 아냐."

"내일 오더를 주기로 했다고?"

"오케이는 했는데 가격 결정을 해야 돼."

"됐다. 나는 그 정도만 알기로 하자."

"더러운 물에 손 안 담그겠단 말이지?"

"다 우리를 위해서야."

"그 우리가 언제까지 갈지 두고 보자고."

강영진이 지그시 강태진을 보았다.

"그리고 그 새끼가 전화를 해오면 받아봐. 뭐라고 하는가 들어나 보라고."

침대에 누워있던 강우진이 전화벨 소리에 몸을 일으켰다. 밤 11시 5분 전. 자려고 누웠지만 잠이 오지 않아서 뒤척거리고 있었던 참이다. 핸드폰을 집어 들고 보았더니 발신자는 강석규다. 강우진이 수신 버튼을 눌렀다.

"네."

"아버지라고 부르기가 그렇게 힘드냐?"

대뜸 강석규가 그렇게 물었으나 목소리는 부드럽다. 강우진이 가만있었더니 강석규가 말을 이었다.

"고 실장한테서 들었다. 가만있지 않겠다고 했다면서?"

"…"

"경솔하게 행동하지 마라, 내가 그놈들한테 말할 테니까."

"…"

"알아들었냐?"

"예."

"집은 어떠냐, 편하냐?"

"예."

"거기 함께 있는 사람들, 부담스럽게 생각하지 마라. 집안일 돕는 사람들이라고 생각하면 마음이 편해진다. 그리고 곧 익숙해져."

"그런데요."

"뭐냐?"

"제가 오후에 동성상사 기조실장한테 전화를 했거든요."

그때 강석규가 가만있었기 때문에 강우진이 말을 이었다.

"교환이 받기에 먼 친척 되는 강우진이라고, 바꿔달라고 했더니 교환이 물어보고 나서 그러데요."

"…."

"그런 친척 없다고요."

"그렇게 말했어?"

강석규의 목소리가 갈라져 있다.

"교환이 그랬어요. 강태진이 그랬다고요."

"전화해서 뭐라고 하려고 했냐?"

"난 너희들이 생각하는 인간이 아니라고 말할 생각이었어요."

"…."

"너희들이야 잘 먹고 잘살았고 앞으로도 재벌 자식으로 잘살겠지만 난 전혀 그럴 생각이 없으니까 걱정하지 말라고요."

"…."

"너희들이 원하면 각서라도 써 줄 테니까 내 눈앞에서 없어지기만 해달라고요."

"바보 같은 놈."

강석규가 낮고 한숨 섞인 목소리로 말을 이었다.

"세상사가 네가 생각하는 것처럼 그렇게 간단한 것이 아니다."

"참 이해가 안 돼요."

"뭐가 말이냐?"

"결국은 재산, 돈 같은데 그게 그렇게 중요한 것인가요?"

"…"

"절 미워하는 이유도 그것 아녜요?"

"어머니한테 언제 갔다 왔냐?"

불쑥 강석규가 물었기 때문에 강우진이 숨을 들이켰다. 못 간 것이 아니라 안 갔다. 다섯 달밖에 안 되었는데 엄마가 머릿속에서 지워지고 있었다니. 숨이 막혀왔기 때문에 강우진이 입을 벌리고는 심호흡을 했다. 그때 강석규가 말했다.

"내일 아침에 네 집 앞으로 갈 테니까 네 엄마한테 같이 가자."

오전 7시 정각에 검은색 벤츠가 집 앞에서 멈춰 섰고 기다리고 있던 강우진이 뒷좌석에 올랐다. 나란히 서 있던 최영진 등의 인사를 받으며 벤츠가 소리 없이 출발했다. 그 뒤를 검은색 밴이 따른다. 밴에는 그룹 비서실 소속이지만 전문 경호팀이 탑승해 있다. 팀장은 청와대 경호실 차장 출신의 전문가다.

"너하고 같이 가니 엄마가 좋아하겠구나."

차가 출발한 지 5분쯤이나 지났을 때 강석규가 불쑥 물었다. 강우진의 대답을 기다리지 않고 강석규가 혼잣소리처럼 말했다.

"나는 너하고 베트남 다녀와서 한 번 들렀다."

"…"

"시간이 지나면서 조금씩 잊을 줄 알았더니 잘 안 된다."

"…"

"남의 눈을 피해서 이렇게 찾아가는 것도 신물이 난다."

고개를 돌린 강석규가 강우진을 보았다.

"미안하다."

"아녜요."

"네가 생각하는 것처럼 간단한 일이 아니야."

"…"

"그 두 놈은 지금 너를 죽이려고 한다."

강석규가 억양 없는 목소리로 말했기 때문에 강우진은 잘못 들은 것처럼 눈만 껌벅였다. 차 안은 조용하다. 운전사는 앞만 보고 있다. 40대쯤의 운전사는 경호원을 겸하고 있는 것 같다. 강석규가 말을 이었다.

"아주 구체적으로 공모를 하고 있어. 중국계 조선족을 사서 널 해친다는 거야."

"…"

"네가 내 유산의 일부라도 가져가는 것을 용납할 수 없다는 것이지."

강석규의 얼굴에 일그러진 웃음이 떠올랐다.

"내가 이번 기회에 유산 상속을 미리 해놓아야겠다. 그놈들에게는 자업자득이지. 그리고…."

강석규가 강우진을 보았다.

"법적으로 너를 내 아들로 공인시켜 놓겠다."

"아, 저는…."

입을 열었던 강우진이 곧 시선을 내렸다. 사양하고 거부한다고 될 일이 아니다. 이것은 근본의 문제다. 순리에 맡기기로 하자, 어머니의 죽음을 거부하지 않고 받아들였던 것처럼. 거부하고 반발했다면 아마 다른 인생이 펼쳐져 있겠지.

"미연아, 우진이 데려왔어."

어머니가 들어가 있는 상자 앞에 나란히 섰을 때 강석규가 말했다. 강석규가 가져온 장미꽃 뭉치가 어머니 사진을 절반쯤 가리고 있다. 잔잔하게 웃는 모습이 꽃 사이에 잘 어울린다. 강석규가 사진에 대고 말을 이었다.

"너는 다 알고 있겠지. 미연아, 미안해."

강석규가 어머니를 이름으로 부르는구나. 강석규의 혼잣말을 들으면서 강우진이 생각했다. 어머니는 뭐라고 불렀을까? 여보? 회장님? 강우진 앞에서 강석규를 부른 적이 없었으니 알 수가 없다. 그때 강석규가 길게 숨을 뱉고 나서 말했다.

"우진이 있는 데서 당신한테 말할게."

숨을 고른 강석규가 말을 잇는다.

"우진이를 건드리지 못하게 할 거야. 그리고 우진이한테 내가 이룬 기업을 물려주겠어. 그것을 하나씩 하나씩 만들어 갈 테니까 당신도 지켜 봐줘."

강석규가 손을 뻗어 장미꽃 사이의 유리 벽을 쓸었다. 유리 벽 안에 어머니의 사진이 들어가 있어서 손이 닿지 못한다. 유골이 든 상자는 그 옆이고.

"어디 갔다 왔어?"

오전 10시 반에 회사에 들어갔더니 오영주가 화난 얼굴로 물었다. 핸드폰 문자가 두 번이나 왔기에 외부라고만 하고 통화도 안 했기 때문이다. 급한 일이라면 문자나 메시지를 남겼겠지.

"왜?"

달랑 둘밖에 없는 회사라서 사장 노릇 해도 먹히지 않는다. 그때 오영주가 말했다.

"유상수 씨한테서 전화가 왔어. 무슨 일이냐고 물었더니 그냥 전화해 달래."

그러고는 이맛살을 찌푸렸다.

"무슨 일이 있는 것 같아. 찜찜해."

호치민 시간은 2시간 늦기 때문에 지금 9시도 안 되었다. 아침 일찍부터 전화를 한 것이다. 자리에 앉은 강우진이 곧 전화기를 들고 버튼을 눌렀다.

"여보세요."

신호음 세 번 만에 유상수의 목소리가 울렸다. 유상수는 우진상사의 현지 대리인을 맡고 있다. 유상수가 바로 말했다.

"사장님, 보고 드릴 일이 있어서요."

"뭔데요?"

"뉴월드상사가 원단 5백 킬로를 잘못 잘랐다고 해서 그 원단을 회수하러 갔더니 글쎄, 다 쓰레기로 팔았다면서 쓰레깃값을 내놓는 겁니다."

"…."

"5천 불 가치의 원단입니다. 그것을 쓰레기로 팔았다면서 150불을 내놓았어요."

"…."

"원단 사고도 믿기지 않아요. 사고가 났다고 해놓고 정상 원단을 팔아먹은 겁니다. 이런 일은 여기서 많아요."

"…."

"이놈한테 속은 겁니다. 이 새끼들은 남 등치는 데 선수거든요. 어떻게 할까요?"

"젠장."

마침내 강우진의 입에서 욕설이 터졌다. 이제 아말 오더의 두 번째 선적을 할 참이었다. 카오는 두 달 만에 본색을 드러낸 셈이다.

"지금 뉴월드상사에 원단이 얼마나 들어갔지요?"

"1,200킬로 정도, 사고 분량까지 포함하면 1,700킬로가 됩니다."

원단 가격만 해도 2만 불 가깝게 된다. 그중 5천 불이 넘는 금액은 이미 없어졌다. 유상수가 말을 이었다.

"다행히 부자재는 창고에 쌓아놓고 내보내지 않았어요."

"…."

"하지만 오더를 끊는다면 저놈들은 원단을 내놓지 않으려고 할 겁니다. 손해가 났다면서 원단을 팔아먹겠지요."

강우진이 눈썹을 모으고 머릿속 계산을 했다. 2차분 오더의 임가공비는 1만 불

가량이다. 이쪽에서 오더를 끊으면 카오는 1만 불가량 이득이다. 그때 유상수가 말을 이었다.

"지금 일본 오더가 밀려오고 있거든요. 카오는 우리 오더를 끊고 바로 일본 오더를 받을 수 있을 겁니다. 아마 지금 일본 업체와 상담을 하고 있는지도 모르지요."

"내가 내일 잘못 잘랐다는 원단 500킬로를 비행기로 보내려고 했는데."

"그것까지 떼어 먹힐지도 모릅니다."

유상수가 말을 이었다.

"원단을 잘못 잘랐다면 그대로 놔두고 보여준 후에 처리하는 게 정상 아닙니까? 카오 그놈한테 우리가 당한 겁니다."

유상수가 우리라고 했지만 결정은 강우진이 했다. 유상수는 책임이 없다.

"강우진 이름의 주주가 둘 있었는데 동명이인이었습니다."

이만섭이 서류를 앞에 놓으면서 말했다.

"한 명은 44세, 또 하나는 62세더군요. 주식도 각각 100주, 150주였습니다."

강태진은 서류만 뒤적였고 이만섭이 말을 이었다.

"서미연도 마찬가지입니다. 동명이인이 둘 있더군요. 42세, 45세였습니다. 주소도 각각 부산, 전주였고…."

"됐습니다."

서류를 내려놓은 강태진이 이만섭의 말을 막았다. 오전 10시 반, 이만섭이 강우진과 서미연의 동성그룹의 상장사 중 대표 격인 동성상사 주주 명단을 조사한 결과를 보고하고 있다. 서류를 훑어보았더니 다른 상장사에도 강우진, 서미연이 한두 명씩 있지만 모두 1, 2백 주 정도다. 나이도 다르고 사는 곳도 다르다. 헛고생만한 셈이다.

"수고했습니다."

어쨌든 이렇게 파내려고 애를 쓴 노고를 치하했더니 이만섭이 고개를 들었다.

"그런데 증권가에 이상한 소문이 퍼져 있더군요. 여러 사람한테서 들었기 때문에 소문이라도 말씀드리는 겁니다."

"…"

"거긴 소문이 난무한 곳이기도 해요. 헛소문이 90퍼센트는 될 겁니다. 하지만 진짜가 10퍼센트인데…."

"말해보세요."

"대주주인 회장님이 주식을 정리한다는 소문이 퍼져 있습니다. 그것이 어떤 방법으로 정리한다는 소문은 없고요."

"…"

"개인 재산으로 갖고 있던 자금은 이미 딴 곳으로 옮겼다는 소문도 있는데 그건 외국계 은행에서 일어난 일이라 파악이 안 됩니다."

"…"

"불법도 아니고요. 회장님쯤 되시면 다 법적 조치를 해놓으실 테니까요."

"…"

"회장님 주변에는 법률 자문단이 깔려 있어서요. 그리고 그분은 불법 행위를 하실 분도 아니고…."

"알겠습니다."

마침내 어깨를 늘어뜨린 강태진이 시선을 들고 이만섭을 보았다.

"내가 곧 다시 연락드리지요."

이곳은 소공동의 극동호텔 라운지 안 상담실이다. 바이어와 11시에 약속이 있어서 이곳에 먼저 와서 이만섭의 보고를 듣고 있다. 이제 강태진은 절대로 방심하지 않는다. 회사 내에서는 물론 집에서도 전화 통화를 조심하고 만날 때도 간첩이 접선하는 것처럼 행동한다. 용역회사가 시킨 대로 통화도 대포폰을 썼다가 버린다. 이만섭을 내보낸 강태진이 대포폰을 들고 버튼을 눌렀다.

"응, 왜?"

강영진이 사무실에서 전화를 받는다. 동성건설 사무실 안이다. 자재부장은 자재부 맨 안쪽에 책상이 있지만, 주위에 직원들이 꽉 차 있다. 그래서 목소리를 낮추고 있다. 수화구에서 강태진의 목소리가 울렸다.

"야, 서둘러."

"알았어. 근데 무슨 일 있어?"

"너하고 난 곧 쪽박 차게 된다는 것만 알고 있어."

"젠장."

"특히 너는."

"말해."

"아직 아무것도 못 받은 상황 아니냐?"

"그래서?"

"어머니 지분도 언제 넘겨질지 알 수가 없어. 그건 새 발의 피지만."

"알았어. 그만 전화 끊자고."

낮게 말한 강영진이 핸드폰의 버튼을 눌렀다. 이것은 대포폰이다.

"내가 다낭에 가야겠는데."

강우진이 말했을 때 최영진이 고개를 들었다. 오전 11시 반, 장재용이 운전하는 승합차 안이다. 이렇게 셋은 지금 부자재 생산업체로 가는 중이다.

"아니, 왜요?"

"왜라니요? 거기 공장에서 사고가 나서 가봐야 돼요."

최영진이 고개를 기울였다가 말했다.

"실장님한테 여쭤보고 결정하시지요."

"아이구 참."

강영진이 쓴웃음을 지었다.

"내가 왜 이렇게 사는지 모르겠어."

"심각해요."

최영진은 정색하고 강우진을 보았다.

"이건 토픽 뉴스감이라고요."

"왜요?"

승합차는 관악구의 도로를 달려가는 중이다. 강우진의 시선을 받은 최영진이 기가 막힌다는 표정을 지었다.

"우리가 말 안 했지만 지금 우리 뒤를 미행차가 따라오고 있습니다."

"…"

"아직 우리 집을 알아내지는 못했는데 이런 식이라면 곧 알아냅니다."

강우진이 뒤를 돌아보았지만 뒤쪽의 차가 수십 대다. 알 수가 없다. 최영진이 강우진이 돌아보는 것도 봐 두고는 말을 이었다.

"우리가 저놈들을 잡을 수 있지만 시비가 붙으면 당할 수가 있어요."

"…"

"저놈들이 시비를 핑계로 사장님을 칠 수가 있거든요. 저놈들이 사장님 살해 용역을 받은 놈들인지도 모른단 말입니다."

"…"

"경찰에 신고하면 오리발을 내밀면 그만이죠. 한 시간 안에 풀려날 겁니다."

"…"

"이런 상황에 다낭에 가신다구요? 그런데 나가면 우리가 손을 쓰기 어렵습니

313

다. 저놈들한테 기회가 오는 것이죠."

강우진이 입을 벌렸다가 닫았다. 다낭에 가서 공장 문제를 처리하지 않으면 이번 달 오더는 망한다. 이번 달뿐만이 아니다. 다음 달 오더도 줄줄이 지연되는 것이다. 새 공장을 선정하고 뉴월드상사에 들어간 원부자재를 빼내야 한다. 지금 유상수가 기다리고 있다.

그럴 줄 알았다. 부자재 공장에 들어가서 라벨을 받고 있는데 고재성의 전화가 왔다.

"다낭에 간다고? 안 된다."

고재성이 대번에 말했다.

"지금이 어떤 때라고 외국에 나간단 말이냐? 저놈들이 지금 어떤 상황인 줄 알기나 하냐? 미친놈들이다."

강우진은 공장 구석으로 다가가 섰다. 밖에는 햇살이 환한 공장 마당. 근로자가 왔다 갔다 하고 있다. 고재성의 말에 현실감이 떨어지는 이유다. 강우진이 아무 말 안 했더니 고재성이 불렀다.

"우진아."

"예, 실장님."

"그까짓 오더가 중요한 게 아니다. 네 목숨이 걸린 상황이야."

"…"

"네 아버님도 생각해야지. 아버님은 너를 위해서 그야말로…"

말을 멈췄던 고재성이 잠깐 호흡을 가누는 것 같기에 강우진이 말했다.

"실장님."

"뭐냐?"

"회장님을 설득할 수 없을까요?"

"뭘?"

"동성은 전부 두 아들에게 넘겨주시라고요. 전문 경영인들이 보좌하면 되지 않겠어요?"

"…."

"두 아들도 결국 아들 아닌가요? 그러니까 그렇게 되면 서로 좋을 것 같은데요. 제가 제일 좋고요."

"…."

"전 이 오더 끊기면 안 돼요. 공장을 새로 잡아야 다음 달 오더부터라도 제대로 선적시킬 수가 있어요."

"사람을 보내."

마침내 '졌다'는 억양으로 고재성이 말했다.

"내가 대리인을 보내도록 할 테니까."

그러고는 통화가 끊겼기 때문에 핸드폰을 귀에서 뗀 강우진이 이맛살을 찌푸렸다. 대리인? 직원 2명인 회사에서 또 무슨 대리인?

"1억씩, 현금으로."

김옥철이 눈을 치켜뜨고 말했다. 여권 이름은 문광, 중국 이름이다. 한국말을 한국 사람보다 더 잘해서 조선족 티가 전혀 안 났다. 국적은 중국. 한국으로 귀화하지 않았다. 김옥철이 옆에 앉은 장수호를 눈으로 가리켰다.

"얘하고 나는 이번 작업만 끝내면 본국으로 돌아가 한국에 오지 않을 테니까요."

중국을 본국이란다. 정색한 김옥철이 말을 이었다.

"우리는 귀신도 찾지 못할 겁니다."

그때 장수호가 말했다.

"강도로 감쪽같이 위장할 테니까 딱 믿고 맡기시져."

"1억도 너무 높은데, 합계 2억 아뇨?"

조기용이 이맛살을 찌푸렸다.

"내 의뢰인도 돈이 많은 사람이 아니거든. 겨우 먹고 사는 사람이오."

"그래도 요즘 가격은 올랐습니다. 그 가격 이하로는 안 돼요."

"그럼 할 수 없지."

입맛을 다신 조기용이 자리에서 일어섰다.

"난 두 명을 쓰면 각각 5천씩, 1억쯤으로 알았는데 두 배를 부르는군."

"상대가 누군데요?"

장수호가 물었을 때 조기용은 쓴웃음을 지었다.

"여보셔, 그걸 알아서 뭐하게?"

"상대에 따라서 가격 흥정이 되거든요."

그때 조기용이 다시 앉았고 뒤쪽 자리에서 따라 일어서던 일행 넷이 다시 앉았다. 조기용이 데려온 약쟁이 후배들이다. 그중 둘은 눈이 풀리고 휘청거리지만, 저 상태에서는 무적이다. 약 기운으로 지칠 줄 모르는 데다 어디가 부러지고 찢어져도 아픈 줄을 모른다. 제일 겁나는 괴물이다. 그때 힐끗 뒤쪽을 바라본 김옥철이 입을 열었다.

"우릴 믿지 못하십니까?"

"난 한 번도 사람을 그냥 믿어본 적이 없어요."

"그럼 어떻게 이런 일을 맡깁니까?"

"서로 주고받기 때문이지."

조기용이 가는 눈을 더 가늘게 뜨고 웃었다.

"내가 주고, 당신이 그 대가를 주고."

"한쪽만 주는 건 못 믿으시는군요."

"안 믿지. 못 믿는 것과는 다르지."

아무리 한국말에 능통한 김옥철도 헷갈리는지 눈동자를 두 번 굴렸다가 말을 이었다.

"어쨌든 그 대가를 드릴 테니까 일을 맡겨 주시죠."

"그 대가가 턱도 없이 비싸다는 건 좀 수상하다는 말이오."

"왜요?"

"시세가 1억이라고 했는데 내 약쟁이 후배들은 2, 3천만 원으로도 계약을 한다 던데 말요."

"그럼 그쪽을 찾으시든지요."

김옥철이 의자에 등을 붙였다.

"몇백만 원짜리도 있을 겁니다."

"난 김 형을 믿을 만한 사람으로 소개를 받았지만 합의는 안 되겠네요."

조기용이 자리에서 일어섰다. 돈이 문제가 아니다. 믿을 만한 해결사를 찾는 것 이 관건이다. 해결사는 얼마든지 있는 것이다.

오후 2시, 유상수한테서 전화가 왔다. 베트남은 낮 12시일 것이다.

"사장님, 예상했던 대로 뉴월드상사가 일본 원단을 받고 있습니다."

유상수가 소리치듯 말했다.

"우리 제품은 한쪽으로 치워 놓았는데 아마 곧 팔아넘기겠지요."

"…"

"베트남 당국에 신고해도 전혀 도움이 안 됩니다. 사장 놈이 돈 몇 푼 쥐어주면 우리를 쫓아낸다고 할 겁니다."

"…"

"어떻게 할까요?"

대책이 없는 줄 뻔히 알면서 묻는 건 그만큼 답답했기 때문이겠지. 강우진이 소리 죽여 숨을 뱉었다. 회사로 돌아가는 승합차 안이다. 옆자리에 앉은 최영진은 창밖을 보고 있지만 다 들었을 것이다. 강우진이 입을 열었다.

"딴 공장 알아보세요."

"분합니다."

"우리가 손해를 보더라도 바이어와의 약속을 어기면 안 되죠."

"뉴월드상사에 가서 원단을 빼내도록 해보겠습니다. 그놈들이 얼마나 뻔뻔하게 나오는가도 다 녹음을 해야겠어요."

"조심하시고."

"가만히 앉아서 다 빼앗겨 버린다는 건 한국인 자존심 문제거든요, 안 그렇습니까?"

"그렇긴 해요."

"여기는 우리 한국군이 싸웠던 데 아닙니까? 이놈들이 지금 우리한테 또 베트콩처럼 숨어서 저격하는 느낌입니다."

현지에 있는 유상수로서는 그런 기분이 들 만했다. 1975년 4월 30일 자유 베트남은 베트콩과 공산 월맹에 패망해서 지금의 공산주의 베트남이 되었다.

"오빠, 미아가 내일부터 알바 한대."

오후 4시 반, 사무실에 앉아있던 강우진이 김시아의 전화를 받는다. 이제는 김시아가 집안 대소사를 다 보고하는 실정이다.

"어디로?"

그렇게 묻는 강우진의 표정이 베트남에서 공장 사장 놈이 원단 떼어먹는 사건을 보고 받았을 때와 비슷하다. 그만큼 심각하게 경청한다는 표시다.

"편의점. 근데 오후 6시부터 새벽 2시까지야. 지금 시간 나는 게 그때뿐이래."

"젠장."

"내년 복학할 때까지 쉬라고 했더니 싫대. 운동도 할 겸 일하겠대."

"걘 도대체 왜 그래?"

"당연한 거야, 오빠."

순간 강우진이 숨을 들이켰다. 그렇구나. 빚 갚으려고 그런다. 입원비를 대신 내준 나한테 갚는 빚. 갓댐. 그때 강우진이 입을 열었다.

"미아를 내 회사에 다니라고 하면 어때? 성남에서 대림동까지는 좀 먼가?"

"응?"

외마디로 묻는 건 김시아도 놀란 모양. 그때 강우진의 머릿속 생각.

'그놈들이 미아는 건들지 않겠지.'

오전 10시 정각, 동성그룹 본사 건물인 동성 제1빌딩 회장실 안, 소파에 넷이 마주 보고 앉았다. 그룹 회장 강석규와 기조실장 겸 비서실 사장 고재성, 그리고 동성상사 기조실장 강태진 상무, 동성건설 자재부장 강영진이 앉아있다. 배치는 상석에 강석규, 좌우의 소파에 고재성과 강태진, 강영진이 마주 보고 앉은 구도. 강석규가 둘을 호출한 것이다. 지금까지 강태진은 회장실에 한 번 들어왔었고 강영진은 오늘이 처음이다. 회장실에는 그룹의 사장급도 들어온 적이 없는 사람도 많다. 대개 화장실 옆 회의실에서 회의를 끝내고 갔다. 강태진 강영진이 먼저 비서실로 들어가 비서실장 고재성의 방에 안내된 후에 거기서 1분쯤 앉아있다가 셋이 같이 이곳에 왔다. 둘은 그룹 비서실 분위기에 압도되어서 제대로 뭐가 보이지도 않는다. 강태진도 동성상사 기조실장이지만 기조실 직원은 30명 정도, 부장 4명, 이사 2명이 지휘한다. 그런데 그룹 비서실도 기조실과 비서실 양대 기능이 있어서 기조실 인원이 3백여 명, 비서실은 50여 명이다. 어지간한 상사 기능이다. 그룹 기조실은 사장 고재성 휘하에 전무 2명, 상무 4명, 이사 6명, 부장 18명으로 구성된 대군단이다. 그룹 기조실 전무가 계열사 사장급이니 말 다한 셈이다. 마침내 강석규가 입을 열었다.

"태진이는 경영도 좀 익혔을 것이고 시기도 되었으니까 내일 동성상사 부사장으로 발령을 내겠다."

강태진이 숨을 들이켰다. 상무에서 전무를 건너뛰어 부사장이 되는 것이다. 눈만 치켜뜬 강태진에게 강석규가 말을 이었다.

"대표이사를 맡게 해주마. 대표이사 부사장이 될 테니까 사장하고 같이 경영을 해보도록."

사장 오욱환이 옆에서 거들어줘야 할 것이다. 특진이다. 그동안 겪었던 일들이 주마등처럼 눈앞을 지나면서 끝에 어머니 최경애의 얼굴이 떠올랐다. 눈동자의 초점을 잡은 강태진이 강석규를 보았다.

"감사합니다."

목이 메었는데 고맙기 때문이 아니다. 어머니가 그렇게 원했는데도 죽고 나서야 진급시켜준 것이 오히려 원망스럽다. 그때 고개를 돌린 강석규가 강영진을 보았다. 시선이 마주치자 강영진은 몸을 굳힌 채 떼지 않는다. 그러나 머릿속은 기대감이 솟고 있다. 강태진의 승진을 들었기 때문이다. 그때 강석규가 말했다.

"영진이는 내일 자로 동성건설 LA 지사장으로 발령을 낼 테니까 다음 주에는 떠나도록 해라."

"제가요?"

강영진이 바로 물었기 때문에 강석규가 눈을 가늘게 떴다.

"그래. 그럼 내가 누구한테 말한 것으로 들었느냐? 너도 지사장이니 이사 승진이다."

"제가 왜 외국으로 쫓겨납니까?"

마침내 강영진이 갈라진 목소리로 물었다. 이렇게 정면에서 대든 것은 대학생 때 이후로 처음이다, 그 후에는 말썽 일으키고 나면 다 도망 다녔으니까. 물론 최

320

경애가 있어서 가로막아 주었기 때문에 가능했던 일이다. 그런데 지금은 아니다. 강영진이 쏟아붓듯 말을 이었다.

"저를 쫓아내실 작정인가 본데, 안 갑니다. 누구 좋은 일 시키라고요? 절대로 못 갑니다."

강석규는 시선만 주었고 웬일인지 고재성도 묵묵히 쳐다만 본다. 강태진이 몸을 꿈틀거렸는데 말리지는 않는다. 한편으로는 '해봐라' 하는 마음과 다른 편으로는 불안한 심정이 섞여 있겠지. 강영진의 목소리가 높아졌다.

"난 여기서 지켜봐야겠어요. 이 회사가 어떻게 굴러가는지 말이에요. 나, 어머니 죽음까지 파헤치고 말 테니까. 내가 누구 아들인데?"

"…"

"날 LA로 보내? 첩의 자식한테 좋은 일 시키라고?"

그때 강석규가 고개를 돌려 고재성을 보았다. 그러자 고재성이 입을 열었다.

"강영진, 입 다물어."

그 순간 놀란 강영진이 숨을 들이켰다. 강태진도 몸을 굽혔다. 고재성이 아무리 비서실 사장이라고 해도 회장의 아들한테 이름을 부르고 반말을 한 적이 없기 때문이다. 그룹 안에서는 아무도 그렇게 못 한다. 강영진이 계열사 부장이지만 동성 건설의 사장도 반말 못 쓴다. 그때 고재성이 강태진과 강영진을 번갈아 보았다. 눈빛이 강했으나 태도는 여유가 있다.

"이런 말을 안 하려고 했는데 할 수 없다. 회사의 이미지에 손상이 가겠지만 오히려 털고 새로 시작하는 것이 낫겠다고 생각한다."

"당신이 뭔데 까불어?"

그사이에 기세를 갖춘 강영진이 어깨를 부풀리며 물었다.

"날 어쩔 건데? 난 상속자야, 이 사람아."

그때 고재성이 벨을 누르자 기다렸다는 듯이 비서실 감찰팀장인 박상호 이사가 들어섰다. 박상호는 지난달에 윤경태와 함께 이사로 진급했다. 고개를 숙여 인사를 한 박상호가 고재성의 옆자리에 앉더니 들고 온 가방에서 녹음기를 꺼내 앞쪽 탁자 위에 놓았다. 손바닥만 한 소형으로 동성산업 제품이라 '동성' 마크가 선명했다. 그때 고재성이 낮게 말했다.

"틀어봐."

"네, 사장님."

박상호가 들어와서 인사하고, 앉고, 녹음기를 꺼내고 고재성의 지시를 들을 때까지 10초쯤 걸렸을까? 그 10초간 방 안의 네 사람 행동을 볼작시면, 강석규는 초점 없는 시선으로 앞쪽의 벽을 응시한 채 뭔가를 생각하는 모습이었고 고재성은 잠잠한 시선으로 박상호를 쳐다만 보았으며 강태진은 박상호를 본 순간 숨을 들이켜더니 눈동자가 이쪽저쪽으로 흔들렸다. 박상호가 녹음기를 꺼내 놓았을 때 입안에 고였던 침을 삼켰는데 침 넘어가는 소리가 크게 났다. 강영진도 물론 박상호를 안다. 동성건설을 그룹 기조실에서 감찰할 때 자재부도 털렸으니까. 그때 박상호를 본 것이다. 강영진은 흐려진 눈으로 박상호를 보았는데 숨을 쉬는 것 같지도 않다. 그러나 강태진보다는 무디게 반응했다. 아직 영문을 모르기 때문이기도 할 것이다. 그때 박상호가 버튼을 눌렀고 곧 사내의 목소리가 울렸다.

"야, 두 놈인데 한 놈당 3억씩 내라는 거야. 그래서 2억이면 하겠다면서 돌려보냈는데 그동안 가격이 오른 것 같다."

"웬 2억이나 돼? 개새끼들."

그 순간 강태진이 숨을 들이켰다. 강영진의 목소리였기 때문이다. 강영진의 목소리가 이어졌다.

"그놈들이 확실하긴 해?"

"틀림없는 것 같다. 조건도 맞고, 중국 국적의 조선족으로 이번 작업을 끝내면 한국에는 두 번 다시 안 온다."

"그 말을 믿을 수 있겠냐고?"

"믿어야지, 일단. 그다음은 내가 책임을 져야지."

"그럼 내가 5억을 줄 테니까 시켜. 2억씩 그놈들한테 주고 네가 1억 쓰고."

"강우진 한 놈만 죽이면 되지?"

강우진의 이름이 나온 순간 강영진이 처음으로 반응했다. '씩' 웃은 것이다. 그것을 본 강석규가 눈을 가늘게 떴고 고재성은 어금니를 물었으며 박상호는 입술 끝을 올리면서 슬쩍 웃었다. 강태진은 아까부터 굳어서 이제는 숨을 쉬는 것 같지가 않다. 녹음기의 대화가 이어졌다.

"그래, 강우진 한 놈이야. 마음 같아서는 강석규도 죽이고 싶지만, 그놈은 경호를 단단히 받고 있으니까."

"이 일, 네 형도 알고 있지?"

"내가 몇 번 말해야 믿냐? 이 작업의 자금도 형이 내준 것이라니까 그러네."

"그럼 진행할게."

"이번에 5억 주지만 일 잘 끝내면 내가 다시 사례할게."

그때 박상호가 버튼을 눌러 녹음을 껐다. 그러고는 고개를 돌려 고재성을 보았다.

"경찰 관계자하고 상의했는데 지금 이 테이프를 소장과 함께 제시하면 강영진은 살인교사, 강태진은 살인 공모, 그리고 강영진의 하청을 받은 친구 조기용은 살인 청탁 등의 혐의로 즉각 구속할 수 있다고 합니다."

박상호의 시선이 강태진과 강영진을 훑고 지나갔다.

"다른 녹음테이프도 10여 종이나 있으니까 최소 10년 이상 20년까지 형을 받을 것 같다고 검찰 관계자도 말하고 있습니다."

그때 고재성이 고개를 돌려 강영진을 보았다.

"회장님께서 널 LA 지사장으로 보내시려는 건 진심이셨다. 다 잊고 일단은 조금 떼어 놓으시려는 최대한의 배려였는데."

고재성이 다시 벨을 누르면서 웃었다.

"너 때문에 네 형도 끝났다."

"잠깐만요."

그때 강태진이 소리치며 일어서는 바람에 모두 고개를 들었다. 동시에 방으로 비서실 직원들이 들어오고 있다. 건장한 경호원들이다. 강태진이 다시 소리쳤다.

"한 번만 봐 주십시오. 용서해주십시오."

강영진은 눈을 부릅뜨고 입을 꾹 다물고 있다. 강석규가 그것을 보더니 고개를 저었다. 힘없이 젓는다. 그 모습을 본 고재성이 경호원들에게 소리치듯 말했다.

"둘을 부속실로 끌고 가서 경찰이 올 때까지 감시해."

그러고는 고개를 돌려 박상호에게 말했다.

"경찰에 증거 자료 다 넘기고 둘이 구속되는 것까지 확인해."

그 순간 경호원들이 강태진과 강영진의 양쪽 팔을 잡아 일으켰다. 강태진은 환자처럼 끌려 일어났지만, 강영진이 발악을 시작했다.

"강석규! 이 새꺄! 난 20년 형을 살고 나올 거다! 그땐 넌 죽어있겠지!"

강석규는 물끄러미 강영진을 보았고 다시 강영진의 악다구니가 방을 울렸다.

"오래 사는 사람이 이기는 거다! 이 새꺄! 두고 보자!"

오후 2시, 회사 근처 순댓국집에서 점심을 먹던 강우진이 고개를 들었다. 손님 하나가 벽에 걸린 TV의 볼륨을 높였기 때문이다. 그때 기자의 목소리가 식당을 울렸다.

"동성그룹의 후계자였던 두 아들의 살인음모 사건입니다. 실로 재벌가의 치부가 낱낱이 드러난 사건입니다."

수저를 내려놓은 강우진이 앞에 앉은 최영진을 보았다. 최영진이 서둘러 외면했을 때 기자의 목소리가 식당을 가득 채웠다.

"두 아들은 공모해서 강석규 회장의 배다른 아들인 강 모 군을 살해하려고 중국인 살인청부업자를 고용하려고 했습니다. 실제로 청부업자를 만나 살해대금을 협상한 증거물이 경찰에 제출되었고 검찰은 즉각 영장을 발부했습니다. 이는 전대미문의 사건으로….'

그때 최영진이 강우진에게 소리를 죽이고 말했다.

"잘 터진 것입니다."

최영진이 말을 이었다.

"진즉 터졌어야 했습니다."

"…"

"내버려 두었다면 더 큰 일이 이어졌을 테니까요. 집안일이라고 쉬쉬했다가 망한 경우가 많습니다."

"…"

"다행히 언론에서 사장님 신분을 밝히지 않고 '강 모'라고 해주는군요. 하지만 기자들 정보력 수준이 높으니까 곧 찾아낼 겁니다."

그때 기자의 목소리가 다시 들렸다.

"강 회장의 차남 강 모 군은 경찰 연행 과정에서 억울하다. 이것은 강 회장의 음모다. 재산을 배다른 동생뻘인 강 모 군에게 넘기려는 음모라고 소리를 쳤습니다. 이에 대해 강 회장의 대변인인 비서실장 고재성 사장은 전혀 사실무근이며 모든 일은 법 앞에서 명명백백히 밝혀질 것이고 누구를 막론하고 불법 행위에 대해서는 응분의 대가를 받아야 할 것이라고 말했습니다."

그때 강우진이 자리에서 일어섰다. 순댓국은 반도 먹지 않았다.

"참 세상 험악하구나."

TV를 본 이선옥이 말했다. 거실에 세 식구가 다 모여 있다. 오늘은 이선옥이 한 달에 한 번 쉬는 날이고 김시아는 오후 5시부터 편의점 알바를 뛰기 때문이다. 그때 TV 채널을 바꾸면서 김미아가 말했다.

"도대체 얼마나 가지려고 제 배다른 동생을 죽이려는 거야?"

"글쎄."

건성으로 대답한 김시아가 다시 TV를 보았다. TV는 뜬금없이 낚시하는 사람을 비추고 있다. 김시아는 재벌의 성씨가 강씨라는 것에 조금 찜찜해 있는 중이다. 강우진이 지금 TV에 비친 동성그룹과 연계되지는 않았다. 강씨이고 배다른 자식, 이 두 개가 같아서 기분이 나빠졌을 뿐이다. 그때 김미아가 말했기 때문에 김시아는 생각에서 깨어났다.

"언니, 나 형부 회사에 갈래."

이선옥이 고개를 돌렸고 김시아는 숨부터 들이켰다.

"형부라고 하지 말랬지."

먼저 그렇게 운을 떼었지만 김미아가 무시하고 말했다.

"직원 둘밖에 없는 회사니까. 글고 내가 알바처럼 심부름만 할 테니까 한 달에 알바해서 받는 만큼만 달라고 해."

"네가 말해."

"내가 형부한테?"

"형부라고 하지 말랬지?"

"그럼 우진 씨라고 할까? 오빠라고 해?"

그때 이선옥이 말했다.

"근데 우진이한테 돈 받기가 그렇다."

"그렇지?"

반색을 한 김시아가 이선옥을 보았다.

"아무리 우리가 돈 모아서 입원비 갚는다고 해도 어떻게 오빠한테서 돈을 모아서 갚아?"

"그러게 말이다."

"딴 데서 벌어서 갚으면 몰라도."

"맞아."

이선옥이 고개를 끄덕였다. 어느새 동성그룹 아들 사건은 싹 잊혔다.

"내가 조급해졌어."

앞쪽을 응시하면서 강석규가 말했다. 강남대로를 달리는 차 안에 잠깐 정적이 덮였다. 오후 6시, 강석규는 고재성과 함께 장충동 화이트 호텔로 가는 중이다. 오늘 대통령 비서실장 양원우와 저녁 약속이 있는 것이다. 한국 제2의 재벌그룹에서 일어난 살인음모, 대사건이다. 강석규는 대통령에게 심려를 끼쳐드리지 않으려고 비서실장을 통해 해명하려는 것이다. 강석규가 말을 이었다.

"우진이가 태진이한테 전화해서 해명하려고 했다는 말을 들었을 때 놀랐다가 곧 그놈이 욕심이 없는 놈이라는 생각이 들었다."

"…."

"태진이 그놈이 통화를 거부했다는 말을 듣고는 이제 정리해야겠다고 마음을 먹은 것이지."

"잘하셨습니다."

고재성이 입을 열었다.

"놈들의 미친 짓을 막기만 하면 안 되는 일이었습니다. 회장님이 조급하신 것이 아니라 오히려 늦었습니다."

"할 만큼은 했지, 내가 말야?"

"예, 회장님."

"태진이 가족은 잘 돌봐줘, 손자까지 있으니까."

"염려하지 마십시오."

"그놈들이 고용한 우진이 미행하는 놈들도 조치하고."

"경찰에 신고했으니까 지금쯤 용역회사가 식겁을 하고 있을 것입니다. 살인 기도로 덤터기를 쓰게 되었으니까요. 체크해 봤더니 우진이 근처에서 다 철수했습니다."

"회사 내부에서 정보원 역할을 하는 놈들은?"

"내일 모두 감찰을 받게 하고 퇴사시킬 예정입니다."

고개를 끄덕인 강석규가 고재성을 보았다.

"그, 우진상사 말야."

"예, 회장님."

"직원이 둘이지?"

"예, 그런데 경호원 둘이 매일 상주하고 있어서 모양은 넷입니다."

"그렇지. 근데 우진이가 베트남 하청 공장에서 사고가 나서 다낭에 가겠다고 했다면서?"

"네, 제가 강하게 말렸지요. 이번 일이 있기 전이라서요."

"그렇지. 그런데 무슨 사고인가?"

"베트남 공장 사장이 원단 5백 킬로를 잘못 잘랐다고 보고를 했는데, 알고 보니까 그렇게 거짓으로 보고를 하고…."

한국 제2위의 재벌그룹 비서실 사장이 그룹 총수에게 원단 5백 킬로 사기 사건을 '아주' 신중하게 보고를 한다. 재벌 총수도 원단 500킬로가 누가 들으면 다이아몬드 5백 킬로 사기 사건처럼 정색하고 듣는다. 이윽고 보고가 끝났을 때 강석규가 말했다.

"이제는 보낼 수 있겠지?"

"예, 하지만 경호원은 딸려 보내겠습니다."

고재성이 정색하고 말했다.

"앞으로는 비서실 경호팀이 정식으로 맡도록 하겠습니다."

고개를 끄덕인 강석규가 좌석에 등을 붙였다. 대통령은 궁금해서 비서실장을 보낸 것이다. 호의적인 것이다. 그렇지 않다면 알아보라고 비서실장을 보내지도 않았다.

"우진이냐?"

오후 9시, 강우진이 집으로 돌아와 씻고 나왔을 때 고재성의 전화를 받는다.

"네, 실장님."

"오늘 뉴스 보았지?"

"네."

2층 응접실에는 강우진 혼자뿐이다. 아래층에서 최영진 등 경호팀 넷이 거주하는데 오늘은 한 명이 집에 다녀온다고 셋이 남았다. 이제는 모두 같은 식구 같다. 그때 고재성이 말을 이었다.

"이제 잘 풀렸다. 그놈들도 죗값을 받을 거고 너도 신경 안 써도 되겠다."

"…."

"언론이 널 귀찮게 하지 않도록 신경을 쓰겠지만 너도 당분간은 잘 견디도록 해라."

"네."

"그런데, 베트남 일은 잘 끝났냐?"

"아주 죽겠어요."

"왜?"

"그놈들이 완전 사기꾼이더라구요. 제가 공장을 잘못 골랐습니다. 제 책임이죠."

"그래?"

"우리가 보낸 원단을 다 팔아먹고 지금은 일본 오더를 하고 있다네요. 대리인을 보냈더니 우리가 제때 원부자재를 공급해주지 않았다고 오히려 손해 배상을 청구한답니다."

"저런 개 같은 놈들이 있어?"같이 욕을 해줬지만 조금 건성처럼 느껴졌다. 그때 고재성이 말을 이었다.

"아버님이 너한테 다낭에 가도 좋을 것 같다고 말씀하셨다. 언론이 널 귀찮게 할 경우를 대비도 할 겸 말이다."

"그럼 내일 가야겠네요."

언론이고 자시고 오더가 급한 강우진이 바로 말했다.

강태진 형제가 어떻게 되건 강우진의 머릿속에는 사우디 오더뿐이다. 한 달에 15만 불짜리 연속 오더이다. 그것으로 강우진과 오영주, 그리고 베트남의 유상수까지 셋이 먹고산다. 유상수는 딴 일도 좀 있지만.

"그런데."

고재성이 덧붙였다.

"조건이 있다."

"뭔데요?"

"내가 따로 말하겠지만 네가 경호원 넷은 데리고 가야겠다."

"예? 넷을요?"

강우진이 목소리를 높였다.

"저 그럴 여유 없어요."

"지금처럼 경호원 경비는 회장님이 부담하신다. 그렇지 않으면 못 간다."

고재성이 자르듯 말했다.

"이젠 너도 그런 환경에 적응해야 돼."

"나다."

강우진이 말했을 때 조영철이 대뜸 물었다.

"너 우진이 맞아?"

"목소리 기억하는군."

"개자식."

조영철이 이 사이로 말했다.

"오늘 TV를 보고 네놈한테서 언젠가는 전화가 오리라고 생각은 했어."

"그랬냐?"

"전번을 바꿨을 때 몇 명쯤에게는 새 전번을 알려줬겠지?"

"그야 물론."

"난 일회용이었냐?"

"무슨, 넌 고무로 만든 슬리퍼 같은 놈인데."

"내가 슬리퍼?"

"아무 때나, 화장실 갈 때도 자주 신는 슬리퍼."

"나 혼자 술 마시는데 나올래?"

강우진이 벽시계를 보았다. 오후 9시 40분, 늦은 시간이다. 지금 나간다면 아래층 최영진은 난리가 날 것이다 아니, 태진 형제가 잡혀갔으니 게임 끝난 건가? 아니, 그렇더라도 잡혀간 날 밤에?

"오늘은 안 돼, 다음에."

"좋아, 오늘 같은 날 나한테 전화를 걸어 준 것으로 용서를 하지."

"고맙다."

"이젠 해방된 거냐? 국적을 찾은 거냐구?"

"대충."

"TV에 강 모라는 이름이 백 번도 더 나오더만, 이젠 니 정체가 다 밝혀진 거 아녀?"

강우진의 정체를 아는 유일한 친구가 조영철이었다. 조영철은 의리를 지켜서 지금까지 남한테 강우진의 정체를 발설하지 않았다. 아마 입이 근질거려서 미칠 지경이었을 것이다. 강우진이 대답했다.

"그래, 다 밝혀지겠지. 이젠 일부러 숨기고 다닐 일도 없지."

"그나저나 네 배다른 형 놈들, 개새끼들이더군. 뭐가 모자라서 너까지 해코지하려고 했지?"

"글쎄, 내가 아나?"

"욕심이 많은 놈들인가? 도대체 어디까지 욕심을 부리는 거야?"

"다음에 술 한잔하자."

"그래, 내가 가끔 전화해도 되지?"

"응."

"잘 자라."

조영철의 밝은 목소리를 들으면서 강우진이 핸드폰을 껐다. 과연 조영철 말대로 해방인가? 압박과 설움에서 벗어났나? 아니다. 달라진 건 아무것도 없다. 우진 상사는 여전히 베트남 사기꾼을 만나 고전 중이고 오히려 더 악화되었다. 내일 베트남에 가야겠다.

오전 7시 반, 김시아가 세수를 하고 나왔을 때 핸드폰의 벨 소리를 듣는다. 달려가 보았더니 강우진이다. 이 시간에 전화할 사람은 강우진뿐이다.

"오빠, 왜?"

인사는 무슨, 이제는 자연스럽다.

"너 여권 있지?"

"있긴 있지."

김시아의 목소리에 웃음이 섞여졌다.

"그냥 장식품이지만, 얻다 뒀는지도 모르겠네."

"엄마한테 나하고 베트남 간다고 허락받아라, 놀러."

"베트남?"

"응, 나하고 같이."

"미치겠네."

"미쳐? 좋아서?"

"엄마가 가라고 할 것 같아?"

"가지 말라고 할 이유를 대봐."

"우리 엄만 보수적이야."

"여행 같이 간다고 보수가 탈나냐?"

강우진의 목소리가 굳어졌기 때문에 김시아가 주춤하더니 물었다. "오빠, 화 났어?"

"내가 뭘 어쩐다고 그러는 거야?"

"아니, 그게 아니라."

"난 오래 생각하고 한 말인데 대뜸 엄마 핑계를 대고 잘라?"

"오빠."

"알았어. 전화 끊을게."

통화가 끊겼기 때문에 김시아는 어깨를 늘어뜨렸다. 집은 조용하다. 아직 어머니와 김미아는 일어나지 않았다.

강석규가 회사에 찾아왔을 때는 오전 10시가 되어갈 무렵이다. 딴 때는 최영진이 사무실에 있었지만, 오늘은 회사 밖에서 얼쩡거렸기 때문에 사무실에 오영주와 둘이 있었을 때다. 강석규는 수행비서 한 사람만 데리고 들어왔다. 책상에다 라벨을 늘어놓고 수량을 체크하고 있던 강우진이 놀라 일어섰다. 옆 책상의 오영주도 강우진과 함께 엉겁결에 따라 일어났다.

"일하고 있구나."

안으로 들어선 강석규가 사무실을 둘러보면서 말했다.

"예, 오셨어요?"

강우진이 고개를 숙여 뒤늦게 인사를 했더니 강석규가 오영주를 보았다.

"같이 일하는 직원이냐?"

"예."

"아, 그래."

그래서 강우진이 고개를 돌려 오영주에게 말했다.

"인사드려, 우리 아버님이셔."

"악!"

그때 오영주의 입에서 그런 비명이 터졌다. 입이 딱 벌어졌고 몸이 굳어졌다. 2초쯤 될까, 그렇게 굳어진 순간이. 그러다 정신을 차리고는 고개를 숙여 인사를 했다. 오영주도 눈이 있으니 사무실에 놓인 TV를 볼 것이다. 어제 하루 종일 TV에 비친 동성그룹의 왕자난 사건이 아직도 꺼지지 않은 상황이다. 그리고 동성의 회장 강석규를 모르는 사람이 있는가? 지난번 강석규가 고재성과 슬쩍 왔을 때는 알아보지 못했지만, 오늘은 아니다. 강석규를 똑똑히 분간했다. 그런데 그 강석규를 아버님이라고 강우진이 말하다니, 오영주는 오줌을 찔끔 쌌다. 그때 강석규가 고개를 끄덕이며 말했다.

"내가 우진이 애비야. 만나서 반가워."

"아…"

오영주의 입에서 두 번째 터진 말이 이렇다. 다음 순간 오영주의 얼굴이 금세 빨개지더니 눈에 눈물까지 고였다. 자신의 행동이 부끄럽고 당황했기 때문이겠지.

그때 강석규가 옆쪽 소파에 앉더니 강우진에게 말했다.

"앉아라."

그러더니 다시 사무실을 둘러보았다. 한쪽에는 원단이 쌓여 있고 다른 쪽에는 라벨, 폴리백 등이 들어있는 상자들이, 그 뒤쪽에는 샘플 제품들이 지저분하게 걸린 옷걸이들이 있다. 책상은 4개였지만 앞쪽 2개는 비어서 최영진이 앉아서 놀다가 간다. 강석규가 앞에 앉은 강우진에게로 시선을 돌렸다.

"열심히 사는구나."

강석규를 수행해 온 비서는 문 쪽에 석상처럼 서 있었는데 그제야 정신을 차린 오영주가 몸을 돌려 냉장고로 다가갔다. 그때 강석규가 말을 이었다.

"베트남 공장에서 사고가 났다고 들었는데, 뭐 원단을 빼돌렸다고?"

"예. 그래서 제가 가야겠는데요, 베트남에요."

강우진이 바로 말했을 때 강석규가 고개를 끄덕였다.

"고 실장한테서 들었다."

"급해서 오늘 가야겠어요."

"바이어하고의 약속은 지켜야지."

"예."

"비행기 티켓은 예약했고?"

"아뇨, 아직."

"그런데 오늘 가?"

"예?"

"예약도 안 했는데 오늘 출발하는 비행기를 탈 수 있겠느냐?"

"아뇨, 그것은 알아봐야…."

"요즘은 관광객이 많아져서 일주일 전에는 예약해야 될 거다."

그때 오영주가 슬그머니 다가와서 강석규 앞에 오렌지 주스 잔을 내려놓았는데 앞에서 보아도 손가락이 덜덜 떨렸다. 다행히 엎지르지는 않았다.

"음, 고마워요."

강석규가 고개를 끄덕이며 말했는데 어색했다. 아마 이런 인사는 안 해본 것 같다. 그때 강석규가 고개를 돌려 뒤에 선 비서를 보았다.

"비행기표 알아봐."

"예, 회장님."

지시한 강석규가 이제는 강우진에게 말했다.

"저기 네 수행원과 함께 가는 것 알지?"

"들었어요."

"네가 다낭 공항에 도착하면 누가 마중 나와 있을 거다. 그런 줄 알고 있어라."

그러고는 강석규가 자리에서 일어섰다. 오영주가 내려놓은 주스 잔은 쳐다보지도 않았다.

<2권에 계속>